Tante Theas Tiger
und andere Geschichten vom Paul

Jo Pestum

Tante Theas Tiger

und andere Geschichten vom Paul

Thienemann

Drei Paul-Bücher in einem Band:

Tante Theas Tiger

Das Monster im Moor

Zorros Zirkus

Jo Pestum

Tante Theas Tiger

Mit Illustrationen
von
Erhard Dietl

Das erste Kapitel handelt von einem Müsli-Monster, von der großen Wut, von einem Rennwagen mit Husten und vom Erscheinen des Tigers.

Mein Freund Moses war der erste, der die sensationelle Nachricht erfuhr. Eigentlich heißt der Moses ja Reinhard, aber seit er damals die Bibel ausprobierte, nennen wir ihn Moses. Wir hatten die Sache mit dem Auszug der Israeliten aus der ägyptischen Gefangenschaft in Religion durchgenommen und wie der richtige Moses die Fluten des Roten Meeres teilte. Unser Moses, der da noch Reinhard hieß, meinte, man müsse nur fest daran glauben, dann würden sich die Fluten des schlammigen Deilbachs auch teilen lassen und man könne trockenen Fußes ans andere Ufer schreiten. Sie ließen sich aber nicht teilen, und was dann geschritten kam, das sah aus wie ein Bergmann nach der Schicht und stank wie ein Stinktier. So einer ist mein Freund Moses. Der wagt was. Außerdem sitzt er in der Klasse neben mir.

»Hör zu«, sagte ich, »meine Eltern fahren weg. Eine ganze Woche lang machen die Urlaub. Am Bodensee. Was sagst du dazu?«

Moses sagte nur: »Mööönsch!«

Aber gedacht hat er bestimmt dasselbe wie ich. Das würde eine tolle Zeit werden. Sturmfreie Bude. Musik würden wir hören, bis die Ohren wackelten, und dann würden wir die ganze Nacht spannende Bücher lesen und ganz spät gruslige Horrorfilme angucken im Fernsehen. Um Mitternacht würden wir Kakao kochen und Spiegeleier braten und dabei Witze erzählen. Moses hatte schon ganz leuchtende Augen.

»Ich schlaf dann natürlich bei dir«, erklärte er. »Bloß darf das keiner bei uns zu Hause verraten, daß deine Eltern verreisen. Sonst wird das nichts.«

»Eher beiß ich mir die Zunge ab, als daß ich ...«

Weiter kam ich nicht, denn Missis Rattlesnake, unsere Englischlehrerin, giftete mich an. »Paul, statt hier großartige Privatkonferenzen abzuhalten, solltest du uns lieber sagen, wie die Stammformen von *to forget* heißen.«

Ich mußte aber leider die Aussage verweigern, und da schrieb sie mir eine Zensur an. Die hat den Spitznamen Klapperschlange dreimal verdient, weil sie nämlich ganz schön hinterhältig sein kann. Als ob an diesem Morgen in meinem Hirn Platz gewesen wär für regelmäßige und unregelmäßige Verben und solches Zeug! Ich war total mit der Planung für die nächsten Tage und Nächte beschäftigt.

Moses schlug vor, wir sollten in unserer Wohnung ein Zelt aufbauen und Würstchen am Spieß brutzeln. Wegen der Brandgefahr könnten wir ja das Feuer in der Badewanne machen. Er fing sich dann auch noch eine Fünf ein, das machte ihm aber nichts aus. Wir waren nämlich mit der Frage beschäftigt, ob wir wohl Ullis Billardtisch zu uns in die Wohnung hochschaffen könnten. Das Ding ist sauschwer, und wir wohnen in der fünften Etage.

Wichtig war auch, daß wir für die elternlose Woche zu

einem für alle Seiten befriedigenden Vertrag mit den Zwillingen kommen würden, wie ich das mal nennen will. Gwendolyn und Felicitas können nämlich durchaus ernst zu nehmende Gegner sein. Da ist es immer besser, man einigt sich. Ich nenne sie übrigens Gwen und Felix, das gefällt ihnen zwar nicht besonders, aber sie haben sich daran gewöhnt. Gwen ist eine Viertelstunde älter als Felix. Sie hat einen witzigen Schmollmund und dunkelbraunes Haar. Felix hat hellbraunes Haar und ein Lachgesicht. Ziemlich viel Busen haben sie beide schon, denn sie sind ja fast vierzehn.

Was man aber vor allem von den beiden wissen muß: sie sind Pokerspielerinnen. Sie pokern praktisch rund um die Uhr. Ob sie im Bett liegen, ob sie am Mittagstisch sitzen, ob eine von ihnen auf dem Klo hockt – sie haben immer ihre fünf Karten auf der Hand und spielen um schwindelerregende Beträge. Unterm Weihnachtsbaum, in der Badewanne, beim Hausaufgabenmachen, in der Straßenbahn, auf der Kellertreppe, beim Fahrradfahren: sie bluffen und reizen und schimpfen und kassieren, daß es nur so kracht. Solche Schwestern hab ich. Wenn die Streichhölzer, um die sie spielen, Markstücke wären, könnten sie sich garantiert die ganze Stadt kaufen. Die sind nämlich Multimillionärinnen, weil mein Vater immer haufenweise Reklamestreichholzschachteln mit nach Hause bringt. Er ist Handelsvertreter für Autoschonbezüge und solche Klamotten.

Moses meinte: »Keine Angst, Paul, deine Schwestern wickel ich locker um den Finger. Im Umgang mit Frauen hab ich so meine Tricks drauf. Man muß ihnen sagen, daß sie schön sind. Und Blumen muß man ihnen mitbringen und Schachteln voll Süßigkeiten.«

Ich wollte dem Moses erklären, daß er mit so altmodischen Methoden bei Felix und Gwen keine Chance hätte, weil die nämlich knallhart sind und ihn höchstens auslachen würden. Heute bin ich froh, daß ich mir die Spucke gespart habe.

Alles kam ganz anders.

Am Tag ihrer Abreise rückten meine Eltern nämlich endlich mit der Gemeinheit raus, die sie sich ausgedacht hatten. Wir saßen beim Frühstück. Ich mampfte mein Müsli, die Zwillingsschwestern kauten Marmeladebrote, hörten sich gegenseitig Matheformeln ab und pokerten dabei.

In diese friedliche Stimmung hinein sagte meine Mutter plötzlich: »Hört mal zu, ihr drei Hierbleiber! Vater und ich, also, wir haben uns überlegt, daß es doch besser ist, wenn sich während unserer Abwesenheit jemand ein bißchen um euch kümmert. Tante Thea kommt.«

»Waaas?« schrien Gwen und Felix entsetzt.

Ich konnte nichts sagen, weil ich den Mund voll hatte. Vor Schreck konnte ich nicht schlucken. Als ob mich ein Riese zu erwürgen versuchte, so fühlte sich das an. Ich spürte auch, wie mir die Augen aus dem Kopf fielen und wie mein Herz aufhörte zu schlagen. Das durfte doch nicht wahr sein!

Und dann fragte mein Vater, dieser scheinheilige

Heuochse, zu allem Elend auch noch mit Heuchelstimme: »Na? Freut ihr euch?« Diese doofe Frage hätte er genausogut beim Weltuntergang stellen können!

»Nein!« schrien die Pokerspielerinnen und knallten die Karten auf den Tisch. Richtige Wuttränen hatten sie in den Augen. Ich wette, die hatten sich auch schon schöne Sachen ausgedacht. Und jetzt das!

»Nein!« schrie ich. Das hätte ich aber besser nicht getan. Denn das ganze Müsli, das ich im Mund hatte, spritzte durch die Gegend. Mein Gesicht war klebrig wie nach einer Schlammschlacht, und auch in den Haaren hing der Kleister.

Trotz der traurigen Stimmung lachte die Felix. »Olles Ferkel! Du siehst aus wie so'n Müsli-Monster!«

Die Gwen lachte nicht, sondern knurrte: »Ein Müsli-Monster ist mir tausendmal lieber als Tante Thea.«

Meine Mutter verstand die Welt nicht mehr, wie man so sagt. »Kinder, Kinder, wir meinen es doch nur gut mit euch! Ist doch alles leichter für euch, wenn sich jemand um das Essen kümmert und wenn ein Erwachsener im Haus ist, falls mal...«

Weiter kam sie nicht, weil wir so laut protestierten. *Wir meinen es doch nur gut mit euch!* Das ist so ziemlich der Satz, den ich von allen Elternsätzen am meisten hasse. Und was sollte der Quatsch mit dem *Kümmern* bedeuten? Kümmern konnten wir uns nämlich selber, vor allem ums Essenkochen. Gwen ist Weltmeisterin in Spaghetti mit Phantasiesoßen, Felix macht die besten Frikadellen diesseits des Äquators, und ich bin sowieso ein genialer Koch, besser als mein Vater, obwohl der sich für den größten hält. Keiner brät die Bratkartoffeln so braun wie ich!

Dieses *falls mal* ..., was die Ursulamutter da angedeutet hatte, empfand ich als eine höchstpersönliche Beleidigung. Was wollte sie damit sagen? Falls mal ein Einbrecher kommt? Oder so? Hah! Ich besitze einen Säbel, der ist aus Galgenholz geschnitzt. Ein Junge, der mal in unserer Stadt wohnte und der jetzt wahrscheinlich schon als Pirat die Sieben Weltmeere unsicher macht, hat ihn mir als Zeichen unserer Blutsbrüderschaft hinterlassen. Wer also wäre zur Verteidigung unserer Wohnung wohl besser geeignet als ich? Tante Thea etwa? Da wiehern doch die Walrosse! Ich nenn unsere Mutter übrigens immer Ursulamutter, wenn sie sich so gluckig benimmt. Ich hoffe, man versteht, was ich meine.

Ich stampfte wutschnaubend ins Badezimmer und hielt den Kopf unter den Wasserhahn, bis das ganze Müsli weggeschwemmt war. Wie sollte ich bloß dem Moses die Katastrophe beibringen? Als ich dann wieder in die Küche kam, sah ich, daß auch den Zwillingen die Nasenspitzen vor Zorn zitterten. Also waren wir uns heute endlich mal einig, aber nicht aus einem guten Grund, sondern aus einem ganz bösen.

»Nun klüngelt mal nicht so«, sagte mein Vater und fing an, seine Brillengläser zu wienern, was immer ein Zeichen für Unsicherheit ist, »oder wollt ihr zu spät in die Schule kommen?«

»Ja!« antworteten die Zwillinge und knirschten hörbar mit den Zähnen.

»Ich weiß gar nicht, was ihr habt!« Mit schriller Weinstimme sagte die Ursulamutter das. »Ist Tante Thea denn nicht nett?«

»Nein!« antworteten die Zwillinge und knirschten wieder mit den Zähnen. Sie hatten mit ihren Streichhölzern im Aschenbecher einen Scheiterhaufen errichtet und verfeuerten mindestens dreißigtausend Mark. Dann rührten sie mit den Fingern in der Asche rum und malten sich schwarze Trauerstriche auf die Stirn. Das kannten sie aus einem Indianerbuch.

Von Tante Thea muß man wissen, daß sie gar keine richtige Tante ist, sondern eine reichlich weit entfernte Verwandte. Angeheirateter Stiefcousinenverschnitt oder großmütterlicher Hilfsurenkel oder weiß der Teufel was. Väterlicherseits jedenfalls. Ich wußte nur, daß sie in einem Hinterwäldlerdörfchen wohnt. Und zwar in einem Hexenhaus mit Fledermäusen und solchem Getier. Wie sie aussieht, wußte ich damals nicht. Inzwischen weiß ich es!

»Sie soll nicht kommen!« sagte die Gwen.

»Sie kommt aber!« sagte mein Vater.

»Ich hol sie jedenfalls nicht vom Bahnhof ab!« sagte die Felix.

»Sie kommt mit ihrem Auto!« sagte mein Vater.

Eigentlich war dies gar kein Gespräch, sondern ein Geschrei, und es endete damit, daß wir unsere Schultaschen schnappten und grußlos das Weite suchten, wie man so sagt. Das tat uns trotz allem ein bißchen leid, weil wir wußten, daß unsere Eltern schon losgefahren sein würden, wenn wir am Mittag aus der Schule kämen. Ich sagte nichts, aber im Kopf wünschte ich ihnen einen schönen Urlaub. Kann gut sein, daß die Pokerspielerinnen das auch machten.

Moses sah sofort an meinem Gesicht, daß etwas Schreckliches passiert war. »Todesfall?« fragte er.

»Schlimmer«, sagte ich. »Tante Thea kommt.« Dann berichtete ich alles, was zu berichten war. Meine Stimme zitterte sehr.

Der Moses ist manchmal wirklich ein seltsamer Fuzzi.

Statt daß er sauer wurde, bekam der sogar leuchtende Augen, ehrlich. »Als was kommt denn eure Tante Thea?« wollte er wissen. »Als Aufpasserin?«

Ich nickte. »Als Aufpasserin, als Spionin, als Verräterin. Was weiß ich! Jedenfalls können wir alle unsere schönen Pläne auf den Mond schießen. Die Zwillinge sind auch am Boden zerstört. Das kannst du mir glauben.«

»Paul«, sagte Moses mit so einem komischen Beben in der Stimme, »sieh die Sache doch mal von der positiven Seite. Es könnte doch eine Menge Spaß machen, so eine Spionin zu vertreiben. Alles ist nur eine Frage der richtigen Taktik.«

»Du meinst...«

»Genau, Paul! Das meine ich.«

Während wir dann Erdkunde hatten und in häßliche fotokopierte Karten mit Filzstift die Erdgasvorkommen der Ukraine einzeichneten, machte Moses sich auf einem Schmierzettel allerlei Notizen, und mir war natürlich klar, daß er bereits die unterschiedlichen Taktiken zur Verscheuchung einer mittelgefährlichen Spionin und Spaßverderberin entwarf. Aber er kannte ja meine Tante Thea noch nicht.

Ich kannte sie nicht, Gwen kannte sie nicht, Felix kannte sie nicht. Wir drei hockten mittags am Tisch und kauten lustlos auf den Leberkässcheiben herum. Ich glaube, die Zwillinge waren noch mächtiger in ihrer Ehre verletzt als ich, weil sie ja auch zwei Jahre älter sind und darum an der Kränkung schlimmer zu kauen hatten als am Leberkäse.

»Daß man sich wie ein Baby behandeln lassen muß!« zischte die Felix und blätterte ihre Karten auf die Tischdecke. Obwohl sie vier Achten auf der Hand gehabt hatte, was ja verflucht viel ist beim Pokern, freute sie sich kein bißchen. »Ob wir einfach nicht aufmachen, wenn die Tante Thea ankommt?«

»Das wär ne Möglichkeit«, sagte die Gwen und verzog den Mund zu einem Clownsgesicht. »Wir sind einfach nicht zu Hause. Peng. Aus. Die kann dann klingeln, bis ihr der Daumen abbricht. Und dann verduftet sie wieder wie ein Furz im Winde. Huiii!«

So ging das selbstverständlich nicht. Sollte der Moses seine Pläne etwa umsonst gemacht haben? Außerdem dachte ich an das Affentheater, das uns bevorstand, wenn die Eltern zurückkommen würden und dann von unserem faulen Trick erfuhren. Da hing ja auch noch der Zettel an der Schranktür, den die Ursulamutter mit Klebestreifen festgemacht hatte. Mit rotem Buntstift war der geschrieben: *Kinder, seid nett zu Tante Thea! Daß wir keine Klagen hören!* »Nur Feiglinge laufen weg«, sagte ich darum und spannte die Muskeln.

»Spargeltarzan!« Die Gwen tippte sich an die Stirn. »Du hast es nötig!« Dann mischte sie die Karten neu, aber hinter ihrer Stirn arbeitete es, wie man so sagt.

Was Moses und ich so vorhatten, also, das behielt ich erstmal für mich, doch es zeigte sich, daß die Pokerfreaks sich auch schon ein paar Gedanken darüber gemacht hatten, wie das Unheil abzuwenden sei, das uns drohte.

»Hör zu, Paul«, sagte die Felix, »wir machen Dienst nach Vorschrift. Kapierst du das?«

Ich kapierte das nicht. Überhaupt mag ich solche Andeutungen nicht leiden. »Mach's nicht so spannend!« fauchte ich. »Erklär das mal so, daß auch ein normaler Mensch wie ich es versteht.«

Die Felix lachte ziemlich gemein. »Du und normaler Mensch! Da wackelt doch mein Goldzahn.« Dann erklärte sie es aber doch. »Wenn Beamte unheimlich trödeln und alles ganz, ganz langsam machen, dann nennt man das Dienst nach Vorschrift. Hast du's jetzt geschnallt?«

Ich wollte sagen, daß nach meiner Kenntnis die Beamten immer ganz, ganz langsam machen, aber weil es ja um Tante Thea und nicht um die Problematik der Beamtenschaft ging, wollte ich das Thema nicht vertiefen, sondern erklärte, zumindest halb hätte ich's gecheckt.

Die Gwen mischte sich ein. »Wir schalten auf stur. Ganz doof stellen wir uns an. Als ob wir mit der Tante Thea überhaupt nix am Hut hätten. Wir gucken durch die durch. Das ist die wirksamste Form des Widerstandes. Die ist für uns gar nicht da.«

Das gefiel mir. »Zombie! Ne lebendige Leiche ist die. Alles klar!«

Die Zwillinge schauten mich so an, als seien sie nicht sicher, daß ich ihre Taktik auch tatsächlich geschluckt hätte. Dann beschlossen sie, den Leberkäse in Papier einzuwickeln, um ihn an Oma Hüschs Dackel zu verfüttern, obwohl das arme Tier sowieso schon kurz vor dem

Platzen ist. Später geilten sie sich an wilder Musik auf. Kampfgesänge der Apachen und so. Der Recorder in ihrem Zimmer brachte das Haus fast zum Einstürzen.

Wir taten dann so, als hätte es nichts zu bedeuten, wenn dauernd einer von uns ans Wohnzimmerfenster lief und nach draußen spähte. Wer gibt schon zu, daß er vor Neugier ganz kribbelig ist! Doch wie sollten wir zwischen all den rumflitzenden Autos Tante Theas Töfftöff erkennen, wo wir doch gar nicht wußten, was für einen Schlitten sie fuhr. Genauso wie ich hofften meine Schwestern garantiert, daß unsere Gefängniswärterin vielleicht überhaupt nicht käme. Konnte doch sein, daß sie sich total verfuhr und unsere Straße nicht fand, wo sie doch sonst bloß zwischen Kappesäckern rumkutschierte und den Großstadtverkehr nicht gewöhnt war. Und hörte man nicht dauernd von Unfällen mit Totalschaden? Geplatzte Reifen, Getriebeschäden, Kolbenfresser, verrußte Zündkerzen: solche Sachen kamen doch vor. Konnte es nicht sein, daß die überflüssige Tante es längst aufgegeben hatte und mit dem Zug schon wieder zu ihrem Kuhdorf fuhr, während ihr kaputtes Auto irgendwo am Straßenrand verrostete? Insgeheim versprach ich dem heiligen Christophorus, der ja für Autos zuständig ist, eine dicke Kerze, wenn er Tante Thea von uns fernhielt.

Doch entweder wollte der Heilige nicht helfen, oder er konnte nicht. Denn Tante Thea kam! Zwar dauerte es noch bis zur Abenddämmerung, und zuerst wollten wir es auch gar nicht glauben. Aber der Reihe nach. Langsam ließ der

Verkehr in unserer Straße nach. Bei jedem Motorgeräusch huschte die Gwen oder die Felix oder ich ans Fenster. Großes Aufatmen, wenn das Auto vorbeirollte.

Auf das merkwürdige Gekeuche achteten wir zuerst nicht, weil das eigentlich nicht von einem Auto stammen konnte. Wir wurden erst hellhörig, als es lauter und lauter wurde und näher und näher kam.

»Hubschrauber mit Halsschmerzen«, tippte die Felix.

»Nee«, entschied die Gwen, »da hat sich ein Hochseedampfer verfahren!«

Sie hatten ja beide keine Ahnung! Es hörte sich nämlich so an, als hätten dreitausend Elefanten von zu kaltem Wasser die Mandelentzündung gekriegt und müßten nun alle fürchterlich husten. Haargenau so hörte sich das an. Ich schwöre!

Wir schossen wie Mondraketen zum Fenster und sahen das geheimnisvolle Gefährt die Straße herauftuckern. Und wir erkannten: das sollte ein Auto darstellen. Auf alten Fotos hatte ich mal so bucklige Rennwagen aus Rudolf Caracciolas Zeiten gesehen. So ungefähr sah das Ding aus. Mischung aus langgezogenem Osterei und aufgeblasener Banane. Das Verdeck war offen. Ein Weihnachtsmann mit Pelzmütze schien am Steuer zu sitzen. Auf dem Notsitz dahinter kauerte eine zweite Gestalt. Dann hielt das Vehikel genau vor unserer Haustür an. Der Motor jaulte aus. Die Stille war gespenstisch.

Wir schrien es gleichzeitig voll Entsetzen: »Tante Thea!«

Was soll ich groß drumrumreden. Unsere großartigen

Pläne vom Dienst nach Vorschrift zerplatzten wie Seifenblasen, als es dann schellte. Mein Ehrenwort, so gellend hatte die Türklingel noch nie gescheppert. Wie von mächtiger Zauberhand gezwungen drückten wir auf den Türöffner, rissen die Wohnungstür auf, liefen ins Treppenhaus und hörten die Heulboje von unten »Hallo! Hallooo!« tönen. Heulboje? Nein, Heulboje ist falsch. Es klang mehr nach Nebelhorn. Gwen und Felix hatten sich vor Schreck bei den Händen gefaßt.

Dann kam etwas in olympiaverdächtigem Tempo zur fünften Etage heraufgestürmt, das wuchtete eine Art Seemannskiste vor sich her. Bei der funzligen Flurbeleuchtung konnte ich nur erkennen, daß die Gestalt die Ausmaße eines Halbschwergewichtsboxers besaß, in einen Kaftan gehüllt war, der einerseits wie ein wolliger Bademantel und andererseits wie ein Robbenfell ohne Haare aussah, ja, und auf den Kopf der Gestalt war ein Kaffeewärmer gestülpt, der aber vielleicht eher mal die kugelsichere Mütze von Trapper Geierschnabel gewesen war oder der Abfalleimer eines Neandertalers.

Die Gestalt hatte uns erreicht und ließ die kofferartige Kiste oder den kistenartigen Koffer dröhnend auf die Fußmatte fallen. »Ich bin Tante Thea!«

Als ob wir das nicht auch so gewußt hätten!

Dann geschah das Sonderbare. Nur unter größter Aufbietung aller Willensstärke konnte ich den Entsetzensschrei, den ich schon im Mund hatte, noch herunterschlucken, als das riesenhafte Tier mich streifte. Im schummrigen Treppenhauslicht hatte ich das Ungeheuer nicht bemerkt, das auf samtenen Tatzen der Tante lautlos gefolgt war. Ein Tiger! Ein Tiger mit gelb-weiß gestromtem Fell. Zwar ein nur mittelgroßer Tiger, der als Säugling ein bißchen zu kurz gekommen und darum etwas zwergwüchsig war, aber eindeutig ein Tiger!

Der Tiger schob mich zur Seite und schritt gefährlich langsam in unser Wohnzimmer. Mit einem ungeheuren Satz sprang er auf das Blümchensofa, auf dem mein Vater sonst immer beim Fernsehen liegt, und besetzte das Möbelstück wie ein Raubritter, der eine überfallene Burg einnimmt. Dann richtete er die kalten bernsteinfarbenen Augen genau auf mein Gesicht, daß mich ein Schauder überkam. Doch ich schwöre, ich hielt dem grausamen Blick stand. In diesem Augenblick wußten wir beide, daß wir Todfeinde waren.

Und plötzlich fiel es mir auch wie Schuppen aus den Haaren: Nicht Tante Thea war unser gefährlichster Gegner, sondern ihr Tiger!

Das zweite Kapitel handelt von zwei Täuschungsversuchen, von einem Menschenfresser, vom Schreck in der Nacht und von Plan Nummer eins.

Tante Thea griff nach unseren Händen und fing mörderisch an zu schütteln. Ich dachte: Die will unsere Arme abreißen, ganz klar. Dann pellte sich die dralle Tante aus ihrem Waffenrock und nahm sich das wabbelige Ofenrohr vom Kopf. Wie sie jetzt so im Zimmer stand mit ihrer Kordlatzhose und der buntbestickten Russenbluse, mit den grauen Löckchen und dem rosigen Brillengesicht, also, da hätte ein Unbefangener sie für eine reizende ältere Dame wie aus dem Bilderbuch halten können. Aber ich ließ mich natürlich nicht täuschen. Reine Tarnung war das. Ablenkungsmanöver. Wolf im Schafspelz. Man kennt das.

»Oh«, sagte die Tante und zeigte auf den Tiger, »Leonidas fühlt sich schon wie zu Hause. Hat sich schon sein Lieblingsplätzchen ausgesucht. Das ist ja fein!«

Zum Teufel, was sollte daran fein sein?

»Heißt der Leonidas?« fragte die Felix, was ja gegen unsere Abmachung vom Dienst nach Vorschrift war.

Tante Thea nickte. »Im Grunde paßt der Name gar nicht zu ihm. Er ist alles andere als ein Kriegsheld.«

Was sollte das nun wieder bedeuten? Wahrscheinlich sah Tante Thea an unseren Gesichtern, daß wir nur Bahnhof verstanden. Sie fragte ganz erstaunt, ob wir nicht wüßten, wer Leonidas gewesen wär.

»Nein, wissen wir nicht«, sagte die Felix, und das war wieder gegen die Abmachung.

Die Tante hob den Finger wie ein oberschlauer Lehrer und hielt uns einen Vortrag über den außergewöhnlich tapferen Spartanerkönig Leonidas, der vierhundertundachtzig vor Christus in der Schlacht bei den Thermopylen ums Leben gekommen wär. »Durch Verrat!« erklärte sie mit bebender Stimme.

Was hatte ich mit den ollen Griechen am Hut! Außerdem sollte die überflüssige Tante mit dem Wort *Verrat* mal ruhig etwas vorsichtiger umgehen. Wenn einer verraten worden war, dann war ich es. Punkt.

»Ich hab von der Sache gehört«, sagte die Gwen, »in Geschichte.« Also fiel auch sie mir in den Rücken. »Gegen die Übermacht der Perser ging's damals.« So richtig mit Wichtigtuerlippen versprühte sie ihr Wissen.

»Mein Leonidas ist aber gänzlich unkriegerisch«, verkündete Tante Thea mit falschem Lächeln. »Er ist zwar für einen Kater außergewöhnlich groß, aber er ist auch außergewöhnlich friedlich. Wenn ich verreise, muß ich ihn immer mitnehmen, sonst wird er nämlich schwermütig. Er hat so eine sanfte Seele.«

Dieses Gesäusel ging mir auf den Keks. Sanfte Seele! Bäh! Und auch dieses Mal ließ ich mich nicht täuschen. Den Schwindel durchschaute ich locker. Das war kein außergewöhnlich großer Kater, sondern ein verkleideter Zwergtiger. Das ist ein verdammter Unterschied.

Zu allem Überfluß fing Leonidas jetzt laut an zu schnurren. Doch ich flüsterte in mich hinein: Spar dir die Show, Bursche, denn du bist enttarnt. Mich narrst du nicht. Nicht mich! Mit einem gefährlichen Unterton in der Stimme sagte ich laut: »Und ich hätte wetten mögen, daß in diesem Tier Tigerblut fließt.« Das war natürlich auch gegen die Abmachung, doch meine Gegner sollten von Anfang an wissen, daß man mich nicht hinters Licht führen kann. Ich warf ihnen, wie man das nennt, den Fehdehandschuh vor die Füße. Geistig jedenfalls.

Tante Thea lachte laut. »Dann hast du aber wenig Ahnung von Tigern, Paul!«

Aha, meinen Namen hatte sie also schon ausbaldowert!

Plötzlich begann sie, als hätte man ihr eine Kassette eingelegt, von ihren Erfahrungen mit Tigern zu erzählen. Ihre Augen leuchteten dazu. Da soll man nicht die Läuse kriegen bei so viel Angeberei! In Hinterindien habe sie mal gelebt, in einem Dorf an der Grenze von Bhutan, da habe es riesenhafte Bengaltiger gegeben, die sogar auf die Elefanten losgegangen seien. Zwar hätten die Tiger eigentlich eine Scheu vor Menschen, doch da sei ein Killertiger aufgetaucht. »Man-Eater nennt man solche Tiger, die sich an Menschenblut berauschen. Zum Glück ging der Menschenfresser dann in eine Falle«, erklärte Tante Thea, »sonst hätte er vielleicht das ganze Dorf ausgerottet.«

Zugegeben, spannend war das schon, was die da erzählte, aber ich glaubte ihr natürlich kein Wort. Genausogut hätte sie lügen können, daß sie bei der ersten Mondlandung dabeigewesen wär.

»Paul, Paul, mit so einem Raubtier willst du den braven Leonidas vergleichen?« Tante Thea schüttelte kichernd den Kopf. »Leider komme ich nicht mehr so viel zum Reisen. Meine Tiere, müßt ihr wissen. Die hängen sehr an mir. Ich hab ja eine fürsorgliche Nachbarin, doch länger als eine Woche darf ich nicht fort sein von zu Hause.«

Garantiert erwartete sie jetzt, daß wir sie fragten, was für Tiere sie denn hätte, aber wir haben nicht gefragt. Allmählich konnten wir nämlich wieder richtig ticken und erinnerten uns auch an die Abmachung, daß Tante Thea eigentlich Luft für uns ist. Ich half ihr auch nicht, die komische Kiste ins Elternschlafzimmer zu schleppen, wo die Tante sich häuslich einquartierte. Im großen Bett meiner Eltern würde sie schlafen! Nie mehr würde ich mich also in dieses Bett kuscheln können, wenn es von der Tante entehrt war. Alles fing so schlimm an, wie ich mir das gedacht hatte.

»Wir werden uns bestimmt gut vertragen«, sagte Tante Thea, als sie wieder im Wohnzimmer erschien und uns anstrahlte wie eine Flutlichtanlage.

Auf diese blöde Bemerkung hatte ich die ganze Zeit gewartet, denn nun konnte ich innerlich hohnlachen. Der würde das Wasser noch aus den Augen laufen, wenn Moses und ich unsere Trickkiste auspackten. Das gleiche galt für den Tiger.

»Habt ihr denn schon zu Abend gegessen?« fragte Tante Thea.

»Nein!« schrien die Zwillinge und ich.

»Ihr armen Kinder! Da will ich mal schnell was herrichten.«

»Es ist nichts im Kühlschrank!« logen wir.

Großer Manitou! Das schien die Tante nicht im mindesten zu überraschen. »Hab ich mir schon gedacht«, sagte sie. »Eure Eltern haben sich vor der Abreise sicher um wichtigere Dinge kümmern müssen. Da vergißt man so etwas leicht. Morgen früh kaufe ich ordentlich ein, und für das Abendbrot hab ich vorgesorgt.« Ruckzuck holte sie aus dem Elternschlafzimmer so eine Frischhaltetasche, die hatte in ihrem Mammutkoffer gesteckt. »Nun hoffe ich bloß, daß es euch schmeckt.«

»Ich habe keinen Hunger«, verkündete die Gwen.

»Ich esse abends nie etwas«, erklärte die Felix.

Tante Thea hob verständnislos die Hände gen Himmel, dann schaute sie mich geradezu flehentlich an. »Aber du, Paul, du ißt doch mit Leonidas und mir zu Abend, ja?«

»Nein!« war meine harte Antwort.

»Aber warum denn nicht?«

»Weil mir schlecht ist. Wahrscheinlich muß ich gleich kotzen.«

Tante Thea erschrak. Das fand ich schön. Sie wollte fühlen, ob ich Fieber hätte, aber ich brachte mich mit einem Sprung außer Reichweite ihrer grapschenden Hände. Das fehlte noch, daß die mich betatschte! Ihr sorgenvoller Blick war sowieso geheuchelt.

»Ich versteh schon«, sagte Tante Thea. »Es ist der Abschiedsschmerz. Schön, wenn Kinder ihre Eltern so sehr lieben. Andererseits müßt ihr aber auch ein bißchen Verständnis haben. Sie brauchen diesen kleinen Urlaub bestimmt dringend. Doch jetzt seid ihr nicht mehr allein. Wir sind ja gekommen, nicht wahr, Leonidas?«

Am liebsten hätte ich schrill geschrien. Um ein Haar hätte ich meinen Säbel geholt. Dann wär was los gewesen! Zum Glück gelang es mir, mich zu beherrschen.

»Also, ich habe einen gewaltigen Hunger!« Tante Thea rieb sich die Hände und packte dann ihre Vorräte aus. »Lecker, lecker!« lockte sie den Tiger an den Tisch.

Es gibt ja solche Augenblicke im Leben, wo man zeigen muß, aus welchem Holz man geschnitzt ist. Solch ein Augenblick war gekommen. Vielleicht der schlimmste in meinem bisherigen Dasein. So ungefähr jedenfalls. Ansehen zu müssen, was diese Frau da auf die Tischplatte häufte, das ließ mir die Knie weich werden. Ich will mal so sagen: Der Schweiß brach mir aus, das Wasser lief mir literweise im Mund zusammen, die Pulse jagten, die Zähne lockerten sich, der Magen krachte. Und was es sonst noch so gibt. Auf jeden Fall traten mir die Augen aus dem Kopf.

Ich starrte auf die Leberwürste und auf die kalten Koteletts, auf den Eiersalat und auf die Hähnchenschenkel, auf die Käsebrötchen und auf den Schokoladenpudding, auf den Apfelsaft und auf den Nußkuchen, auf die Apfelsinen und auf die Cremehütchen, auf die Cola und auf die Matjesfilets. Ich will das nicht weiter ausmalen, aber ich stand kurz vor dem Verhungern und dem Verdursten! Den Zwillingen ging es genauso. Wir litten stumm.

Tante Thea holte Geschirr und Besteck aus dem Schrank. Der Tiger war schon auf einen Stuhl gehüpft und leckte sich das Raubtiergebiß. Er konnte jetzt schön Kraft tanken für den Kampf gegen mich, und ich mußte darben. Ich konnte an seinen Augen sehen, wie er diesen Triumph genoß.

»Willst du nicht doch eine Kleinigkeit essen?« fragte Tante Thea mit schmeichlerischer Freundlichkeit. »Oder wenigstens einen Schluck trinken?«

»Nein«, hörte ich mich mit erstickender Stimme keuchen.

Dann legten die beiden los mit ihrer Freßorgie. Ich hatte die Augen geschlossen, um die Schlemmerei nicht ansehen zu müssen, aber die Ohren kann man ja leider nicht zuklappen. Das Mampfen, Schlürfen, Schmatzen und Schlecken drang mir bis ins Herz.

»Nachher läuft ein toller Wildwestfilm im Fernsehen«, sagte Tante Thea. »Wollen wir uns den zusammen ansehen? John Wayne spielt mit. Und Kirk Douglas auch. Sie haben es mit gefährlichen Kopfgeldjägern zu tun.«

»Ich mag Western nicht leiden«, log die Felix.

»Mir ist das zu grausam«, log die Gwen.

Beim Barte von Old Shatterhand, wie hatte ich mich auf diesen Film gefreut! Neben Moses auf dem Teppich liegen und mit den kühnen Helden in die nächtliche Prärie hinausreiten, unglaublich gefährlichen Abenteuern entgegen ... Wow! Wir hatten uns ja sogar schon gestritten, wer von uns John Wayne und wer Kirk Douglas wär. Und jetzt

PFEL
COLA

mußte ich sagen: »Ich kann mir den Film nicht anschauen, weil mir noch immer so schlecht ist.« Es klang steinerweichend.

Die Pokerspielerinnen zockelten mit gesenkten Häuptern in ihr Zimmer und haben an diesem Abend vielleicht sogar keine Spielkarte mehr angerührt. Ich warf mich auf mein Bett und war ganz voll Traurigkeit. Als die ersten Töne der spannenden Filmmusik erklangen, zog ich mir das Kissen über den Kopf. Tante Thea und ihr Tiger hatten es gut! Außerdem rumorte der bange Verdacht in meiner Brust, daß die beiden die erste Runde gewonnen hatten, während der Hunger in meinen Gedärmen wühlte. So endete dieser Abend.

Erst dachte ich: Junge, in dieser Nacht machst du kein Auge zu, wach wirst du dich in den Kissen wälzen und vor Hunger heulen. So etwa. Dann bin ich aber doch eingeschlafen, und wahrscheinlich habe ich sogar geträumt, denn die Muskeln taten mir scheußlich weh, als ich dann um Mitternacht aufschreckte. Das mit den Muskeln muß ich erklären. Gewöhnlich kämpfe ich nämlich in meinen Träumen mit Untieren aller Art, bestehe Ringkämpfe gegen Monster und drachenköpfige Feuerspucker und rette mich so gerade eben noch vor der drohenden Übermacht von Gangsterhorden, galaktischen Fledermausmännern und besoffenen Fußballfans. Das geht ganz schön auf die Muskeln. Jetzt konnte ich mich zwar an keinen Traum erinnern, als ich die Augen aufschlug und zuerst gar nicht wußte, wo ich war, aber alles deutete darauf hin, daß ich unheimlich großen Gefahren ausgesetzt gewesen war.

Und woher ich weiß, daß es gerade Mitternacht war? Das sagte mir mein Gefühl. Geisterstunde. So etwas spürt einer wie ich. Und dann befahl mir auch schon eine unhörbare Stimme aus dem Jenseits, lautlos das Bett zu verlassen und mich dem Kühlschrank zu nähern. Ich schwöre, ich konnte mich überhaupt nicht dagegen wehren!

Zuerst brach ich mir sämtliche Zehen des rechten Fußes am Bettpfosten, dann plättete ich meine Nase an der Küchentür, dann schlitzte ich mir am ganzen Körper die Haut auf, weil ich gegen den großen Kaktus gelaufen war, doch schließlich erreichte ich den rettenden Kühlschrank. Als sich meine Nachtaugen dann an das grelle Licht des Lämpchens gewöhnt hatten, geriet ich vor Wonne in eine Art Schüttelfrost. Das Herz hämmerte gegen die Rippen, wie man so sagt. Denn alle Herrlichkeit der Welt war vor mir ausgebreitet. Nudelsalat mit Erbsen, Schinkenröllchen mit Spargel, süßer Reis mit Zucker und Zimt, Schoko-Eis mit Mandelsplittern, grüner Wackelpeterpudding mit roter Himbeersoße... Naja, all die Schlemmereien, die unsere Eltern vor der Abreise für uns Fast-Waisenkinder vorbereitet hatten. Mein Magen hüpfte vor Glück. Doch dann gefror mein Blut.

Ein raunzendes, zähneknirschendes, heiser grollendes Knurren drang an mein Ohr, heißer Tigeratem streifte mein Angesicht, Pelziges berührte gefährlich mein Knie. Der Schrei erstarb sozusagen in meiner Kehle, denn plötzlich packte eine stählerne Hand nach meinem Hals, um mich zu erwürgen. Das ist das Ende! dachte ich noch, bevor die Sinne anfingen zu schwinden.

Aber dann war es nicht das Ende, sondern Tante Thea.

»Großer Gott, Paul! Du bist es!« rief sie aus. »Ich dachte schon, es wär ein Einbrecher!« Sie lockerte den Griff.

»I-i-ich bin's w-w-wirklich«, stammelte ich und rang nach Luft. »I-i-ich hatte so-so-solchen Hunger!«

Tante Thea jubelte geradezu. »Wunderbar, wunderbar! Dann mußt du also nicht mehr kotzen? Herrlich, Paul, herrlich! Ich hatte mir ja richtig Sorgen gemacht!« Sie riß mich brutal an sich und drückte mein Gesicht zwischen ihre Riesenbrüste, was eindeutig ein Anschlag auf mein Leben war. Hundertprozentig wäre ich erstickt, wenn ich nicht diese Weltklasse im Luftanhalten besäße.

Als mein Gehirn dann wieder etwas Sauerstoff bekam, dachte ich: Hah, sie läßt sich nichts anmerken, aber sie hat gesehen, daß der Kühlschrank bis zum Gehtnichtmehr gefüllt ist, und dabei hatten wir doch behauptet, der wär gähnend leer. Was für teuflische Ränke spinnt sie? Vom scheinbar friedlichen Schnurren des Leonidas-Tieres ließ ich mich auch nicht einlullen, denn es klang falsch und hinterhältig.

Dann ging der Kronleuchter an. Gwen und Felix waren vom allgemeinen Lärm wach geworden. Wie zwei Maulwürfe blinzelten sie ins Licht und sahen mit den wirren Haaren aus wie die Schwestern von Pumuckl. Tante Thea hatte übrigens ein meergrünes Nachthemd an. Wir standen also zunächst mal rum und wußten nichts zu sagen: die Pokerspielerinnen, die überflüssige Tante, der Zwergtiger und ich.

Tante Thea war es dann, die das Schweigen brach. »Ich schlage vor, daß wir uns alle zu einem ausgiebigen Mitternachtsmahl an den Tisch setzen.«

Das taten wir auch ganz schnell. So viel hatte ich noch niemals in einer Nacht in mich hineingeschaufelt, trotzdem blieb ich auf der Hut und ließ die Tante und ihren Leonidas nicht aus den Augen. Auf die Zwillinge konnte ich nicht zählen. Die waren in diesem Zustand aus Schlaftrunkenheit und Gefräßigkeit überhaupt nicht zurechnungsfähig. Mit geschlossenen Augen mampften sie. Als ich dann endlich meinen gröbsten Hunger gestillt hatte, war mir wirklich schlecht. Aber das ließ ich mir nicht anmerken. Das fehlte noch, daß ich mir eine Blöße gab. Meine Gegner sollten nicht über meine Schwächen frohlocken. Aufrecht wie ein Komantschenhäuptling bin ich dann in mein Zimmer gestakst, obwohl mein Bauch grauenhaft kniff und zwickte. Daß der Tiger mir hinterhergrinste, das hab ich aber noch ganz klar gemerkt.

Über den Rest der Nacht will ich den Mantel des Schweigens hängen. Gekotzt hab ich nicht, aber viel hat nicht gefehlt. Der Kaffee richtete mich dann am Morgen wieder ein bißchen auf. Ich habe auch keine Rücksicht darauf genommen, daß Tante Thea ihn gekocht hatte. Dienst nach Vorschrift oder nicht: rein mit der Brühe – und dann nix wie ab zur Schule!

Ungeduldig trippelnd wie ein verrücktes Rennpferd wartete Moses an der kaputten Weltzeituhr auf mich. »Paul, oller Trödelfritze! Da bist du ja endlich! Ist sie gekommen?«

»Und wie«, sagte ich.

»Hopp, raus mit der Sprache! Wie ist sie denn so? Ich meine: typmäßig.«

»Eine Mischung aus Tarzan und Bud Spencer. Wenn du verstehst, was ich meine. Ich habe schon aufregende Stunden hinter mir, das kannst du mir glauben. Sie ist wahrlich ein gefährlicher Gegner!« Das Wort *wahrlich* fand ich besonders treffend.

Moses geriet in so eine Art Verzückung. Er sagte, er liebe gefährliche Gegner, weil es ja sonst keinen Spaß mache. Dann bestand er darauf, daß ich ihm die Tante Thea Kubikzentimeter für Kubikzentimeter bis aufs I-Tüpfelchen genau beschrieb. Ihr grausamer Griff beim Einbrecherpacken interessierte ihn besonders. Und ihr Altertumsauto.

Aber die große Überraschung hatte ich mir natürlich bis zum Schluß aufgehoben. »Moses, du hast doch nicht etwa einen Herzschaden oder so?«

»Nö«, sagte Moses, »warum fragst du das?«

»Weil ich mir sonst Schweigen auferlegen müßte, um deine Gesundheit nicht zu gefährden. Da ist nämlich noch was Ungeheuerliches.«

»Quatsch nicht so geschwollen, Paul! Was ist es?«

Ich ließ den Moses aber noch sechzig Sekunden zappeln,

ehe ich das Geheimnis lüftete. »Sie hat einen Tiger als Leibwächter mitgebracht!«

Moses kriegte auf einen Schlag ganz lange Augen. »Paul, willst du mich verarschen? Oder ist das am Ende wirklich wahr?« Er faßte nach meinem Hals, wo ich noch die Wundmale von Tante Theas Würgegriff trug.

»Bei meiner Ehre«, sagte ich feierlich und hob die Hand zum Schwur, »es ist wahr. Sie behauptet zwar, es sei ein Riesenkater, aber damit will sie uns Sand in die Augen streuen. Es handelt sich eindeutig um einen etwas klein geratenen Tiger. Und gerade solche Viecher sind ja besonders angriffslustig, wie du weißt, weil sie unter Minderwertigkeitskomplexen leiden.«

Der Moses brauchte Minuten, um das alles geistig zu verarbeiten. Ehrfürchtig staunte er mich an, dann nahm er meine Hände, versenkte seinen Blick in meinen und flüsterte: »Da müssen wir aber fest zusammenhalten, Paul, wenn das so ist!«

Ich erwiderte den Händedruck schweigend. Es war ein schöner Augenblick. Ohne große Worte wußten wir, daß wir uns aufeinander verlassen konnten in jeder Gefahr. Und Gefahren standen uns ja haufenweise bevor.

»Plan Nummer eins«, sagte Moses, »ich bin für Plan Nummer eins.«

»Ich bin auch für Plan Nummer eins«, antwortete ich. »Wie geht denn der?«

»Gift.« Moses spitzte die Lippen. »Was sein muß, muß sein.«

»Moses!« hauchte ich und spürte dabei, wie mein Gesicht ganz grün wurde. »Bist du wahnsinnig? Wir können sie doch nicht...«

Mit einer großen Geste wischte mein Freund mir das Wort vom Munde. »Doch nicht, was du denkst! Wir brauchen ein Gift, das ihren Willen bricht. Sie muß vor uns zittern. Nur so kriegen wir das hin, daß sie fluchtartig die Stadt verläßt, damit wir endlich eine sturmfreie Bude bekommen. Laß mich nur machen!«

»Und der Tiger? Den hast du wohl vergessen, wie?«

»Das hast du auch nur gedacht«, sagte Moses, aber das klang nicht sehr überzeugend. Es war fast zu hören, wie seine Gedanken arbeiteten. So ein Problem nimmt einen ganz schön mit.

Probleme hatten wir dann auch erst mal mit Meister Georgi, weil wir zu spät in seine verdammte Mathestunde kamen. Erst schrieb er uns ins Klassenbuch, dann verpaßte er uns sechs Gleichungen mit vier Bruchstrichen und neunzehn Klammern als Strafarbeit.

Ich sagte mir: Wer Tante Theas Tiger in die Augen geschaut hat, der ist durch nichts mehr zu erschüttern.

Und so war es auch!

Das dritte Kapitel handelt vom Ostereiauto, von der falschen Taktik der Zwillinge, vom Willenbrecherkraut und von einer bösen Überraschung.

Der Moses war ganz scharf auf die behämmerte Schrottschleuder von Tante Thea. Typisch. Da geht es um die Verwirklichung großer Pläne, wie so etwas rein sachlich heißt, aber er hat bloß die alte Karre im Kopp! Wenn wir Tante Thea haßten, dann mußten wir auch ihre Klamotten hassen. Nicht nur den hinterlistigen Tiger. Ich erklärte das dem Moses, doch der Halbaffe meinte, Tante Thea und das Auto, das sei zweierlei. Er interessiere sich jedenfalls für Oldies. Ich hätte ihm nichts von dem Schlitten erzählen dürfen. Mein Fehler.

Was soll ich groß berichten. Nach der Schule sind wir dann zu Moses nach Hause, wo er schnell seine Fischstäbchen runterschlang und seiner Mutter erklärte, wir hätten noch Theaterprobe für das Schulfest. König Drosselbart. Das fand die Mutter sehr schön und schenkte uns selbstgebackene Kekse für die Probenpaùse. Wir sind dann gleich weiter zu uns, aber Moses wollte nicht mit rauf, weil er nur Augen für das gelbe Uraltauto hatte, das da vor unserer Haustür stand und schon jede Menge Gaffer angelockt hatte. Die rangen die Hände und kriegten sich nicht mehr ein vor Verzückung. Guck mal die Speichenräder! Sieh mal die Handbremse! Den kann man mit ner Handkurbel anwerfen! Richtige Knautschledersitze hat der! Der wird mit Zwischengas geschaltet! Das Blech ist mindestens fünf Millimeter stark! Und die Form! Das ist noch Wertarbeit! Muß mächtig Spaß machen, so einen Kübel zu chauffieren! Blablabla... So quatschten die rum. Moses mit Weihnachtsbaumaugen mitten zwischen den Staunemännern und Schwärmfrauen. Ich gab mir jedenfalls viel Mühe, das Auto potthäßlich zu finden. In so etwas Altmodisches würde ich mich nie reinsetzen. Nie!

Ich bin dann raufgegangen. Den Duft schnupperte ich schon in der Diele. Tante Thea hatte Dampfnudeln gebakken. Für Dampfnudeln könnte ich glatt sterben. Verflucht, woher hatte sie das mit meiner Lieblingsspeise rausgekriegt? Ganz klar: die wollte mich bestechen und auf ihre Seite ziehen. Hatte sie etwa eine von den Zwillingen ausgehorcht? Am Ende hatte sie gar die Gwen oder die Felix unter Androhung von Folter dazu gebracht, mein Lieblingsessen zu verraten! Was ging da vor? Ich fuhr meine Antennen aus. Alarm! Und was lauerte da im Halbdunkel hinter der Garderobe? Gedankenschnell, wie das meiner austrainierten Art entspricht, ging ich in Boxstellung.

»Pßt, Paul! Ganz leise!«

Das war die Gwen. Da konnte die Felix nicht weit sein.

Ich flüsterte: »Was soll der Blödsinn, ihr Suppenhühner?«

»Selber Suppenhuhn!« Das war die Felix. »Halt mal die Luft an, Paul, und hör uns zu. Tante Thea weiß nicht, daß wir in der Wohnung sind. Und wir schwirren auch sofort wieder ab. Das gehört zu unserer Verweigerungsstrategie. Sie soll Angst kriegen!«

Die Gwen kicherte: »Wir haben bloß schnell die Schultaschen gebracht. Eigentlich wollten wir uns auch was zu essen aus dem Kühlschrank holen, aber in der Küche lauert der fette Kater.«

Ich dachte: Der Tiger! Wann kapiert ihr es endlich, daß das ein Tiger ist! Und ich sagte: »Was habt ihr denn jetzt vor?«

»Pßt!« warnte die Felix. »Wir besuchen die Katharina. Und wir bleiben ganz lange weg. Kapierst du den Trick? Die Tante Thea soll Schiß haben, weil wir nichts essen und uns rumtreiben und weil sie dann ihrer Aufsichtspflicht nicht genügt. Schlechtes Gewissen und so. Sie hat ja die Verantwortung. Wir wollen, daß sie die Nerven verliert und die Flucht ergreift. Das ist das, was man Psychoterror nennt. Oder ist das zu hoch für dich?«

Ich sagte den Pokerspielerinnen, daß für mich überhaupt nichts zu hoch sei, da sollten sie sich mal bloß keine Schwachheiten einbilden, und verraten würde ich sie schon gar nicht. Dann habe ich ihnen meine Mosesmutterkekse geschenkt, damit sie nicht ganz verhungerten. Gwen und Felix sind dann aus der Wohnung geschlüpft, lautlos wie die Letzten der Mohikaner. Ich hab noch zweimal bis dreizehn gezählt, wie ich es immer mache, bevor ich einen wichtigen Entschluß fasse, und bin ins Wohnzimmer gestampft, wo die überflüssige Tante am Tisch saß, eine dünne lange Zigarre rauchte und an einem Kreuzworträtsel arbeitete. Das heißt: vor allem schien sie sich zu amüsieren.

»Tag, Paul! Ich lach mich kaputt!«

Ich dachte: Na fein! Tu's doch!

»Stell dir vor, sieben senkrecht: König der Spartaner mit acht Buchstaben. Der erste ist ein L.« Während sie das Wort eintrug, wackelte sie unentwegt mit dem Löckchenkopf.

Ich konnte den spartanischen König aber nicht entdekken. Bestimmt lag er auf der Lauer und beobachtete mich. Ich schmiß meine Schultasche in mein Zimmer und setzte mich in der Küche an den Tisch, wo nur für zwei Leute gedeckt war.

»Wir beide sind allein«, erklärte die Tante. »Leonidas hat schon zu Mittag gespeist.«

Jetzt hätte ich natürlich fragen müssen: Und was ist mit den Zwillingen? Wollen wir nicht auf sie warten? An sich hätte ich mich auch verweigern müssen. An Wassersucht hätte ich ja leiden können oder an der galoppierenden Schwindsucht oder so. Aber erstens wiederhole ich meine Ideen nicht, zweitens ist einmal Kotzen sowieso genug, drittens würde ich bei Dampfnudeln immer eine Ausnahme machen, viertens war es taktisch gar nicht schlecht, wohlgenährt in die langwierigen Auseinandersetzungen zu gehen.

Schon wieder albernes Tantengekicher. »Deine Schwestern waren vorhin hier in der Wohnung. Haben sich heimlich reingeschlichen. Aber ich hab mir selbstverständlich nicht anmerken lassen, daß ich's gesehen habe. In dem

Alter haben Mädchen ihre kleinen Geheimnisse.« Und wieder kicher-kicher-kicher. »Ich war ja auch mal jung.«

Ich machte ein sehr geheimnisvolles Gesicht. »Bei denen weiß man nie, was sie im Schilde führen!« Das sollte eine Drohung sein.

»Paul«, sagte die Tante und richtete ihre Brillenaugen auf meine Pupillen, »das lernst du noch, wenn du älter bist.« Dann trällerte sie wie so ein Grammophon aus Gründerzeiten: »Die Lie-hie-be, die Lie-hie-be, ist ei-ne Hiiimmelsmacht!« Und wieder die Kichereinlage. »Sie wollen sich natürlich mit ihren Freunden treffen. Das müssen sie doch ausnützen, daß die Eltern verreist sind. Eltern merken das meistens als letzte, wenn die Töchter flügge werden. Ich weiß, wovon ich rede. Und jetzt wollen wir essen. Magst du Dampfnudeln?«

Ich konnte nur ganz schwach nicken, so hatte es mir die Sprache verschlagen. Wenn Felix und Gwen wüßten, daß sie sich selber ausgetrickst hatten! Tante Thea, die große Verständnisvolle. Eklig. Dann holte sie die Dampfnudeln aus dem Backrohr, die waren mit Aprikosen, Rosinen und Dörrpflaumen gefüllt, wie ich es am liebsten habe. Und sie schmeckten super. Eine Gemeinheit ist das, wenn man versucht, die Moral des Gegners mit solchen Methoden zu untergraben. Während ich schlemmte, sagte ich mir ununterbrochen vor: Paul, laß dich nicht einwickeln und nicht weichklopfen. Wie mancher Held ist schon den Sirenen und Hexen und Meerweibern auf den Leim gegangen, indem er sich durch Zaubertränke betören ließ! Zaubertrank oder Zauberessen: das blieb sich gleich. Held Paul war auf der Hut. Und wie.

»Hat's einigermaßen geschmeckt?« fragte Tante Thea.

Zögernd gab ich das zu.

»Freut mich. Mußt du immer sagen, wenn dir was nicht schmeckt. Essen und Trinken, das sind wichtige Sachen. Da soll man nicht spaßen. Hast du was vor heute nachmittag?«

»Und ob!« sagte ich. »Ich muß dringend weg.«

»Das trifft sich gut. Ich wollte auch mal einen ausgedehnten Stadtbummel machen. Wann kommt so eine Provinzziege wie ich schon mal in die Großstadt. Leonidas wird die Wohnung hüten.«

Da hatte ich keine Zweifel. Wenn die anderen Hausbewohner wüßten, daß ein Raubtier in diesem Gemäuer sein Unwesen trieb! Die Polizei würden sie alarmieren, die Feuerwehr, den Bundesgrenzschutz oder so. Zumindest die Pfadfinder. Oder den Fernsehgrzimek. Bestimmt würde unsere Familie vom Hausbesitzer die fristlose Kündigung kriegen, weil ja Lebensgefahr für die Allgemeinheit bestand. Bloß gut, daß meine Eltern sich sorglos am Bodensee sonnen konnten und nicht ahnten, was sie ihren armen Kindern und der sonstigen Menschheit angetan hatten, als sie Tante Thea einluden. Mit dem Tiger konnten sie ja nicht rechnen.

Der lag hingegossen neben dem Schirmständer und tat so, als ob er schlief. Doch das Blitzen seiner grauenhaften Augen verriet ihn. Sein spöttischer Blick bohrte sich tief in meinen Rücken, als ich schweißgebadet die Wohnung verließ. Was hatte er vor?

Der Moses lehnte lässig am linken Kotflügel des gelben Ostereiautos und spuckte gegen alles, was vorbeituckerte. Pro Tag verbraucht der im Durchschnitt zehn Liter Spucke. »Wird auch langsam Zeit, Paul. Na, was macht die alte Schnepfe?«

»Ein Mittagsschläfchen. Dann will sie so einen Stadtbummel veranstalten.«

»Dann dürfen wir keine Zeit verlieren. Die Zubereitung des Trankes nimmt einen Haufen Zeit in Anspruch. Hast du eine Ahnung, wo wir das Willenbrecherkraut finden können?«

»Nicht so genau«, sagte ich und überlegte scharf, ob wenigstens der Moses wußte, was Willenbrecherkraut ist. »Ich nehme doch an, daß wir's auf ner einsamen Waldwiese am ehesten finden.«

Das nahm der Moses dann auch an, und wir sind mit dem Bus Nummer siebzehn bis zum Stadtwald gefahren, weil auf dieser Strecke unsere Schülerkarten gelten. Die Maisonne schien schön warm. Bei solchem Wetter macht es Spaß, nach Willenbrecherkraut zu suchen.

Moses schlug vor, daß wir uns am Kiosk erst mal ein Eis kauften, was durchaus auch meinen Vorstellungen entsprach. Dann drangen wir in das Dickicht vor. Das heißt: viel Dickicht war da ja eigentlich nicht, aber auf jeden Fall lehnten wir es ab, wie so bürgerliche Spaziergänger über die langweiligen Wege zu watscheln, sondern schlichen wie Kundschafter durch das mehr oder weniger unwegsame Gelände. Ein Eichelhäher zeterte wie bekloppt.

Auf der Waldwiese spielten übergewichtige Ausflügler Federball. Wir dachten uns die Leute zwar weg und stellten uns alles sehr einsam vor, doch keine der Pflanzen, die wir fanden, sah nach Willenbrecherkraut aus.

»An Bächen ist es häufiger«, meinte Moses.

Wenn man bergab läuft, kommt man irgendwie immer an einen Bach. Die Köttelbecke wirkte ziemlich dreckig, aber darauf konnten wir in dieser entscheidenden Phase unseres Planes Nummer eins keine Rücksicht nehmen. Schlimm sah's trotzdem aus, was da so im Gestrüpp der Uferböschung festhing: Bierdosen, Babywindeln, Zigarettenschachteln, Plastikeimer, Lumpenfetzen. Ehrlich, manche Trottel sollte man stundenlang mit nacktem Hintern durch die Brennesseln jagen.

Und wo ich grad von Brennesseln rede: die wuchsen in Massen. Auch Brombeergestrüpp und Farndickichte wucherten noch und noch, aber Moses rümpfte nur die Nase. Das war alles nicht das Richtige. Doch dann entdeckten wir bachabwärts solche großblättrigen Eumel, die wie Rhabarber aussahen.

»Hah!« rief Moses. »Hab ich's doch gewußt!«

Auch mir war sofort klar, daß es sich hier um Willenbrecherkraut handelte. Da der Moses ja, wie ich schon erwähnte, ein biblischer Wasserspezialist ist, zog er sich Schuhe und Strümpfe aus, krempelte die Jeansbeine hoch und watete ins Matschwasser, was für seine Schweißfüße

sicher mal ganz nützlich war. Er pflückte ein besonders großes Blatt mit Stengel ab und trug es wie einen Nibelungenschatz an Land. Dann tastete er es prüfend mit den Fingern ab und hielt es fachmännisch gegen die Sonne, daß man das Geäder sehen konnte.

»Ein besonders wirksames Exemplar«, erklärte Moses. Er fischte mit einem Stock einen leeren Eisbecher aus dem Wasser und wusch ihn ein bißchen aus.

Auf einem Baumstumpf hab ich das Grünzeug dann mit meinem Allzweckmesser wie Spinat zerhackt und in den Becher gefüllt. So brachten wir die gefährliche Beute nach Hause. Allerdings war dies erst die Grundsubstanz für das Tantenvertreibergift.

»Knoblauch«, entschied der Moses, »Knoblauch muß jetzt dazu.«

Einleuchtend! Ich hatte noch vier Groschen in der Tasche, Moses drei. Für das Geld ließen wir uns im Supermarkt Knoblauch auswiegen. Viel war es nicht. Die paar Zehen paßten in eine Faust. Aber es roch schön gemein. Ich glaub, die Verkäuferin hielt uns für beknackt und die Frau an der Kasse auch. Außerdem beobachtete uns so ein pickeliger Jüngling die ganze Zeit wie ein Habicht, weil er dachte, daß wir Ladendiebe wären und daß die Knoblauchkauferei nur Ablenkung sein sollte. Dem Knilch haben wir dann ganz lange die Zungen rausgestreckt. Da wurde er knallrot und schwirrte ab.

Als wir dann auf einer Bank vom Kinderspielplatz das Knoblauchzeugs in winzige Scheibchen schnitten und unter das zerhackte Willenbrecherkraut mischten, fielen wir fast in Ohnmacht, so stank das. Der Moses meinte, nun fehle nur noch Essig.

Er sagte: »Wegen der Säure muß Essig rein.«

Bei allen grüngeschwänzten Teufelchen! Wie sollten wir denn an Essig kommen? Pleite wie wir waren. Ich dachte so sehr nach, daß ich's im Gehirn richtig rauschen hörte.

Moses druckste ein bißchen verlegen herum, dann sagte er so komisch gedehnt: »Da gäb es allerdings noch eine ganz natürliche Methode, wie wir an Säure kommen könnten.«

Erst verstand ich nicht, dann verstand ich doch. »Nein!« schrie ich voll Entsetzen, daß alle die winzigen Buddler im Sandkasten erschreckt ihre Schippchen fallen ließen. »Das geht zu weit, Moses!«

»War ja man bloß ein Vorschlag«, murmelte Moses. »Weißt du denn was Besseres, Paul? Wenn man solche Gifte mischt, dann muß man auch schon mal über sich hinauswachsen. Ein Honigschlecken ist das nicht. Falls dir das Hemd flattert, können wir die ganze Sache ja auch vergessen. Es geht um deine Tante, nicht um meine. Also?«

Daß der mich für einen Feigling hielt! Beleidigen lasse ich mich von keinem, auch nicht von einem Giftexperten. Andererseits wollte ich keinen Streit anfangen, weil man das Ziel nicht aus dem Auge verlieren darf. Da geht es manchmal nicht ohne Kompromisse ab. »Vielleicht würde Spucke reichen«, schlug ich vor. »Spucke enthält ja auch Säure – wie jeder weiß.«

Zuerst wackelte der Moses zweifelnd mit den Ohren, dann gab er gönnerhaft zu: »Da könntest du recht haben. Anders wär's allerdings wirksamer.«

Kurz und gut, wir einigten uns auf Spucke. Jeder von uns spuckte dreimal in den grünen Brei, und dann war das Werk vollbracht. Zumindest meinte Moses das.

Er sagte: »Jetzt kommt alles auf dich an, Paul. Ich überlasse es deiner Phantasie, wie du ihr das Tantenvertreibergift einflößt. Sollte es da Schwierigkeiten geben, mußt du sie eben überwinden.«

»Kommst du denn nicht mit rauf?« fragte ich bestürzt.

»Das wäre unklug, Paul. Noch soll die Tante Thea es nicht wissen, daß sie zwei gefährliche Gegner hat. Denn sollte Plan eins nicht funktionieren, müssen wir zu stärkeren Waffen greifen. Dann werde ich natürlich selber in Erscheinung treten. Aber erst dann.«

Mir war plötzlich flau im Magen. Daß der Moses Zweifel hatte an der Wirksamkeit unseres Mittels, haute mich fast von den Füßen. Ich mein, so was ist doch kein gutes Vorzeichen.

»Bis zur Haustür bring ich dich selbstverständlich noch«, sagte Moses großmütig. »Nur Mut, alter Freund!« Er klatschte mir aufmunternd auf die Schulter, was mich aber nur wenig überzeugte.

Wir trabten schweigend zu unserem Haus. Das gelbe Auto stand brav wie ein Schaf vor der Tür. Wieder machten ein paar Leute lange Augen. Moses streichelte geradezu liebevoll die Buckel der Karosserie und hatte so ein Glitzern in seinen Augen. Das gefiel mir gar nicht.

Ich dachte: Entweder ist die Tante Thea schon zurück von ihrem Stadtbummel, oder sie ist zu Fuß gegangen. Was nur? Ich dachte auch an den Tiger, der unsere Wohnung zu seinem Dschungel gemacht hatte. Der Gifteisbecher hing wie eine Zentnerlast in meinem Hemd.

»Winnetou hat größere Gefahren auf sich genommen«, sagte Moses, bevor er sich verkrümelte. Das sollte ein Trost sein.

In Büchern liest man das ja manchmal: Er wußte später nicht mehr, wie lange er in Gedanken versunken dagestanden hatte. Aber so war es! Eine Viertelstunde war bestimmt vergangen, als ich einen geistigen Anlauf nahm und mir sozusagen selber in den Hintern trat. Wenn du es nicht schaffst, Paul, redete ich mir innerlich zu, wer soll es denn dann schaffen! Ich schloß die Haustür auf und trat entschlossen ein. Los, die Treppe hoch! Daß Beine bleischwer sein können, erfuhr ich jetzt. Auf jedem Stockwerk zählte ich bis dreizehn und arbeitete mich dann weiter vor. Als ich die Wohnungstür aufmachte, trommelte mein Herz in den Ohren.

Tante Theas Waffenrock hing nicht an der Garderobe. Gut! Sie war also noch nicht zu Hause. Zu Hause? Ich merkte selber, daß ich Quatsch dachte. Dies war nicht ihr Zuhause. Sie hatte hier nichts zu suchen. Sie blockierte, wie man sagt, die Selbstentfaltung von mir und der Gwen und der Felix. Das würde sich ändern!

Leonidas lagerte auf seinem Lieblingsplatz und fing laut

an zu schnurren, als ich ins Wohnzimmer kam. Doch seine stahlharten Augen signalisierten: Laß dir bloß keine Mätzchen einfallen! Ich sehe alles! Denk nur nicht, ich merkte das nicht, daß du da was Gefährliches unter deinem Hemd in die Wohnung schmuggelst! Ich bin immer auf der Hut!

»Du schüchterst mich nicht ein!« flüsterte ich mit bebenden Lippen und ging schnell in die Küche, wo ich das grüne Gift in eine Schüssel kippte. Himmel, wie das stank! Selbst wenn ich versuchen würde, der überflüssigen Tante das Gemisch im Schlaf in den Schlund zu stopfen – sie würde sofort hellwach sein. Doch ich bin einer, der gerade in Krisensituationen zu großer Form aufläuft. Ein Licht flammte auf in meinem Gehirn. Der Geruch muß weg!

Zuerst schüttete ich ein halbes Pfund Zucker in die grüne Soße. Als das noch nicht reichte, holte ich aus dem Badezimmer eine Flasche mit Rasierwasser und spritzte eine Masse in den Brei rein. Das half. Doch jetzt war es die eklige Farbe, die mich störte. Da holte ich Milch und Sahne und Puddingpulver und rührte alles hinein. Na bitte!

Die Schüssel war nun randvoll. Ich fand, der blaßgrüne Inhalt sah gar nicht mal so besonders unappetitlich aus. Inzwischen wußte ich auch einen Kniff, wie ich die Tante dazu bringen würde, das Gift zu schlucken. Ich legte auch einen Löffel neben den Napf. Und malte mir aus: Die ißt das, dann kriegt sie einen weichen Bauch und weiche Knie und auch einen weichen Kopf. Dann dauert's nicht mehr lang, bis sie sagt: O Paul, o Gwendolyn, o Felicitas! Mich überfällt plötzlich solch ein seltsames Gefühl. Ich hoffe, ihr verzeiht es mir, daß ich euch allein lasse und sofort wieder nach Hause fahre. – Aber ja! Wir verzeihen ihr das. Wenn sie dann mit dem Tiger und dem Töfftöff verduftet sein wird, brechen wir in Triumphgeschrei aus. Dann werde ich in aller Bescheidenheit den Zwillingen erklären, wem sie den Sieg zu verdanken haben. Mit solch schönen Überlegungen im Kopf setzte ich mich ins Wohnzimmer und schaute die Muppets-Show an. Den Tiger würdigte ich keines Blickes.

Dann nahte die Entscheidung. Ich hörte sie die Treppe heraufstürmen. Ich meine: die Tante Thea. Schnell riß ich die Wohnungstür auf und rief strahlend: »Da bist du ja, Tante Thea!« Im gleichen Augenblick begriff ich beschämt, daß ich sie zum ersten Mal beim Namen genannt hatte. Genau das hatte ich doch vermeiden wollen, denn es gehörte zum Dienst nach Vorschrift. Allerdings hatten sich die Verhältnisse geändert.

Tante Thea lachte. »Da bin ich!« Ihre Backen leuchteten wie Ampeln bei Rot. »Was für einen Mordshunger ich mitgebracht habe!«

Jetzt ich! »Das hatte ich mir schon gedacht, und darum habe ich dir einen ganz hervorragenden Brei gekocht. Eine Spezialität von mir. Der wird dir schmecken. Komm nur mit in die Küche!«

Dann lähmte mich das Entsetzen oder so. Da stand zwar eine Schüssel auf dem Küchentisch, die war aber völlig leer. Und unter dem Tisch lag der fette Leonidas und putzte sich die Schnurrbarthaare. Wir begriffen es gleichzeitig. Die Tante voll Entzücken, ich voll panischer Fassungslosigkeit.

»Das muß aber ein besonders köstlicher Brei gewesen sein«, kicherte sie, »Leonidas ist nämlich ein Feinschmekker.« So doof schelmisch drohte sie dem Tiger. »Du-du-du!« Mir streichelte sie über den Schädel. »Nicht traurig sein, Paul. Leonidas hat's ja nicht bös gemeint. Soll ich Reibeplätzchen backen?«

Ich hörte gar nicht zu und nickte nur. In mir kochte es. Warum hatte ich Vollidiot das Vieh nur so leichtfertig unterschätzt! Denn nun war ja klar, daß Leonidas nicht nur Tante Theas Leibwächter war, sondern auch ihr Vorkoster, wie früher die Tyrannen und Despoten einen hatten, die immer in der Angst lebten, von ihren unterdrückten Untertanen vergiftet zu werden. Also waren nicht nur die Zwillinge reingefallen, sondern auch Moses und ich. Vor Zorn hätte ich fast mein Hemd gefressen. Leider muß ich gestehen, daß Tante Theas Reibeplätzchen besonders gut schmeckten. Alles hatte sich gegen mich verschworen!

Nur einen winzigen Erfolg konnte ich verbuchen. Tante Thea hatte so ein Katzenklo für den Tiger mitgebracht, was ja eigentlich ein Witz war. Katzenklo für Tiger! Jedenfalls: als sie das Ding zum Ausleeren zu den Mülleimern runtertragen wollte, stutzte sie ein bißchen. »Nanu! Grün?« Das war aber auch schon alles.

Gwen und Felix kamen ganz spät und hatten gehofft, eine Tante vorzufinden, die restlos am Boden zerstört war

und mit sämtlichen Nerven flatterte. Bloß fragte Tante Thea die zwei dann fröhlich, ob sie einen schönen Nachmittag verlebt hätten und ob's nett gewesen wär mit ihren Freunden. Mit den Augen hat sie auch gezwinkert, und Kakao gekocht hat sie den beiden. Da weinten die Zwillinge vor Wut und Enttäuschung. Das taten sie allerdings erst, als sie in ihrem Zimmer waren. Hausarbeiten mußten sie übrigens auch noch machen. Durch die Wand konnte ich alles hören. Gepokert haben sie nicht mehr. Das will was heißen!

Als ich dem Moses am anderen Morgen von der gigantischen Pleite berichtete, wollte er es zuerst nicht glauben. Dann sagte er so von oben herab, ich hätte einen großen Fehler gemacht, weil ich den Kater unterschätzt hätte. Fast hab ich da dem Moses die Freundschaft gekündigt.

»Es ist kein Kater!« fauchte ich. »Es ist ein Tiger!«

Das vierte Kapitel handelt von tausend Nervensägen, von Plan Nummer zwei, von einem knirschenden Knochenmann und vom heulenden Elend.

Es passierte in der großen Pause. Als ob Karneval wär, so war das. Oder wie auf dem Fußballplatz, wenn die bescheuerten Fans ausflippen. Die umtanzten mich wie hopsende Rumpelstilzchen, knutschten mich ab, brüllten wie eine Gorillaherde, veranstalteten Discogequietsche, rasteten völlig aus.

Die Elli schrie: »Mensch, Paul, einsame Klasse!«

Der Ritschi schrie: »Ehrensache, daß ich komme!«

Der Hans-Georg schrie: »Ich bring ganz heiße Kassetten mit!«

Die Tina schrie: »Gibt's auch anständig was zu trinken?«

Ich dachte: Die sind alle vom Bazillus blödianus gebissen worden. Absolute Krise. Kann ja sein, daß die ganze Klasse von ner ansteckenden Krankheit dahingerafft wird. Auf jeden Fall verstand ich das Theater nicht. Dann sah ich den Moses feixen. Das gab mir zu denken. Ich rief ihm zu: »Mann, Moses, was wollen die Nervensägen von mir? Steckst du etwa dahinter?«

»Eigentlich nicht«, sagte Moses. »Ich hab den andern nur erzählt, daß deine Eltern in Urlaub gefahren sind.«

»Und weiter?«

»Naja, daß bei dir ne starke Fete steigt. Hatten wir das

etwa nicht verabredet? Sag bloß, du willst jetzt kneifen!«

Ehrlich, manche haben sich ihren Dachschaden selber gebastelt. Ich fragte den Moses, ob das in seiner Familie liege oder ob er als Säugling häufig aus dem Kinderwagen gefallen sei.

»Was? Wieso?«

Ich packte seine Nase und drehte dran. »Ist nix mit Fete und so. Das solltest du Tantenvertreibergiftexperte ja wohl am besten wissen! Bei uns zu Hause herrscht Belagerungszustand. Tante Thea ist unüberwindlich, und der Tiger beißt uns sämtliche Ohren ab. Los, du Schwätzer, schmink den anderen die Scheißidee von der Party ab!«

»Paul«, sagte der Moses ganz ruhig und renkte seine Nase wieder ein, »versprochen ist versprochen. Wie stehn wir denn da, wenn wir die andern aus der Klasse enttäuschen! Das Problem mit der Belagerung lösen wir locker. Plan Nummer zwei wird greifen. Hör bloß, wie die sich alle freuen!«

Ich hörte es, ich bin nämlich nicht taub. Wie der Aufstand der Wildschweine klang das. Da atmete ich tief durch und hoffte inständig auf Plan Nummer zwei. Moses erklärte ihn mir während des Religionsunterrichts. Ein gewagter Plan. Heute weiß ich nicht mehr, ob ich mich überzeugen oder überreden ließ. Egal. Es spielt ja längst keine Rolle mehr. Allerdings erinnere ich mich noch genau, daß ich an diesem Morgen etwas unkonzentriert wirkte beim Unterricht, um das mal in der Sprache der Lehrer zu formulieren.

Zuerst mußten wir die Mosesmutter rumkriegen. Ich glaube, Frau Schneider hat uns nie so recht getraut, ihrem Sohn und mir. Die dachte wohl immer, wir wären etwas bedeppert und hätten nur Stuß im Kopf. Ich hab das manchmal richtig als Beleidigung empfunden.

Gut, wir sind dann nach der Schule zu Moses nach Hause gelatscht und haben dabei gegenseitig geprüft, ob unsere Gesichter schön harmlos aussahen. Kein verräterisches Zucken durfte über unsere Züge gleiten, so hatten wir uns das geschworen.

»Am besten gehst du vor«, meinte Moses, »damit ich dir notfalls Stichworte ins Ohr flüstern kann, falls du nicht mehr weiterweißt.«

Ich wollte ihn fragen, ob er vielleicht schon jetzt die Hose voll hätte, aber das ließ ich sein, weil es vermutlich sowieso besser war, wenn ich vorging, weil ich in der Kunst der Selbstbeherrschung trainierter bin als der Moses.

Frau Schneider machte wie üblich einen etwas gehetzten Eindruck. Das liegt daran, daß sie nur eine Stunde Mittagspause hat. Sie arbeitet bei Reitel & Taler als Telefonistin. Eine Saftfabrik ist das. In der Wohnung duftete es nach Spinatpfannkuchen.

Ich zählte bis dreizehn und sagte: »Tag, Frau Schneider! Einen schönen Gruß soll ich bestellen von meinen Eltern.« Sehr fröhlich sagte ich das. »Ja, und ob der Moses – äh, der Reinhard wohl heute bei uns übernachten darf, weil es etwas spät werden könnte.«

»Was wird spät?« fragte die Mosesmutter, legte den Kopf schief und schaute mich regelrecht eulenhaft an, wie das immer die Polizisten tun.

»Die Geburtstagsfeier! Hat der Mo... – der Reinhard denn noch nichts davon erzählt? Er ist doch eingeladen von meinen Schwestern. Und meine Eltern meinen...«

»Aber Paul! Sind deine Schwestern nicht schon richtige junge Damen? Die laden doch nicht solche Jungen wie...«

Jetzt unterbrach ich sie. »Sie dürfen nicht vergessen, daß wir zwei ziemlich alt wirken für unser Alter.« Dabei faßte ich den Moses beim Arm. »Die anderen Gäste sind natürlich älter.«

»Tja, von mir aus«, sagte Frau Schneider. »Aber ich will doch mal zur Vorsicht bei deiner Mutter anrufen, Paul. Ob es ihr auch wirklich recht ist mit dem Übernachten. So etwas macht doch immer Umstände.«

»Och, bei uns nicht«, sagte ich und schaltete in meinem Kopf einen Schnellgang ein. Anrufen! Das fehlte noch. Schweiß rieselte mir den Rücken runter. »Außerdem ist meine Mutter grad weggefahren. Sie will noch ein paar Überraschungen einkaufen für meine Zwillingsschwestern. Unterröcke und so. Nur meine Tante Thea ist da. Die hilft bei den Vorbereitungen für die Feier.«

Endlich schaltete sich der Moses ein. »Kann der Paul nicht bei uns zu Mittag essen? Bei denen zu Hause geht's im Moment ziemlich hektisch zu. So ein Doppelgeburtstag hat's ja in sich. Der schlaucht.«

Frau Schneider sah das ein. »Aber Bescheid sagen mußt

du. Du weißt ja, wo das Telefon steht.« Sie schaute auf ihre Armbanduhr und huschte in die Küche.

Moses und ich warfen uns Siegerblicke zu. Alles verlief nach Plan. Ich dachte: Wenn zwei Fachleute wie wir so eine Sache in die Hand nehmen, dann funktioniert das auch. Dann bin ich zum Telefon hin, das bei den Schneiders auf so einem Bauernschrank im Wohnzimmer steht. Gleich beim ersten Üüüüp meldete sich die Felix.

»Hallo, Tante Thea! Hier spricht Paul.«

»Sag mal, spinnst du?« fragte die Felix.

Ich wisperte in die Sprechmuschel: »Pßt! Dienst nach Vorschrift!« Dann redete ich besonders laut weiter: »Hör mal, Tante Thea, die Frau Schneider hat mich zum Mittagessen eingeladen. Ich komm dann später. Und sag doch bitte der Mutti, mit heut abend wär alles klar.«

»Dich haben sie doch zu heiß gebadet«, lachte die Felix. »Was soll denn das Theater bedeuten? Hast du was vor?«

»Tschüs, Tante Thea!« rief ich und legte den Hörer auf.

Auch das war geschafft. Allmählich kam ich in Stimmung. Wir futterten die Spinatpfannkuchen, die schmeckten super. Es war ja auch wichtig, daß wir Kraft tankten.

»Nimm den Schlafsack und die Luftmatratze mit«, sagte die Mosesmutter zum Moses, »und benimm dich anständig. Viel Spaß, ihr zwei!« Dann steckte sie aber doch noch mal den Kopf zur Tür rein. »Und daß du mir morgen früh vor der Schule erst mal nach Hause kommst, Herr Sohn!«

»Logo«, sagte Moses. »Jetzt machen wir sofort unsere Hausaufgaben.«

Ich trat ihm unterm Tisch ganz brutal auf die Füße. Solche Redensarten erregen nämlich bei Eltern Argwohn. Meine Mutter wär jedenfalls hellhörig geworden. Doch dann knallte die Wohnungstür. Halleluja! Die Luft war rein.

An Hausarbeiten war selbstverständlich überhaupt nicht zu denken. Das Stichwort hieß: *Der knirschende Knochenmann.* Das ist nämlich der Name einer Geschichte, die steht bei uns im Lesebuch. Es ist ja nichts Ehrenrühriges, wenn man sich auch mal von einem Schulbuch die eine oder andere Idee ins Gehirn pusten läßt. Will ich mal sagen.

Den Kopf bauten wir aus einem Schuhkarton. Mit Plakafarbe malten wir das Totenkopfgesicht drauf. Es war sehr gruslig. Moses und ich sind Meister im Totenkopfgesichtmalen. Die Bettlaken holten wir aus dem Wäschekorb und nähten sie mit Garn aneinander. Das ist leichter gesagt als getan, weil wir im Nähen nicht grad in Topform waren. Doch wir schafften es und hatten nun ein schön großes Gespenstertuch mit einem Schlupfloch für den Kopf in der Mitte.

Bei der Generalprobe hätte der Moses sich beinahe den Kopf zerbrochen. Ich meine: so richtig! Er hängte sich das Tuch über, setzte sich den Totenkopfkarton auf und kletterte auf meine Schulter. Das Laken war so lang, daß es unsere beiden Körper leicht zudeckte. Wir waren ein furchterregendes Gespenst. Bei der Länge! Doch dann streckte der Moses, der die obere Gespensterhälfte war, die

Arme aus und reckte den Kopf hoch, um grauenhaftes Geisterstöhnen auszustoßen, doch da knallte er voll unter die Zimmerdecke, was das ganze Gespenst zum Einsturz brachte. Aber mein Freund Moses ist fast so hart im Nehmen wie ich. Er schluckte ein paar Kopfschmerztabletten, und dann probten wir noch einmal. Diesmal paßte er besser auf. Allerdings fanden wir unser gemeinsames Stöhnen noch nicht überzeugend. Vom Knirschen und vom Knacken erst gar nicht zu reden.

Wir hatten gleichzeitig den Einfall, mit dem Kassettenrecorder Hintergrundgeräusche für unseren nächtlichen Auftritt herzustellen. Zuerst zerbrachen wir die Stäbchen von einem alten Mikado-Spiel. Wenn man das ganz dicht vor dem Mikrofon macht und auch schön langsam, dann hört sich das hinterher richtiggehend nach Knochenknakken an. Moses blies dazu schauerliche Windgeräusche auf einem Kamm, über den hatte er Pergamentpapier gespannt.

»Das Knirschen besorge ich mit den Zähnen«, erklärte ich, weil ich ja auch ein begabter Zähneknirscher bin. Ich machte es mal zur Probe. Da konnte man schon Angst kriegen.

Moses hatte aber noch eine Zusatzidee. Er wollte einen Textbeitrag leisten, wie das in den Massenmedien immer heißt. »Du knirschst im Vordergrund mit den Zähnen, und ich sage im Hintergrund mit Grabesstimme ein Gedicht auf. Was hältst du davon, Paul?«

Viel hielt ich davon, weil mir gleich das passende

Gedicht einfiel. Es steht auch in unserem Lesebuch und ist von der Dichterin mit der heißen Hängelockenfrisur. Die ist schon weit über hundert Jahre tot und hieß Annette von Droste-Hülshoff. Das Gedicht war für unsere Zwecke ideal geeignet. Da kann man mal wieder sehen, daß man in der Schule auch was fürs Leben lernen kann. Also, Ton ab! Ich knirschte herzerweichend mit den Zähnen, und Moses raunte im Hintergrund mit hohler Stimme das Gedicht.

Oh, schaurig ist's übers Moor zu gehn,
wenn es wimmelt vom Heiderauche,
sich wie Phantome die Dünste drehn,
und die Ranke häkelt am Strauche ...

Ich knirschte und knirschte, daß mir die Backenknochen ausleierten, doch ich hielt durch, weil da so schöne Stellen kamen wie diese:

Weh, weh, da ruft die verdammte Margret:
»Ho, ho, meine arme Seele!«

Wir hörten die Aufnahme ab und waren ungemein beeindruckt. So hundertprozentig schnallten wir ja nicht, wie es vom Heiderauche wimmeln kann, aber so Wörter wie *Moor* und *Phantome* und *arme Seele*, also, die hauten voll rein. Der Geräuschteppich für den Auftritt des knirschenden Knochenmannes erschien uns perfekt. Frohen Mutes wandten wir uns den weiteren Problemen zu.

Moses klemmte sich den Totenkopfkarton und den Kassettenrecorder unter den Arm, ich trug das Knochenmannlaken und meine Schultasche. Die Luftmatratze und den Schlafsack hatten wir uns wie Rettungsringe um die Hälse gehängt. So trotteten wir los wie einstmals Fridtjof Nansen zum Nordpol. Die Passanten guckten komisch, das störte uns aber nicht die Bohne.

Wieder war Tante Theas Oldtimer von Gaffern umstellt. Die hatten nur Augen für das Auto und nicht für uns. Gut so. Wir sind ins Haus gehuscht und Schritt für Schritt die Treppe hochgeschlichen. Die lebensgefährliche Aufgabe hieß: Den Moses unbemerkt in mein Zimmer schaffen und die Klamotten auch.

Als ich bis dreizehn gezählt hatte, schloß ich schwungvoll die Wohnungstür auf und pfiff halblaut vor mich hin, so wie einer das tut, der absolut nichts im Schilde führt. Aus dem Zwillingezimmer röhrte Peter Maffay. Das war ohrenbetäubend genug, daß die beiden Mädchen nichts merken würden. Leonidas lag scheinbar schlafend auf dem Blümchensofa, doch ich wußte selbstverständlich, daß er mich unter hängenden Lidern hervor beobachtete. Tante Thea ruhte im Sessel und summte die Melodie mit, die aus der Mädchenkemenate schepperte. Das wunderte mich schon sehr, obwohl mich bei dieser Frau eigentlich gar nichts mehr wunderte.

»Hallo, Paul! Wie war's in der Schule?«

»Beschissen!« knurrte ich.

Sie lachte. »Da hat sich nichts geändert. Soll ich dir Möhrengemüse aufwärmen? Frikadellen sind auch noch da.«

»Iiii! Möhren!« stöhnte ich und verzog das Gesicht, weil sie meinen sollte, solch ein Essen stellte eine Beleidigung für einen Feinschmecker wie mich dar. »Außerdem hab ich ja schon bei meinem Freund zu Hause gegessen. Da gibt es immer was besonders Leckeres.«

»Dann ist es ja gut.« Tante Thea schmunzelte, doch auf mich wirkte es hinterhältig. »Was ich nur eigenartig finde – also, deine Schwestern haben behauptet, Möhrengemüse sei eines deiner Lieblingsessen. Na, da werden sie sich wohl geirrt haben.« Sie summte weiter die Melodie.

»Gwen und Felix sind doof!« schnauzte ich und meinte es auch so. Denn das war ja ungeheuerlich, daß sie unserem Gegner Familiengeheimnisse ausplauderten. Dienst nach Vorschrift! Bäh! Sich in ihrem Zimmer einschließen und laut Musik machen: sollte das etwa Widerstand sein? Also war ich in diesem harten Kampf auf mich allein gestellt. Und auf den Moses.

Den mußte ich jetzt erst mal einschleusen. Ich machte die Wohnzimmertür hinter mir zu, damit die Tante und ihr Leibwächter nicht sehen konnten, was sich in der Diele abspielte. Der Maffaylärm gefiel mir in dieser Situation sogar sehr gut, weil er so laut war. Da brauchten ich und Moses gar nicht so furchtbar vorsichtig zu sein.

Zum Glück wohnen wir in der obersten Etage. Von neugierigen Hausbewohnern drohte daher keine Gefahr. Behutsam öffnete ich die Wohnungstür und roch sofort, daß der Moses sich schon die Schuhe ausgezogen hatte. Wir rafften schnell all die Sachen zusammen. Moses sauste wie ein geölter Blitz in mein Zimmer. Ich trat extra laut mit den Füßen auf. Und dann war es geschafft.

Niemand wußte, daß ich die obere Hälfte vom knirschenden Knochenmann ins feindliche Lager geschmuggelt hatte. Ich meine, besser haben das die Griechen mit ihrem hölzernen Pferd damals vor Troja auch nicht gemacht. Was List und so betrifft, da nehme ich's mit jedem auf.

Ich hab dann ein Pappschild gemalt: *Wegen sehr komplizierter Hausaufgaben des Bewohners ist jedwedes Betreten des Zimmers strengstens untersagt.* Das Wort *jedwedes* hab ich mit Filzstift rot unterstrichen. Dann baumelte das Schild von außen an meiner Zimmertür, und wir hatten erst mal Ruhe. Nebeneinander lagen Moses und ich auf meinem Bett. Er schaute sich den Bildband über Dinosaurier an, ich las in meinem aufregenden Buch weiter, das vom Aufstand der mexikanischen Indios gegen die spanischen Unterdrücker handelte. Das brachte mich so richtig in Stimmung.

Daß Zeit so langsam verstreicht, wenn man wartet! Den ganzen Nachmittag lang jaulte im Nebenzimmer die Musik. Wir vernahmen auch Pokerspielerinnengelächter. Allmählich setzte die Dämmerung ein.

Plötzlich klopfte es an der Tür.

»Paul? Kommst du zum Abendessen?« Tante Theas Nebelhornstimme.

Eigentlich wollte ich streiken, aber mir fiel ein, daß Moses und ich ja Proviant brauchten für die Aktion in der

Nacht. Darum rief ich knurrig: »Jaaa! Ich komme gleich!«

»Bring mir was mit!« flüsterte Moses.

Darauf gab ich keine Antwort, weil das ja selbstverständlich war. Ich erhob mich vom Bett, verursachte ein bißchen Stuhlrücken und andere Geräusche, damit alles echt klang, und verließ mein Zimmer.

Tante Thea hatte nicht in der Küche den Tisch gedeckt, sondern im Wohnzimmer. Richtig feierlich mit Kerzen. Sie und der Tiger und die Zwillinge hatten schon Platz genommen, um das auch mal feierlich zu sagen. Ich ließ mir nicht anmerken, daß mein Magen freudig hüpfte, als ich all die prima Sachen sah. Besonders die aufgewärmten Frikadellen hatten es mir angetan. Ich schnupperte mit griesgrämig verzogenem Gesicht, als sei dies alles völlig ungenießbar, dann langte ich machtvoll zu. Leonidas schmatzte Milchreis. Er beobachtete mich dabei scharf. Doch wieder hielt ich diesem eisigen Blick stand. Ahnte er was?

Die Stimmung war, will ich mal sagen, ziemlich mies. Felix und Gwen übten sich in Schweigen und kicherten nur manchmal albern los. Tante Thea gab sich zuerst Mühe, ein Gespräch in Gang zu bringen, gab es dann aber auf, weil keiner mitmachte, und lächelte nur. Ich war damit beschäftigt, zu futtern und den Tigerblick auszuhalten.

»So!« sagte Tante Thea dann. »Ich hab das Essen zubereitet und den Tisch gedeckt. Abräumen müßt ihr jetzt. Ich bin ja schließlich nicht euer Dienstmädchen.« Unfreundlich hörte sich das nicht an, aber sehr bestimmt.

Wir gehorchten. Mir kam das natürlich genau zurecht, denn auf diese Weise konnte ich locker zwei Frikadellen, eine Käseschnitte, drei Brühwürstchen und eine halbe Tasse Pfefferminztee auf die Seite schaffen. Moses begrüßte mich mit verhaltenem Jubel und stopfte alles in sich hinein.

Die Entscheidung nahte.

Das heißt, erst mußten wir ja die Zeit bis zur Geisterstunde noch irgendwie hinter uns bringen. Der Radau aus dem Zimmer der Zwillingsschwestern nahm mehr und mehr ab. Dann war auch vom Fernsehgerät nichts mehr zu hören. Ich preßte mein Ohr an die Tür, weil ich merkte, daß die Tante zu dem Raubtier sprach.

»... und leg dich schön auf dein Lieblingsplätzchen, mein Dickerchen! So ist es brav. Und träum schön von kleinen Katzenmädchen ...«

Dann ging die Wohnzimmertür zu. Hervorragend! Der Tiger war also eingesperrt. Da war ich meine größte Sorge los. Hurra, der gefährlichste Gegner außer Gefecht gesetzt. Ich konnte mich vor Lachen kaum noch auf den Beinen halten.

»Heh, sag mal, bist du vom wilden Mann umzingelt?« fragte Moses. »Oder kriegst du öfter solche Lachkrämpfe?«

Ich machte ganz leise Tante Theas Seebärenstimme nach. »Leg dich schön auf dein Lieblingsplätzchen, mein Dikkerchen! Und träum schön von kleinen Katzenmädchen!«

Da mußte der Moses auch so toll lachen, daß er sein

Gesicht in mein Kissen wühlte und anschließend in den Topf von meinem Gummibaum pinkelte. Wie gesagt: zu dieser Zeit war uns noch zum Lachen.

Wir haben es dann so gemacht, daß immer einer von uns Wache hielt und die Uhr beobachtete, während der andere auf dem Bett lag und döste. Jede Viertelstunde wechselten wir ab. Nur noch selten fuhr draußen ein Auto vorbei. In der Wohnung war es ganz still.

Um fünf Minuten vor Mitternacht begann die Schlußphase von Plan Nummer zwei. Mit dem Totenkopfkarton, dem gewaltigen Geisterlaken und dem Recorder voll Gespenstergeräuschen schlichen wir aus meinem Zimmer. Das Herzbullern war ein starkes Gefühl. Mit angehaltenem Atem näherten wir uns durch die Diele dem Elternschlafzimmer, von wo uns Tante Theas leises Schnarchen entgegendrang. Wir spuckten uns über die Schultern, weil das Glück bringt. Das matte Licht, das von der Straßenlaterne herauffunzelte, war haargenau richtig für unsere Zwecke. Alles war spukig wie in einem Kriminalfilm. Dann öffneten wir ganz, ganz vorsichtig die Schlafzimmertür.

Die Steckdose ertastete ich sofort und fummelte den Stecker hinein. Moses bibberte wie Espenlaub, als er auf meine Schulter kletterte und das weiße Tuch über uns zog. Sehen konnte ich nun nur noch das Leuchtzifferblatt meiner Uhr, doch ich spürte, wie der Moses sich den Totenkopfkarton überstülpte. Die Zeit war gekommen, die Uhr zeigte es mir.

Geisterstunde. Der knirschende Knochenmann konnte sein fürchterliches Treiben beginnen. Ich drückte mit dem dicken Zeh die Starttaste des Kassettenrecorders. Steinerweichendes Knirschen und Knacken und Heulen und Gedichtaufsagen setzten ein, daß wir fast selber Angst davon bekamen. Unsere wacklige Riesengestalt wankte in das düstere Schlafgemach hinein. Moses wedelte dazu mit den Armen, ich stieß zusätzliches Stöhnen und Wimmern aus.

»Ho, ho, meine arme Seele! Ho, hoooooooo!«

Dann ging die Welt unter.

Etwas grausam Hartes traf genau die Stelle des Gespenstes, wo mein Kopf war. Auch unser Oberteil schien ein Geschoß abgekriegt zu haben, denn Moses brüllte wie am Spieß und schwankte wie ein Schilfrohr im Sturm. Und dann krachten wir zusammen, wälzten uns am Boden, verhedderten uns völlig in dem großen Tuch, rangen nach Luft, kämpften wild mit Armen, Beinen und Zähnen, um freizukommen. Doch neues Unheil fiel über uns her, um das bildlich auszudrücken. Ich spürte den schweren Körper über uns, die Pranken, die messerscharfen Krallen, die zum tödlichen Schlag ausholten.

Der Tiger!

Ich hätte es wissen müssen, daß der in der Lage war, Türen zu öffnen. Ich hätte es wissen müssen, daß der unser Gespensterattentat vorausgeahnt hatte. Ich hätte es wissen müssen, daß der nur darauf gewartet hatte, um sich auf uns stürzen zu können. Während ich schrie und mich aus dem

Laken und aus Moses' Gebeinen wand, begriff ich, daß wir wieder einen unverzeihlichen Fehler gemacht hatten.

Dann kam ich auf die Beine. Das Licht brannte. Tante Thea saß im Bett und lachte. Zum Teufel: sie lachte! Ich kriegte eine Hand zu fassen, die gehörte dem Moses. Ich zog ihn mit. Nur raus hier, raus!

Völlig am Boden zerstört erreichten wir dann mein Zimmer.

So fertig wie wir waren, und zwar körperlich und seelisch, so fertig ist vor uns noch nie jemand gewesen, da leiste ich jeden Eid. Und erst mal unsere Ehre, wie verletzt die war!

»Paul!« keuchte Moses und ließ sich neben mir aufs Bett sinken, »Paul, jetzt weiß ich's! Er ist wirklich ein Tiger!«

Ich weiß nicht genau, ob Elend wirklich heulen kann, aber ich kam mir vor wie das heulende Elend, und der Moses kam mir auch so vor. Es war sehr schlimm.

Dann klopfte es. Tante Thea kam herein. Sie hatte das grüne Nachthemd an und lachte noch immer. Der Zwergtiger folgte ihr. Die Wuchtbrumme von Tante baute sich mit verschränkten Armen vor uns auf und schaute uns abwechselnd amüsiert an. Jawohl: amüsiert!

»Das war aber eine pfundige Idee!« sagte sie anerkennend. »Ist euch toll gelungen, der Spaß, alle Achtung! Ich hab mich sogar ein bißchen erschreckt, wie da plötzlich der große Geist vor mir stand.«

Ein bißchen erschreckt! Das mußten wir uns anhören. Ein bißchen! Dabei sollte ihr doch eigentlich das Blut in

den Adern gefrieren. Aber ihr hatte es sogar Spaß gemacht. Das war nicht auszuhalten!

»Dem Leonidas hat das auch gefallen«, kicherte Tante Thea. »Hört nur, wie er zufrieden schnurrt! Solche Kabbeleien hat er gern.« Zu allem Überfluß fragte sie dann honigsüß, ob sie uns wehgetan hätte mit ihren Pantoffeln. »Ich hab ja extra nicht so fest geworfen«, tönte sie.

Da bin ich fast ausgerastet.

»Das ist also dein Freund«, sagte Tante Thea und fummelte dem Moses im Haar rum. »Ich war schon neugierig, wie er aussieht.«

»Wieso?« fragte ich und verstand gar nichts mehr.

»Ach, Paul! Meinst du wirklich, ich hätte das nicht gemerkt, wie du ihn heimlich in die Wohnung gebracht hast? Ich erzählte dir doch, daß ich früher viel gereist bin. Da hab ich mal ein halbes Jahr bei den Papuas inNeuguinea verbracht. Dort lernt man diese Fähigkeit, einen fremden Menschen wahrzunehmen, ohne daß man ihn hört oder sieht oder berührt. Sachen könnt ich euch erzählen, Sachen! Da würdet ihr schön staunen. Parapsychologie. Geheimnisvolle magnetische Kräfte. Versteht ihr das?«

»Ja!« sagten wir Dösköppe.

»Also, ich verstehe es nicht. Ich weiß nur, daß es das gibt. Aber verstehen, nein, verstehen kann ich das nicht. Sag mal, wie heißt du eigentlich?«

»Sie können Moses zu mir sagen«, sagte Moses.

»Schöner Name! Habt ihr zwei vielleicht Lust, morgen eine Spazierfahrt mit mir und meinem Auto zu unternehmen? Morgen? Was red ich da! Es ist ja schon morgen.«

Moses nickte eifrig. »Prima Idee!«

»Abgemacht«, sagte Tante Thea. »Gleich nach der Schule.«

Jetzt tauchten auch Gwen und Felix mit verschlafenen Gesichtern auf und staunten wie zwei Schleiereulen. Aber eh sie groß was fragen konnten, nahm die Tante sie schon bei den Armen und zog sie mit sich hinaus. Der Tiger warf mir im Hinausschleichen noch so einen Blick zu.

»Die Jungs müssen jetzt schlafen«, hörte ich Tante Thea kichern, »die haben einen anstrengenden Abend hinter sich.«

Dann waren Moses und ich allein.

»Tickst du noch richtig?« fuhr ich ihn an. »Prima Idee! Da darf ich doch mal laut wiehern. Wieso fällst du mir so in den Rücken?«

Moses starrte mich an. »Bist du so blöd? Oder tust du nur so? Paul, das ist doch der Plan Nummer drei! Rache für die Niederlage. Der Trick ist, wir müssen die Tante von ihrem Tiger trennen, dann haben wir sie im Sack. Die Autofahrt ist unsere letzte Chance. Da schlagen wir zu!«

»Und wie stellst du dir das vor?«

Das hörte der Moses aber nicht mehr, weil er schon schnarchte.

Das fünfte Kapitel handelt von drei lateinischen Wörtern, von einer Raubritterburg, von der Warzenschweinfalle und von Plan Nummer drei.

Der Morgen graute. Wirklich. Kühl und regnerisch war es auch. Vom Frühstücksbrötchen kriegte ich den Schluckauf. Am heißen Kaffee verbrannte ich mir die Zunge. Wie ein müder Krieger nach verlorener Schlacht schleppte ich mich aus dem Haus.

Komisch, daß der Moses so entsetzlich gut gelaunt war. Wo wir doch besonders früh aufstehen mußten, weil wir ja noch bei ihm zu Hause die Schultasche abzuholen hatten. Der pfiff vergnügt vor sich hin.

»Deine Tante Thea ist echt ne Wucht«, sagte er dann auf einmal. So eigenartig sagte er das. Als ob sie ihm wirklich imponierte oder so. »Aber heute schaffen wir sie, Paul! Erinnerst du dich meiner nächtlichen Worte?«

Ich ließ ihn wissen, daß ich mich seiner nächtlichen Worte erinnerte. Junge, machte der es wieder spannend! »Und was ist mit deinen nächtlichen Worten?«

»Paul, wenn du so viel Lateinisch könntest wie ich, dann würden dir diese Wörter etwas sagen: Divide et impera!«

»Armleuchter!« fauchte ich den Moses an. Erstens kann der genausowenig Lateinisch wie ich, zweitens hatte der die Redensart garantiert aus nem Asterix-Heftchen abgeguckt, und drittens wußte ich, was die Wörter bedeuteten. »Weiß doch jedes Kind, was das heißt! Eine Floskel vom ollen Caesar. Teile und herrsche! Bloß: was willst du damit sagen?«

»Dasselbe wie Caesar natürlich.« Moses blies sich auf. »Teile und herrsche. Wie ich in der Nacht schon sagte, teilen wir die Tante und den Tiger. Erst machen wir die Tante Thea mürbe, dann stutzen wir ihrem Minitiger die Krallen. Du wirst sehen, die ergreifen noch heute die Flucht, und dann steigt morgen die Fete.« Anschließend erklärte er mir den Plan Nummer drei, wenn auch nur bruchstückweise. »Wir werden improvisieren müssen, Paul. Je nach Gelegenheit. Vertrau auf mich!«

Also schön, ich vertraute. Aber nur so halb und halb. Ich dachte: Paul, verlaß dich mal lieber auf dich selber. Der Deutschaufsatz, den wir dann in der dritten und vierten Stunde schrieben, floß mir nur sehr zäh aus der Feder, wie man das literarisch sagt. »Wie ich mir meine Zukunft vorstelle.« Ätzend! Was soll man da schon schreiben?

Dann kam der Nachmittag. Tante Thea, wieder als Trapper verkleidet, setzte sich ans Steuer. Trotz des miesen Wetters klappte sie das Verdeck der alten Kiste auf. Dem Moses war feierlich zumute, das konnte man richtig sehen, als er die roten Knautschledersitze betatschte. Ich setzte aus taktischen Gründen ein gelangweiltes Gesicht auf.

»Du kommst nach hinten«, entschied der Moses, »du bist nämlich kleiner und leichter als ich.«

Kein Wort wahr! Ich bin mindestens so lang und so schwer wie der Moses. Wie der so rumkommandierte, das zog mir die Schuhe aus. Ich wollte ihn fragen: Hast du das

etwa zu bestimmen? Ist das meine Tante oder deine? Aber ich ließ es dann sein, weil Tante Thea ruhig merken sollte, daß ich keinen Wert darauf legte, neben ihr zu sitzen. Ich hab mich dann in das Notsitzchen hinter den beiden gequetscht, dabei hab ich den Moses ganz fest an den Haaren gezogen und so getan, als wär's aus Versehen passiert.

Tante Thea startete den Motor, daß es nur so krachte und spuckte. Zwei Männer, die beim Konsum Kisten abluden, klatschten Beifall. Wir rollten langsam die Straße rauf, und alle machten Stielaugen. Die alte Maschine knatterte, als machte ihr die Arbeit Spaß. Blöd war nur, daß ich auf dem Rücksitz den eisigen Fahrtwind genau ins Gesicht bekam. Zum Glück bin ich hart im Nehmen. Ich will sagen: Unsereins hält schon was aus.

»Wohin sollen wir denn mal fahren?« schrie die Trappertante in den Lärm hinein.

»Ich bin für die Isenburg!« schrie ich.

»Da müßt ihr mir aber den Weg zeigen!« schrie Tante Thea.

»Klar doch!« schrie Moses.

Tante Thea lenkte das Töfftöff ganz lässig. Da guckten manche Autofahrer aber! Ein BMW-Raser, dem das Kinn fast auf die Knie gerutscht war, peilte uns beim Überholen so hingerissen an, daß er um ein Haar auf den Bus draufgeknallt wär. Wir hatten bald über die Ausfallstraße den Stadtrand erreicht und rumpelten dann über Buckelsträßchen und kleine Wege. Spatzen beschimpften uns, die

Weißdornhecken blühten, dicke Wolkenbänke hingen über uns wie Ozeanriesen, die über einen hinwegschwimmen.

»Daß es so nah bei der Großstadt so schön sein kann!« Tante Thea schwenkte den linken Arm durch die Gegend, als wollte sie beim Fahren Blumen pflücken.

Als wir bei der mächtigen Ruine der Isenburg ankamen, staunte sie nicht schlecht. Wir kletterten aus dem Oldtimer und fingen sofort an, in dem Gemäuer herumzusteigen. Ich wollte der Tante eigentlich sagen, daß das ziemlich gefährlich sei, doch als ich sie so anschaute, da dachte ich: Für die ist überhaupt nichts gefährlich. Wir sind dann an der Außenmauer bis über das Fenstergewölbe hoch und schauten weit über das Tal der Ruhr, die wie ein winziges Bächlein wirkte, und der Baldeneysee mit den weißen Segelbooten sah aus wie eine Pfütze.

»Sehr schön hier!« staunte Tante Thea. »Weiß man auch was über die Geschichte dieser Burg?«

Und ob man wußte! Ich geriet in Fahrt, denn alte Burgen und so, das ist eines meiner Spezialgebiete. Ich erklärte der Tante, es könne gut und gerne sein, daß der Drachentöter Siegfried an dieser Stelle schon gestanden habe. Vielleicht seien es andere Mauern gewesen, aber immerhin, die Isenburg habe vermutlich mal Eisenburg geheißen, weil es am Ruhrufer alte Werkstätten gegeben habe, wo Eisen und sogar Stahl geschmiedet wurden. »Das hat mit der Steinkohle zu tun, damals hat man die schon aus den Bergen hier gefördert. Ich denke, Siegfrieds Schwert Balmunk ist hier geschmiedet worden, dieses unheimlich scharfe Superschwert. Außerdem kann ich mir prima vorstellen, daß da unten im Tal der Siegfried mit dem Drachen gekämpft hat.«

»Das kann ich mir auch vorstellen«, sagte Tante Thea.

Der Moses haute mir den Ellenbogen in die Rippen. Wahrscheinlich sollte dieses Zeichen bedeuten: Sind wir hier, um uralten Tüttelkram zu erzählen? Haben wir nichts Wichtigeres zu tun? Es kam mir ja selber seltsam vor, daß ich hier solche Predigten hielt, wo ich doch eigentlich Dienst nach Vorschrift machen mußte. Aber hätte ich der Tante sagen sollen, daß über diese Burg leider nichts bekannt sei?

»Später haben auf der Isenburg Raubritter gehaust«, erzählte ich weiter. »Ganz wilde. Die haben die Kaufleute überfallen, die auf der Ruhr rumschipperten mit ihren Lastkähnen.«

Tante Theas Augen funkelten hinter den Brillengläsern. »Ich darf es ja gar nicht laut sagen, aber als Kind hatte ich den Herzenswunsch, später ein wilder Raubritter zu werden.«

Ich glaubte ihr aufs Wort! – Dann sind wir zu der Ausflugskneipe gewandert. *Heimliche Liebe* heißt der Laden. Buh! Tante Thea hat Kuchen und Cola bestellt. Ich wollte natürlich streiken, aber weil der Moses wie so eine ausgehungerte Fußballmannschaft zu futtern begann, hab ich mitgemacht. Die Tante schaute währenddessen durch die Glaswand nach draußen und lächelte die Landschaft an. Dann hatten wir die Chance für Plan Nummer drei.

»Ich möcht hier gern noch ein Weilchen sitzen«, sagte Tante Thea und rührte in ihrem Kaffee rum. »Wenn ihr wollt, dann lauft doch nach draußen und spielt etwas.«

Spielen? Die Frau hatte vielleicht Nerven! Wir waren nicht zum Spielen hier, sondern weil wir ein ausgeklügeltes Vorhaben entschlossen in die Tat umzusetzen hatten. Wenn die gewußt hätte! Gut, wir haben fröhlich gegrinst und sind hinausgestürmt.

Den Spaten, der neben dem Kneipeneingang am Baum lehnte, entdeckten wir gleichzeitig. Ich schaute den Moses an, der Moses schaute mich an. Wortlos waren wir uns einig. Ich griff mir den Spaten und rannte los ins Unterholz hinein. Moses kam kaum mit. Durch Brombeergebüsch und Holundersträucher, über Moosteppiche und Laub und Knüppel, bis wir schräg am Hang an ein düsteres Kieferndickicht kamen. Das war die Stelle für unsere Tat! Tante Thea, jubelte ich in mich hinein, du wirst uns nicht mehr lange im Wege stehen!

Als erster buddelte Moses. Der Waldboden war schön weich, aber leider nur an der Oberfläche. Wurzelwerk, Lehm und Geröll machten uns schwer zu schaffen. Nach fünf Minuten war ich an der Reihe und hatte nach weiteren fünf Minuten erste Blasen an den Handballen. Ich dachte aber an den Grafen von Monte Christo, der sich in jahrelanger Maloche durch meterdicke Gefängnismauern gewühlt hatte, und schaufelte und grub und hackte mit zusammengebissenen Zähnen weiter. Der Moses machte es ebenso. Wir schwitzten wie die letzten Affen, obwohl wir uns schon bis auf die Unterhosen ausgezogen hatten.

Als die Grube dann nach tausend Jahren endlich so tief war, daß wir bis zum Bauch drin stehen konnten, meinte der Moses, nun sei's genug. Ich war auch der Meinung, denn meine Arme waren schon fast abgebrochen.

Wir deckten die Grube mit Ästen und Zweigen zu und schütteten trockenes Laub über alles. Auch die frischen Lehmklumpen, die überall rumlagen, bedeckten wir mit Blättern. Stolz warfen wir uns in die Brust. In eine solch perfekte Fallgrube würden selbst die cleversten Indianerhäuptlinge plumpsen. So etwas von Tarnung, hah!

Moses sagte: »Wenn sie dann drinliegt und wimmert, daß wir sie rausziehen sollen, dann lachen wir erst mal ganz teuflisch und rufen: Kommt gar nicht in Frage!«

Das war haarscharf auch meine Ansicht. »Wenn sie einsieht, daß ihre Lage hoffnungslos ist, und um Gnade fleht, kommen wir knallhart mit unserer Forderung raus. Sie muß schwören, daß sie noch heute mit ihrem Zwergtiger verduftet und sich nie mehr blicken läßt.«

»Das muß sie«, bestätigte Moses mit Grabesstimme, »wenn sie nicht will, daß ihre Gebeine hier vermodern.«

Wir zogen hastig unsere Klamotten wieder an, nahmen den Spaten und rasten wie so Space Shuttles zur *Heimlichen Liebe* zurück. Tante Thea lächelte noch immer die Gegend an.

»Wir haben was ganz Außergewöhnliches entdeckt, das müssen wir dir zeigen!« flüsterte ich aufgeregt, damit die anderen Gäste nichts hörten.

»Was denn?« wollte Tante Thea wissen.

»Wird nicht verraten!« Moses machte den Geheimnisvollen.

»Ihr macht mich ganz schön neugierig.« Tante Thea winkte dem Kellner.

Wie alte Pfadfinder hatten wir uns die Richtung genau eingeprägt und stampften dann los. Zuerst Moses, dann die überflüssige Tante, dann ich. Der Waldboden bebte geradezu unter Tante Theas Schritten, und wie wir so im Gänsemarsch durch das Unterholz schritten, sah sie wirklich aus wie ein Waldläufer.

»Ist nicht mehr weit«, sagte Moses. Dann packte er tief in seine Trickkiste, will ich mal sagen. Er tat nämlich plötzlich so, als ob ihm ein Elefant oder sonst ein Getier ins Auge geraten wär, und machte einen Schritt zur Seite, damit Tante Thea an ihm vorbeilief.

Haha, das tat sie auch! Moses und ich zwinkerten uns zu. Keine zehn Schritte waren es mehr bis zur Fallgrube. Das Spielchen war gelaufen. Wir gratulierten uns schon im voraus. Plötzlich blieb Tante Thea wie angewurzelt stehen und witterte wie ein Fuchs. Den Hals machte sie lang und blähte die Nasenlöcher. Dann ging ein breites Lächeln über ihr Gesicht. »Da will sich jemand einen Scherz mit uns erlauben. Das soll wohl eine Fallgrube sein.« Sie streckte den Arm aus und zeigte genau dorthin, wo man doch eigentlich gar nichts erkennen sollte. »Sind bestimmt kleine Kinder gewesen, die sich einen Jux machen wollten.« Tante Thea gluckste vergnügt.

Mir ribbelten sich die Socken auf. Mein Haar stand vor Enttäuschung zu Berge. Kleine Kinder? Jux? Was die sich überhaupt herausnahm, die alte Besserwisserin! Nein, das durfte doch nicht wahr sein, daß selbst dieser geniale Plan nicht funktionierte.

Der Moses versuchte zu retten, was noch zu retten war. Doch dann erfüllte sich ein Sprichwort, obwohl Sprichworte doch idiotisch sind. Moses sprang nach vorn, griff nach dem Arm der Waldläuferin, wollte daran ziehen.

»Ach was! Da ist nichts!« schrie Moses wie ein Marktschreier und hüpfte dazu wie ein motorisierter Gartenzwerg. »Von Fallgrube kann überhaupt keine Rede sein!«

Aber weil der Moses dieses Trumm von Tante natürlich nicht von der Stelle bewegen konnte, rutschten seine Hände ab, und von der eigenen Wucht mitgerissen katapultierte der Moses sich im hohen Bogen in die Fallgrube und schrie dazu wie ein Bleichgesicht am Marterpfahl. Rumms machte es, als er die Äste und Zweige durchschlug. Und dazu fiel mir dann das alberne Sprichwort ein. Wer andern eine Grube gräbt... Und so weiter. Am liebsten hätte ich alle Bäume ausgerissen.

»Ach herrje«, sagte Tante Thea, »ist ja überhaupt keine richtige Fallgrube. Da könnte ja ein Säugling wieder rausklettern.«

Etwas Schlimmeres hätte sie gar nicht sagen können.

Moses kam gekrochen und stierte sozusagen blutunterlaufen in der Gegend herum. Seine Hose war ein bißchen lehmig geworden, das war auch schon alles. Und dann murmelte der Hirni: »Ist wirklich keine richtige Fallgrube.«

»Amen«, flüsterte ich leise und bis in die Grundfesten meiner Seele erschüttert. Wie gern hätte ich all meine Träume in dieser Grube begraben.

Tante Theas Nebelhornstimme hörte ich wie aus weiter Ferne. Jedenfalls nennt man das so, wenn einer leicht behämmert ist und nicht alles richtig checkt. »Hab ich euch nicht erzählt, daß ich früher viel gereist bin? Als ich mal eine Weile bei den Pygmäen in Zentralafrika wohnte, da hab ich Fallgruben gesehen, also, ich kann euch sagen! In solche Fallgruben paßte glatt eine Lokomotive hinein. Aber getarnt waren die, Jungejunge. Da lag man schon fast drin und sah sie immer noch nicht. In diesen Künsten sind die Pygmäen ja wahre Meister. Auch im Bogenschießen. Doch was die Fallgruben betrifft: nur die Warzenschweine fielen hinein! Dabei sind die an sich besonders schlaue Tiere. Schlauer als Nashörner und Büffel und Löwen. Doch mit den Fallen, da haben sie eine Macke. Auf den Tierpfaden vor den Wasserstellen graben die Pygmäen die Fallen. Alle anderen Tiere spüren das und machen einen Bogen drumrum. Ausgerechnet die Warzenschweine sausen hinein. Verstanden hab ich das nie. – Sagt mal, interessiert euch das überhaupt?«

»Ja«, sagten ich und der Moses voll Trauer und Wut. Geschämt haben wir uns auch. Das vor allem.

»Was wolltet ihr mir denn eigentlich zeigen?« fragte Tante Thea.

Auch das noch! Als ob wir darüber nachgedacht hätten. Bis zu so einer Frage hätte es ja gar nicht kommen dürfen. Wir wollten ihr doch nichts zeigen, wir wollten sie um Gnade betteln hören.

Zum Glück funktionierte meine Geistesgegenwart schon wieder. »Ein Reh! Wir haben vorhin ein Reh gesehen. Das wollten wir dir zeigen.«

»Genau«, bestätigte Moses.

»Gottogottogott!« Tante Thea winkte ab. »Rehe sehe ich zu Hause jeden Tag. Mehr als mir lieb ist. Die kommen sogar in meinen Garten und fressen mein Gemüse auf. Jedenfalls habt ihr's gut gemeint.«

Das war wieder so ein Schlag unter die Gürtellinie. Gut gemeint, wow!

Den Moses hatte ich dennoch unterschätzt. Ehrlich, mit seiner Zähigkeit hatte ich nicht gerechnet. Der gab und gab nicht auf. Zugegeben, er hatte auch noch ein tolles As im Ärmel. »Wir laufen schon mal vor zum Auto!« schrie er und spurtete los.

»Okay!« rief Tante Thea. »Junge Leute brauchen viel Bewegung!«

Da rannte ich hinter Moses her und hatte keinen blassen Dunst, was das zu bedeuten hatte. Er erklärte es mir dann, als ich ihn eingeholt hatte. Da schöpfte ich noch einmal Hoffnung. War am Ende doch noch nicht alles verloren?

Das gelbe Ostereiauto parkte brav vor sich hin. Kein Mensch war zu sehen. Es ging um Sekunden, denn wir kannten Tante Theas schnellen Schritt. Der Moses, der, wie ich zugeben muß, ein geschicktes Händchen für solche Sachen hat, fuhr ein bißchen unter dem Armaturenbrett hin und her, da sprang die Motorhaube auch schon auf. Hastig fummelte Moses an den Kabeln und Leitungen herum.

»Los, Paul, halt du Wache!«

Ich hielt Wache. Als die komische Biberfellhaube ohne Haare zwischen Adlerfarn und jungen Birken sichtbar wurde, vernahm ich das leise Blopp hinter mir und wußte, daß die Haube wieder geschlossen war. Moses hatte es geschafft. Jetzt würden wir was zu lachen haben. Wer zuletzt lacht, der lacht ja sowieso am besten. Als könnten wir kein Wässerchen trüben, so artig hockten wir im Wagen und warteten auf Tante Thea. Diesmal saß ich vorn.

»Dann wollen wir mal wieder heimfahren«, sagte Tante Thea. Doch da konnte sie mit dem Zündschlüssel stochern so viel sie wollte: da tat sich nichts. Der Starter tat keinen Mucks.

»Das haben wir gleich«, meinte die Tante frohgemut. »Reich mir doch bitte mal die Kurbel!«

Der Moses reichte ihr also die Kurbel, die lag neben ihm auf dem Notsitz. Tante Thea ging zur Vorderfront der Karre, führte die Handkurbel ein und drehte und drehte wie ein Weltrekordler. Aber Flötepiepen. Wir fragten scheinheilig, ob wir es nicht mal versuchen dürften. Sie hatte nichts dagegen. Unsere Versuche erwiesen sich selbstredend auch als Nieten. Das schöne alte Auto gab keinen Pieps von sich.

»Wir holen Hilfe!« riefen wir voll Eifer. »Bestimmt finden wir einen Monteur oder einen Tankwart oder so! Kfz-Mechaniker laufen ja überall rum!« Und weg waren wir!

Als wir die Waldecke hinter uns hatten und die Tante uns nicht mehr sehen konnte, haben wir vor Freude erst einmal in die Büsche gepinkelt und uns den Frust der letzten Stunden aus den Bäuchen gelacht. Tante Thea konnte Wurzeln schlagen. Auf den einsamen Parkplatz an der Isenburg kam so leicht keiner. Die Warterei würde sie mürbe machen, und wie.

»Wenn's dann dunkel wird, kriegt sie's mit der Angst!« frohlockte Moses. »Die hat die Nase voll, die haut ab in ihr ömmeliges Dorf. Da wette ich meine Ohren gegen einen Jumbojet!«

Vollgetankt mit guter Laune machten wir uns auf den langen Heimweg. Immer wieder jodelten wir: »Ho, ho, meine arme Seele!« Das machte Spaß.

Blöd war nur, daß mir dann immer so störende Gedanken auf den Magen schlugen, wenn man versteht, was ich meine. Irgendwie war das nicht ganz logisch, was sich der Moses ausgedacht hatte. Tante Thea würde doch nicht ewig da warten, wenn wir nicht zurückkamen. Wenn sie zum Beispiel bis zur Straße lief und ein Auto anhielt oder ein Taxi erwischte. Die war doch keine, die sich hilflos Löcher in den Bauch steht. Bestimmt hatte sie auf ihren Weltreisen in ärgeren Situationen gesteckt. Solche Gedanken waren das. Außerdem mogelten sich ununterbrochen zwei Wörter in mein Hirn: das Wort *feige* und das Wort *unfair.* Das wollte ich grad dem Moses sagen, aber das erübrigte sich.

Wir zuckten zusammen, als lautes Gehupe hinter uns ertönte. Man sagt zwar, man traut seinen Augen nicht, wenn was Überraschendes geschieht, doch wir trauten unseren Augen sofort. Tante Thea kam gefahren. Die Bremse zwitscherte höhnisch.

»Moses, Paul, hopp, steigt ein! Es war nur eine Kleinigkeit. Der Verteilerkopf hatte sich gelockert. Das passiert leicht bei alten Autos.«

Geradezu betäubt gingen wir an Bord. Dichter Feierabendverkehr hatte eingesetzt. Tante Thea trällerte trotzdem lustige Lieder. Zuerst brachten wir den Moses nach Hause.

»Ich geb auf«, flüsterte der Moses mir beim Aussteigen zu. Er war wachsweiß im Gesicht und zitterte auch ein bißchen. »Die schaffen wir nie, die schafft uns!«

»Mich schafft keiner!« flüsterte ich zurück. »Ich gebe nie auf!«

Als wir dann vor unserer Haustür parkten, fing es an zu regnen. Ich freute mich richtig. Gewitter und Sturm und Hagel und Schnee: das wär mir sogar noch lieber gewesen. Oder am besten eine riesige Überschwemmung. Solch eine Laune hatte ich.

Tante Thea machte das Verdeck zu. »Paul«, sagte sie, »das war wirklich ein wunderschöner Tag!«

Das sechste Kapitel handelt von einer Katastrophe, von der organisierten Tigerjagd, vom Sturm auf den Käseladen und von zwei Verräterinnen.

Den Moses hab ich am nächsten Morgen in der Schule mit Verachtung gestraft. Ich dachte auch: Einer wie ich braucht keinen Partner, der ist im Alleingang am stärksten. Dann nagten jedoch allerhand Zweifel in meiner Brust, ob das so wirklich stimmte, denn eigentlich war der Moses doch immer ein zuverlässiger Freund mit erstklassigen Ideen. Mich wurmte bloß unheimlich, daß mein Partner gesagt hatte: Ich geb auf. Das paßte nämlich nicht zu ihm, denn der Moses ist alles andere als ein Feigling. Ich will mal so sagen: Was hatte seinen Charakter so verändert? Jedenfalls redete ich kein Wort mit ihm.

Nach der vierten Stunde kriegten wir frei, weil die Lehrer ein Sektgelage veranstalten wollten. Die Tensbolte, eine von unseren Sportlehrerinnen, hatte nämlich ein Kind bekommen, was für die anderen ein Grund zum Feiern war. Na, mir sollte es recht sein!

»Und wann steigt *unsere* Feier?« fragte die Elli. »Oder war das nur eine Lüge? Raus mit der Sprache!«

Der Hans-Georg moserte: »Versprochen ist versprochen. Du hast gesagt, wir veranstalten eine wüste Fete bei dir zu Hause. Also, was ist damit? Kneifen gilt nicht.«

»Fragt den Moses!« knurrte ich. »Der weiß wie immer alles am besten.« Dann hab ich mich verdrückt, weil mir die Fragerei auf den Keks ging. An der Bushaltestelle stand die Sibylle, die erzählte mir eine große Neuigkeit. Auf dem Parkplatz an der Goetheschule ständen Zirkuswagen, da würde ein Zelt aufgebaut.

Auf Zirkusse bin ich rasend scharf. Allein die Gerüche und so. Kann sowieso gut sein, daß ich später mal Dompteur werde und mit einer gemischten Raubtiergruppe arbeite. Ich bin darum im Formel-eins-Tempo nach Hause gerast, um die elende Schultasche loszuwerden, damit ich beim Zirkusaufbauen helfen konnte. Oder mindestens zuschauen.

Ich schloß die Wohnungstür auf, pfefferte die Tasche in die Ecke bei der Garderobe und rief: »Ich muß noch mal weg!« Das konnte ich jetzt gut ausnutzen, weil die Ursulamutter verreist war. Die hätte mich ganz schön zur Schnecke gemacht. Als keine Antwort kam, rief ich noch lauter: »Ich – muß – noch – mal – weg!«

Wieder keine Antwort. Ich ließ die Tür gleich offen und lief in die Küche. Nichts. Im Wohnzimmer fand ich zweierlei: den Leonidas und einen Zettel. Der Zettel stammte aus einem Schreibheft, die Schrift war mir fremd. Tante Thea also! Von der wollte ich keinen Brief haben. Darum hab ich den Wisch zerknüllt und in die Blumenvase geworfen.

Der Zwergtiger hüpfte vom Blümchensofa und machte sich an mich ran. Er versuchte, den Schmuser zu spielen, hatte aber sämtliche Krallen ausgefahren. Aha, er war auf Angriff aus. Nicht mit mir, du Untier, ich falle auf solche

Tricks nicht rein, dachte ich und streckte ihm die Faust entgegen. Was soll ich sagen! Er tat beleidigt und verkrümelte sich maunzend in die Diele. Heuchler, der!

Dann hab ich doch den Zettel gelesen. Nicht, daß ich neugierig war, aber es hätte ja vielleicht was Wichtiges sein können. Aber es war nichts Wichtiges, es war etwas Gemeines.

Paul, mach Dir die Bratwurst und die Kartoffeln heiß. Ich treffe mich mit Gwendolyn und Felicitas in der Stadt. Wir wollen ins Kino gehen. Am Abend sind wir wieder zu Hause. Herzlich T. T.

Grrrr! machte ich laut. Schöne Schwestern hatte ich. Nicht für fünf Pfennig Rückgrat. Wahrscheinlich ein Kitschfilm mit Robert Redford oder sonst einem dieser plüschäugigen Schönlinge. Nach solchen Heinis schmachten die Zwillinge ja. In so eine Phase kommen fast alle Mädchen. Das hat mit der Pubertät zu tun. Zu einem Redfordspektakel würden sich Felix und Gwen sogar von Dracula einladen lassen, wobei mir Dracula lieber wär als Tante Thea. »Herzlich T. T.« Grrrr! Von wegen herzlich! Solche Vertraulichkeiten wie T. T. ließ ich mir ohnehin nicht bieten und schmiß den Zettel endgültig weg. Ich schaute aus dem Fenster. Klar, das Ostereiauto stand nicht vor dem Haus. Warum war mir das nicht aufgefallen?

In diesem Augenblick gab es einen lauten Knall.

Es gibt ja so Momente, da sind selbst so geistesgegenwärtige Leute wie ich ein bißchen gaga. Das kann an der Luftfeuchtigkeit liegen oder am Vollmond. Denn bis ich endlich begriff, was passiert war, waren entscheidende Sekunden vergangen.

Die Wohnungstür war zugeknallt!

»Leonidas!« brüllte ich. »Leonidas! Wo bist du? Maunz-maunz-maunz! Komm zum Paulchen! Lecker-lecker! Na, wo steckst du denn, hm?« Ich raste durch die Wohnung. Kein Raubtier zu sehen. Ich bettelte, schmeichelte, fluchte. »Leonidas! Scheißvieh! Zeig dich!« Es war passiert. Ich stand versteinert. Ungefähr jedenfalls.

Ich dachte drei Gedanken gleichzeitig. Gedanke eins: Gut, daß der Hauptfeind verschwunden ist. Gedanke zwei: Solche Raubkatzen fallen doch Menschen an, naja, kleine Kinder zumindest. Gedanke drei: Vielleicht behauptet die Tante Thea jetzt, der Leonidas wär hunderttausend Mark wert, und fordert Schadenersatz von mir.

Wahrscheinlich war es dieses Dreifachdenken, was mein Hirn zukleisterte. Erst dann nämlich wurde mir klar, was zu tun war. Hinterher!

Wie ein Taifun oder sonst einer von diesen schnellen Winden bin ich die Treppen runtergezischt, hab mich beinahe überschlagen im zweiten Stock, konnte den Zusammenprall mit der miesepetrigen Schnydermannfrau nur noch mit letztem Einsatz meines Hosenbodens verhindern, mußte dann an der Haustür leider doch noch eine Bremsung mit der Backe veranstalten, was mir das Wasser in die Augen trieb. Kein Tiger zu sehen!

Das irritierte mich nicht, daß die Tür zu war. Einer wie Leonidas konnte leicht solche Haustüren knacken. Dem traute ich inzwischen alles zu. Und dann stand ich auf der Straße, riß Augen, Mund und Nase auf und konnte rechts und links und gegenüber kein Raubtier entdecken.

»Leonidas! Leonidaaas!«

»Mußt du so schreien?« keifte Herr Vallböhmer aus dem Parterre, der Rentner ist und nichts anderes tut als Leute zu beobachten. Zu meckern hat der immer was.

»Müssen muß ich nicht, aber wollen will ich!« Von dem laß ich mir doch nichts gefallen. Der kann mich kreuzweise. Trotzdem fragte ich ihn, ob er was gesehen hätte, was wie ein Tiger ausschaute.

Da zeigte der mir doch glatt den Vogel!

Ich bin nach links gerannt, hab in alle Hauseingänge geschaut, unter alle Autos, in alle Kellerlöcher. Absolute Fehlanzeige. Dann rechts die Straße rauf. Verflucht, der Tiger narrte mich! Ich war mir ganz sicher, daß der ganz in der Nähe irgendwo hockte und mich auslachte. Alle Leute hab ich gefragt, sogar die Olle von der Chemischen Reinigung, und dazu hab ich immer wieder meine Rufe ausgestoßen. Null!

»Le-o-ni-das! Le-o-ni-das!«

Der ließ sich nicht blicken. Ob der vielleicht schon eine Beute gerissen hatte? Oder bedrohte er vielleicht die Witwen und Waisen oder sonstige Hilfsbedürftige? Vielleicht war er über die U-Bahn hergefallen oder einen Supermarkt.

»Le-o-ni-das!«

Ein paar Winzlinge, die Hüpfekästchen spielten, zeigten

mit den Fingern auf mich und schrien mir Frechheiten nach. Zwei Nonnen, die ich leider ein bißchen rammte, stießen Beschimpfungen aus. Passanten spritzten in Panik vom Bürgersteig, wie ich so angestürmt kam und meine Rufe losließ. So ein Tier konnte sich doch nicht einfach in Luft auflösen. Jemand mußte den Minitiger doch gesehen haben. Gewaltig groß wie der war.

Plötzlich, o Mann, plötzlich wußte ich alles! Das heißt: nicht alles, aber wo der Tiger steckte: das! Beim Zirkus! O ihr Clowns rund um den Erdball, Dank für die Erleuchtung! So etwas jedenfalls dachte ich, als ich mit keuchenden Lungenflügeln dahinflog zum Parkplatz an der Goetheschule. Jetzt war alles klar. Die Stimme des Blutes. Leonidas war zu seinesgleichen entwischt, zu den Tigern vom Zirkus. Ihren blutigen Atem hatte er gerochen quer durch die halbe Stadt.

Mit Geflimmer vor den Augen vom wahnsinnigen Rasen erreichte ich den großen Platz. Der Zirkus allerdings war ganz klein. Drei mickrige Wagen und ein Zelt von der Größe einer Bedürfnisanstalt, wenn man versteht, wie ich das meine. Ein alter Mann mit Cowboybeinen fegte Dreck durch die Gegend, daß es wie im tiefsten Nebel war.

»Haben Sie einen Tiger gesehn?« rief ich.

»Noch nie«, antwortete der Mann und spuckte braunen Kautabaksaft.

»Jedenfalls so eine Art Tiger«, sagte ich, »ungefähr so groß.« Ich zeigte es mit den Händen. »Er muß vor wenigen Sekunden hier eingetroffen sein.«

»Ist er aber nicht«, beharrte der Mann.

»Ist er doch! Er ist von Ihren Raubtieren angelockt worden!«

»Wir haben keine Raubtiere. Wir haben ein Lama und ein Pony und einen Clown. Der Clown bin ich. Das Lama schläft. Das Pony ist erkältet. Noch was?«

»Der Geruch des Zeltes war's vielleicht. Bestimmt stinkt es noch nach den Raubtieren vergangener Tage.«

»Unser Zelt stinkt nicht«, sagte der Mann und haute mir dann in aller Seelenruhe eine runter. »Und jetzt verpiß dich, du Lümmel!«

Ehrenwort, wenn ich nicht mit der Fahndung nach dem Tiger beschäftigt gewesen wäre, hätte ich den Brutalinski stehenden Fußes zum Duell gefordert. Schwere Säbel, Pistolen, Mistgabeln: mir wäre jede Waffe recht gewesen. Einen wie mich beleidigt man nicht ungestraft. So hab ich ihm im Wegrennen leider nur noch zurufen können, daß er ein Armleuchter wär.

Ich wußte jetzt wirklich nicht mehr weiter. Ganz schlimm, sich so etwas eingestehen zu müssen. Da fiel mir der Moses ein. Obwohl es mir sehr peinlich war, bin ich zu ihm nach Hause und hab ihn in die Katastrophe eingeweiht. Da war er sofort Feuer und Flamme und ging mit mir auf die Tigerjagd.

»Wir müssen das organisieren«, entschied er.

»Wie stellst du dir das vor?«

»Paul, hast du schon mal was von Sherlock Holmes gehört?«

Das ist genau das, was ich manchmal am Moses auf den Tod nicht ausstehen kann: daß er seine Mitmenschen für hirnrissig hält. Als ob ich nicht mindestens hundert Prozent mehr über Sherlock Holmes wüßte als der Moses. Das sagte ich ihm dann deutlich.

»Dann ist ja alles klar, Paul. Dann weißt du auch, daß wir jetzt logisch kombinieren müssen. Das Allerwichtigste für ein Tier in der freien Wildbahn ist die Nahrungsbeschaffung. Richtig?«

»Mensch, Moses, dies ist eine Großstadt und keine freie Wildbahn!«

»Falsch. Großstadtdschungel oder Bäumedschungel, das ist piepegal. Für ein herumstreunendes Tier ist jede Gegend freie Wildbahn. Also, was frißt so ein Tiger am liebsten?«

Ich hatte mir ja längst ähnliche Gedanken gemacht. »Büffel«, sagte ich, »Wildschweine, Antilopen. Was weiß ich. Unter Umständen natürlich auch Menschen.«

»Dann sieht die Sache böse aus«, entschied Moses. »Büffel und Wildschweine und so wird er wohl kaum finden. Da muß er sich wohl oder übel an die Menschen halten. Von denen gibt es ja mehr als genug.«

»Er ist aber ein Zwergtiger!« gab ich zu bedenken.

Moses sagte, da hätte ich irgendwie recht. »Dann wird er wohl Ratten und Mäuse jagen. Fragt sich nur, was er macht, wenn er keine findet. Ob er sich dann an kleine Menschen ranmacht?«

»Liliputaner?«

»Unsinn, Paul! Ich denke an Kinder.«

Himmel, den großartigen Gedanken hatte ich schon vor einer halben Stunde gehabt. Dazu brauchte der Moses wirklich nicht den Sherlock Holmes zu bemühen. Die Frage war ganz einfach: Wo sollten wir nach dem Leonidas suchen?

Doch Moses bestand darauf, daß wir ihn nur dort schnappen könnten, wo er Beute vermutete. »Raubtiere haben gewöhnlich einen erstaunlich kleinen Jagdbezirk. Den verlassen sie nie. Ich schätze, unser Raubtier wird sich unseren Stadtteil als Revier ausgesucht haben. Da heißt es jetzt, ihm an den entscheidenden Stellen aufzulauern. Dann – zack – Sack über den Kopf, und wir haben ihn!«

»Und wo, glaubst du, sind diese entscheidenden Stellen, du großer Raubtierspezialist? Sollen wir uns neben alle Mauselöcher stellen?«

Dafür hatte der Moses nur ein müdes Lächeln übrig. Er äußerte die Ansicht, Leonidas werde sich selbstredend nicht an Mäuse halten, sondern an die einschlägigen Kaufläden, weil er ja an tote Nahrung gewöhnt sei. »Der frißt doch bloß Menschenessen, Paul! Nudeln und Stinkkäse und Vanillepudding und solches Zeug. Der ist doch do ... Na, du weißt schon.«

»Das Wort heißt *domestiziert«*, sagte ich locker, weil ich froh war, endlich mal wieder etwas besser zu wissen als der Klugscheißer Moses. Mit seiner Theorie, das mußte ich zugeben, lag er gar nicht schlecht. Die Frage war nur, wie wir zwei sämtliche Läden beobachten könnten. Man kann sich ja nicht so mir nichts, dir nichts vervielfältigen.

»Sagte ich nicht, daß wir das organisieren müßten?« säuselte Moses.

»Dann organisier doch, du Witzbold!«

»Schrei mich nicht so an, Paul«, antwortete der Moses wie so ein beleidigter Filmstar, »ist mein Kleintiger entlaufen oder deiner?«

»Tante Theas!«

»Das bleibt sich gleich. Sie ist deine Tante, nicht meine.«

Ach, jetzt auf einmal! Der redete, wie's ihm grad in den Kram paßte. Beinahe hätte ich gesagt: Ich verzichte auf jede weitere Mitarbeit deinerseits. Das ließ ich dann aber. Ich sagte: »Wir brauchen Hilfe.«

»Das ist es doch, was ich meine, wenn ich von organisieren spreche. Wir trommeln jetzt alle Typen aus der Klasse zusammen, die wir erwischen können, und dann erstelle ich einen Einsatzplan.«

Er! Er erstellt einen Einsatzplan. Beim grüngestreiften Kakadu, da hatte ich trotz allem mächtig Mühe, nicht laut rauszuplatzen vor Lachen. Moses, der Angeber. »Hör mal«, sagte ich, »wir verraten es den anderen aber nicht, daß es sich um einen Zwergtiger handelt, klar? Die kriegen sonst Schiß. Wir behaupten einfach, da wär ein ganz harmloser Riesenkater entlaufen.«

»Das versteht sich von selbst, Paul!«

Leicht war es wirklich nicht, Tigersucher zu finden. Trotzdem hatten wir nach einer Viertelstunde unsere Einsatztrupps startklar. Elli und Hans-Georg, Ritschi und

Sven, Tina und Orhun, Krusselkopf Karlhans und Äindschel, Monika und Gert. Und noch ein paar. Wir teilten die Teams nach Häuserblocks auf.

Moses verkündete: »Ihr müßt auf alle Läden achten, in denen es Fressalien gibt. Fisch, Fleisch, Milch, Käse, Fritten, Hamburgers, Eis, Kanarienvögel. Ihr wißt ja, was so ein Kater am liebsten verspeist.«

»Der Moses und ich sind die Einsatzzentrale«, rief ich, als die alle schon loszischen wollten, »kapiert? Wir stehen oben an der Ecke von der Blumenstraße auf Posten. Keine Eigenmächtigkeiten, wenn ihr den Kater entdeckt. Ruft uns zu Hilfe. Er ist übrigens weiß und gelb.«

»Was kriegt der, der ihn als erster sieht?« fragte Hans-Georg. Der ist immer wild auf Knete.

»Das Bundesverdienstkreuz«, sagte ich feierlich.

Dann sausten die Tigersucher in alle Richtungen davon.

Warten kann hart sein. Ich und Moses, wir hatten das nun auszuhalten. Minuten gerannen zu Stunden. So hatte ich das mal in einem Buch gelesen. Es ist eine tiefe Wahrheit. Nervös trippelten wir rum wie Klapperstörche. Da tat sich nichts. Total tote Hose.

»Kann sein, der Leonidas hat doch ein größeres Jagdrevier als wir dachten«, meinte Moses kleinlaut. »Am Ende ist er schon in Gelsenkirchen.«

Ich durfte gar nicht daran denken.

Da kam der Ulli angeschlendert. »Fehlanzeige. Susanne und ich haben alles abgesucht. In unserem Bezirk ist der Kater jedenfalls nicht. Kann ich jetzt nach Hause gehen?«

»Ulli«, sagte ich, »im Altertum wurden die Überbringer schlechter Nachrichten getötet. Ich will dir mal ...«

Er unterbrach mich. »Du siehst auch schon ganz schön alt aus.«

Da hatte er wahrscheinlich sogar recht. Schon wollte ich ihm klar machen, was ich von Leuten halte, die vorschnell die Flinte oder sonst was ins Korn werfen, da sahen wir in der Ferne die Monika, die wedelte aufgeregt mit den Armen.

»Auf geht's!« schrie der Moses.

Da preschten wir los, daß die Heide wackelte. In Bitters Käseladen habe der Kater sich verkrochen, erklärte die Monika aufgeregt beim Rennen. Ich hätte sie küssen können vor Glück.

Alle strömten vor dem Geschäft zusammen. Richtig spannend war das. Wir umstellten die Ladentür so, daß nicht mal ein Floh hätte entwischen können. Dann wurde es ernst.

»Jetzt haben wir doch keinen Sack besorgt«, flüsterte ich dem Moses ins Ohr, »das wird Schwierigkeiten geben. So mit den nackten Händen.«

Moses grinste überlegen. »Hört mal alle zu!« rief er. »Paul und ich, wir kennen das Tier. Es ist nicht ganz ungefährlich. Also haltet euch hinter uns. Auf mein Kommando stürmen wir den Laden. Fertig – los!«

Der Sturm auf die Bastille war garantiert nur ein Gesäusel gegen das, was wir hier veranstalteten. Ich will es kurz machen. In Sekundenschnelle befand sich der Käseladen fest in unserer Hand. Frau Bitter und die zwei Kundinnen waren sofort in so eine Art Ohnmacht gefallen.

»Hinter der Theke!« schrie die Tina gellend.

»Ja, da hat er sich versteckt!« brüllte Ritschi.

Ich und Moses haben uns dann tollkühn auf ihn gestürzt. Wir spürten dieses Energiebündel, das zappelte und zerrte und sich mit all seinen Kräften gegen unsere stahlharten Hände wehrte, doch wir ließen nicht los. Das heißt: dann ließen wir doch los. Als wir nämlich das Gewinsel vernahmen.

»Susi, mein Liebling, was machen sie mit dir?« heulte Frau Bitter.

Da ließen wir entgeistert den Hund los. Es war ein champagnerfarbener Pudel. Der fing jetzt an zu knurren und zu kläffen und schnappte mit seinen spitzen Zähnen nach unseren Beinen. Frau Bitter schlug mit einem gewaltigen Käse nach unseren Köpfen, die Kundinnen halfen mit Regenschirmen und Einkaufstaschen mit. Wie wir es geschafft haben, ohne lebensgefährliche Verletzungen aus dem Laden zu fliehen, das weiß ich bis heute nicht.

Die anderen haben sich mit bedröppelten Gesichtern verdrückt. Am schnellsten war die Monika verschwunden. Das konnte ich ihr auch nur raten, sich aus dem Staub zu machen!

Als wir so einsam auf der Straße standen, legte der Moses mir die Hände auf die Schultern und murmelte mit tränenfeuchter Stimme: »Es gibt nun keinen anderen Weg mehr, Paul. Wir müssen es der Polizei melden.«

Äußerst schweren Herzens stimmte ich zu.

Der rübenköpfige Hauptwachtmeister Stumpe, wie das auf dem Schild auf dem Polizeireviertresen zu lesen war, stellte an diesem Tag also den wachhabenden Beamten dar. Der peilte uns an, als wären wir nicht ganz dicht. »Aha, eine Raubkatze ist also entlaufen.« Er langte nach einem rosa Formular. »Name?«

»Leonidas«, sagte ich.

»Ach, Ausländer?«

»Nein. Es handelt sich um eine bundesrepublikanische Raubkatze.«

Da riß er das Formular aus der Schreibmaschine und kläffte ungefähr so wie der Pudel. »Den Namen des Vermißtenmeldungserstatters will ich wissen! Wer ist der Eigner der Raubkatze?«

»Tante Thea«, sagte der Moses.

»Den Nachnamen zuerst!«

O du plattgeklopfte Flunder! Ich hatte nicht die leiseste Ahnung, wie die Tante Thea mit Nachnamen heißt. Darum schlug ich ihm vor, einfach Tante Thea zu schreiben.

Da wurde der Polizist fuchsteufelswild. »Wollt ihr mich auf den Arm nehmen?«

»Nein«, sagte ich. Wo der mindestens zwei Zentner wog!

»Und was heißt überhaupt Raubkatze?« Der Mann zielte mit seinem Dienstkugelschreiber auf meine Nase. »Wißt ihr nicht, daß die private Raubtierhaltung strengstens untersagt ist?«

KÄSE

»Es handelt sich auch mehr um einen größeren Kater«, lenkte Moses ein, »allerdings um einen nicht ungefährlichen.«

Der Herr Wachhabende kapierte die Sachlage nicht. Er machte es sich darum leicht. »Auf gut deutsch: eure Katze ist weggelaufen. Farbe?«

Was sollte ich mit so einem diskutieren! »Gelb und weiß«, sagte ich und atmete tief durch. Dem Moses warf ich einen Blick zu, damit er auch den Mund hielt. Was für Pfeifen sich hinter der Polizeiuniform verbergen, na!

Der Hauptwachtmeister drückte auf eine Sprechtaste. »An alle Streifenwagen. Ne fette Katze ist entlaufen. Gelb und weiß. Haltet mal die Augen offen. Wer das Viech sieht, schnappt es sich und bringt es her. Verstanden? Ende von Dienststelle vier!«

Ein Gebrabbel aus einem Lautsprecher ließ erkennen, daß die Streifenwagenfahrer das geschnallt hatten. Ich mußte dann noch meinen Namen und die Adresse und die Telefonnummer angeben. Es war richtiggehend deprimierend.

»Paul, trag es wie ein Mann«, sagte der Moses, als wir uns verabschiedeten, »das Leben kann hart sein.«

»Ja, Moses«, antwortete ich tapfer, »es ist ein schwerer Schicksalsschlag. Willst du mir nicht beistehen, wenn ich es Tante Thea sage? Vielleicht kriegt sie einen Nervenzusammenbruch oder so.«

Moses wollte nicht. Das gelbe Auto parkte vor dem Haus. Tante Thea hatte den Verlust also schon gemerkt. Da faßte ich mir ein Herz und stieg Meter für Meter die Treppe hinauf. Fünfmal zählte ich bis dreizehn, ehe ich die Wohnungstür öffnete.

Dann traf mich der Schlag.

Am Wohnzimmertisch saßen Felix und Gwen und Tante Thea und pokerten. Ich sah mit einem Blick, daß die Tante die Zwillinge mächtig geschröpft hatte, denn vor ihr häuften sich die Streichhölzer. Diese Verräterinnen! Mit dem Feind pokern! Denen gönnte ich die vernichtende Niederlage von ganzem Herzen. Wie schön, daß die Tante eine Gewinnsträhne hatte, denn da ertrug sie den herben Verlust vielleicht leichter.

Schon wollte ich den Mund aufmachen, da erhielt ich den zweiten Schlag, der haute mich dann vollends aus den Pantoffeln. Auf dem Blümchensofa lag Leonidas und schlief in seliger Ruh.

Mit Gummibeinen bin ich in mein Zimmer gewankt. Das Bett habe ich so gerade eben noch erwischt. Ich lag schlapp dahingegossen. Aber damit jetzt kein falsches Bild entsteht! Geweint hab ich nämlich nicht. Mir ist einfach nur das Wasser aus den Augen gelaufen.

Plötzlich spürte ich eine Hand auf meinem Hinterkopf. Ich wußte sofort, wer das war, und schämte mich nicht einmal.

»Was ist denn los mit dir?« fragte Tante Thea.

Da konnte ich nicht mehr an mich halten. »Es ist ja bloß, weil wir keine sturmfreie Bude haben! Die andern ... die andern aus meiner Klasse warten doch darauf, daß wir ...

daß wir endlich das Fest feiern, wo ich's denen doch versprochen habe!«

»Ja, warum feiert ihr denn euer Fest nicht?«

»Weil du ... weil du gekommen bist und uns den ganzen Spaß verdirbst! Und außerdem alles meinen Eltern verrätst und überhaupt ...«

»Paul«, sagte Tante Thea leise, »du hast ne Meise! Ich liebe Feste!«

Da hab ich dann wirklich geheult.

Das siebte Kapitel handelt vom gewaltigen Jubel, von zwei halben Geistern, von Tante Theas Weltreisen und vom lachenden Mondgesicht.

In der Klasse haben sie mich dann erst einmal zerquetscht. Wie die Bundesligakicker über einen Torschützen, so fielen sie über mich her und schmatzten mich ab und was sonst noch so dazugehört. Der Jubel war schrecklich laut. *Die Fete steigt! Die Fete steigt!*

»Der Paul und ich haben euch ja gesagt, daß wir eine heiße Party veranstalten würden. Na, haben wir unser Versprechen gehalten?« Moses schwenkte die Arme wie ein siegreicher Gladiator. Da haben sie ihn auch zerquetscht. Das war ausgleichende Gerechtigkeit für seine Angeberei. Doch dann, muß ich zugeben, war er bei den Vorbereitungen eine wertvolle Stütze.

Den wirklichen Überblick hatte eigentlich aber nur Tante Thea. Außer mir natürlich. Sie stellte zuerst mal eine Verpflegungsliste auf und kam auch auf die glorreiche Idee, die Karin und den Michael von den Bollmanns einzuladen. Das war strategisch astrein. Die Bollmanns wohnen unter uns, aber weil ihre Kinder auch dabeisein würden, konnten sie ja nicht meckern, wenn es ein bißchen laut würde.

Leonidas schaute gelangweilt zu, als die Zwillinge und Moses alle sperrigen Möbel aus dem Wohnzimmer räumten und mit dem Dekorieren anfingen. Zuerst wollten Gwen und Felix ja gar nicht mitmachen. »Kinderfest!«

spotteten sie. Dann erklärten sie aber: »Jemand muß doch auf euch Gurken aufpassen!« Da hätte ich beinahe das Kriegsbeil ausgegraben. Das Blümchensofa blieb übrigens im Wohnzimmer stehen, weil Leonidas darauf bestand.

Also, die Dekoration. Luftschlangen, Girlanden aus Zeitungspapier, Weihnachtsbaumkugeln, ein paar Lampions und Luftballone, Glitzerfolie, Röschen aus Servietten, farbige Blechtassen, Plastikwäscheklammern, kopflose Puppen, Backförmchen und Plunder aus der alten Spielkiste: sie hängten alles an langen Schnüren zwischen der Lampe und den Gardinenstangen auf, was irgendwie glitzerte und klapperte. Sogar einen alten Kochtopf.

Der Moses sagte: »Das scheppert dann immer so schön, wenn einer mit dem Holzkopp dagegenhaut.«

Ritschis Zweimannzelt haben wir in der Diele aufgeschlagen und die Co-Zi-Ap-Bar drin eingerichtet, die hieß so, weil Cola, Zitronensprudel und Apfelsaft ausgeschenkt wurden. Moses, der den Mixer spielen wollte, dachte sich schon ein Spezialgetränk aus, in das er alle drei Sorten reinschütten würde und dazu noch etwas kalten Kaffee. Wegen der Farbe. Dann bauten wir die Lautsprecher der Zwillinge links und rechts neben der Wohnzimmertür auf.

Es war ein komisches Gefühl, mit der Tante Thea allein in der Küche zu sein. Ich meine, da war man grad noch Todfeind gewesen und sollte jetzt auf einmal ihr Kochgehilfe sein. Ist ja schon merkwürdig. Ich mußte das innerlich noch verarbeiten. Man hat ja auch Charakter und so. Darum habe ich nicht viel geredet, sondern gearbeitet.

Gut, daß keiner die Schürze sah. Außer Tante Thea natürlich. Auf der Schürze steht nämlich drauf *Mamas Liebling*, und sie gehört meinem Vater, der sich ja für einen Meisterkoch hält.

Tante Thea hatte gesagt: »Kekse und Streuselkuchen, das ist nicht genug. Wir müssen noch was Richtiges auf die Beine stellen. Wer gern was Süßes mag, kann Waffeln mit Sahne futtern, und wer auf was Salziges steht, kriegt Fleischklöße mit Ketchup.«

So haben wir's auch gemacht. In der Küche konnte man kaum noch atmen, so qualmte es. Doch wir hielten durch, ich und Tante Thea, obwohl uns die Augen tränten.

Ab vier Uhr rollten sie dann an. Ich hatte vorher gar nicht gemerkt, daß ich so viele Klassenkameradinnen und Klassenkameraden habe. Im Handumdrehn war die Bude brechend voll. Das Gekreische und Gelache riß mir die Ohren ab. Einige hatten auch was mitgebracht. Blumensträuße, Schokoriegel, Gummibärchen, Kaugummi, Wundertüten, Liebesperlen, jede Menge Obst. Ich brachte die Sachen erst mal in meinem Zimmer in Sicherheit, weil es sich ja um persönliche Geschenke handelte. Inzwischen war der Streit darüber entbrannt, welche Kassetten zuerst abgespielt werden sollten. Meine Pokerschwestern rissen die Entscheidung aber an sich, dann kehrte Ruhe ein. Einigermaßen jedenfalls.

Zuerst hatten wir richtig ein Programm. Wir sangen den Kanon *Wer andern in der Nase bohrt, ist selbst ein Schwein.* Aber das haute nicht richtig hin. Tina, Hörstken und

Orhun führten dann ein Theaterstück von der traurigen Prinzessin Lilofee auf, das dauerte zwei Minuten und war sehr lustig. Noch besser gefiel mir der Breakdance von Harry und Ritschi. Die könnten im Fernsehen auftreten, ehrlich. Ein paar führten Figurenwerfen vor, das mußte jedoch gestoppt werden, weil der Fußboden gefährlich knackte. Darum blies Monika was Leises auf der Blockflöte. Nacheinander machten wir dann pantomimisch Leute nach, die anderen mußten immer raten, wer gemeint war. Ich trat als Missis Rattlesnake auf, doch die Blödiane behaupteten, ich stellte einen Orang-Utan dar. Haben eben kein Kunstverständnis. In einer Zimmerecke brachten die Zwillinge dem Krusselkopf Karlhans das Pokern bei. Getanzt haben wir selbstverständlich auch. Leonidas schaute gelangweilt zu und hielt uns für behämmert. Das sah ich an seinem Blick.

Überhaupt: Leonidas! Der Heuchler spielte den lieben Hauskater und ließ sich von allen noch und noch beschmusen und kraulen und knutschen. Bäh! Da konnte ich kaum hingucken. Mit dem hatte ich sowieso noch ein Hühnchen zu rupfen. Und wie!

Dann setzte das große Mampfen ein. Die griffen sich Pappteller und Pappbecher und schlugen zu. Das ging querbeet, wie man so sagt. Fleischklößchen mit Sahne, Waffeln mit Ketchup, Apfelsaft mit Kaffee. Die nahmen, was sie greifen konnten, und hauten rein, als würden sie nie wieder in ihrem Leben an irgendwelche Nahrungsmittel kommen. Die Monika tat sich sogar Ketchup in die Cola.

Der Hans-Georg hatte sich die Sahne bis ins Haar geschmiert. Man sieht, es herrschte eine fröhliche Stimmung, und alle waren glücklich.

Ich fragte den Sven: »Na, bist du satt geworden?«

Der antwortete mit vollem Mund: »Satt? Satt kenn ich überhaupt nicht. Entweder ich hab Hunger, oder mir ist schlecht.«

Den Spruch kannte ich schon, aber lachen mußte ich trotzdem, weil nämlich das Zelt einstürzte und den Moses unter sich begrub. Der war dann von oben bis unten von seinem Spezialmixgetränk angefeuchtet und klebte richtiggehend wie UHU.

Tante Thea stand da in ihrer Latzhose mit verschränkten Armen und schaute zu. Auch sie hatte viel Spaß. Sie zog im Wohnzimmer die Vorhänge zu und gab mir, als alle auf ihren Hosenböden auf dem Teppich saßen, heimlich ein Zeichen. Eine Minute später ging plötzlich das Licht aus.

»Huuuuh!« schrien alle.

»Stromausfall!« tönte Tina.

»Sicherungen rausgeknallt!« brüllte Ritschi.

Aber da knipste die Felix ihre Taschenlampe an und richtete den Punktstrahl auf die Tür. Gleichzeitig ging das Geknirsche und Gestöhne von unserer Kassette los, und der riesenhafte Geist erschien. Moses wedelte so heftig mit den Gespensterarmen, daß ich kaum das Gleichgewicht halten konnte. Er machte sich auch extra schwer auf meinen Schultern. Wo ich doch nichts sehen konnte unter dem Knochenmannlaken!

Oh, schaurig ist's übers Moor zu gehn,
wenn es wimmelt vom Heiderauche,
sich wie Phantome die Dünste drehn,
und die Ranke häkelt am Strauche ...

Und dann Moses und ich mit vollem Rohr: »Ho, ho, meine arme Seele!«

Falls man weiß, was Standing ovations sind: also, die sprangen auf die Füße und ließen solchen Beifall aufbrausen, daß meine Knie nachgaben und ich mit schrillem Schrei zusammensackte. Der Moses schoß über mich weg und landete nach minutenlangem Flug ziemlich genau auf dem Sven. Der war noch immer am Essen und hatte einen Pappteller auf der Hand. Das heißt: dann nicht mehr. Moses und er sahen entsprechend aus. Wir zwei halben Gespenster wurden im Triumphzug durch die Wohnung getragen. Ich muß zugeben, ich war sehr gerührt, obwohl meine linke Kniescheibe höllisch brannte. Eindeutig war der Gespensterauftritt von mir und Moses der Höhepunkt des Festes.

Eindeutig? Sagen wir mal so: einer der Höhepunkte. Denn dann kam noch ein Auftritt, mit dem wir alle nicht gerechnet hatten und der auch gar nicht im Programm vorgesehen war. An sich handelte es sich auch nicht um einen Auftritt. Es ergab sich so.

Vom Essen und Toben und Tanzen und Schreien waren wir alle etwas abgeschlafft. Die Musik spielte nur noch ganz leise. Wir lagen auf dem Teppich herum. Ich weiß bis heute nicht, ob jemand Fragen gestellt hatte oder ob einer sie dazu aufgefordert hatte. Auf alle Fälle fing Tante Thea auf einmal an zu erzählen. Sie sprach zuerst ziemlich leise. Es war mucksmäuschenstill. Alle machten lange Ohren und starrten nur auf Tante Thea. Ich erlebte zum ersten Mal, was das Wort *lauschen* wirklich bedeutet.

Tante Thea erzählte von ihren Weltreisen. Von Elefantenritten auf Sri Lanka, von Sandstürmen bei den Hoggar-Bergen, von Segelbootfahrten in der Amazonasmündung. Sie schilderte, wie die Piranhas in den brasilianischen Flüssen einen Ochsen in Minutenschnelle skelettieren und wie auf Island die kochendheißen Geysire in genauen Zeitabständen ihren Strahl donnernd in die Höhe spritzen. Von den weißen Hengsten der Camargue berichtete sie, von den Alligatoren in den Sümpfen Floridas, von den Adlern in den Klüften der Anden. Sie beschrieb das Lachen der Hyänen, das Gespucke der Lamas und das Gebalge der Löwenbabies. Doch sie hatte nicht nur Schönes gesehen. Sie redete von hungernden und unterdrückten Menschen, von Diktatoren und Ausbeutern, die auf die Forderung der Menschen nach Freiheit mit Folter und Mord antworteten. »Manchmal ist die Welt zum Verrücktwerden schön«, sagte sie, »und manchmal zum Verrücktwerden böse. Es ist schon eine merkwürdige Welt.«

Eine Weile war es still. Selbst die größten Großschnauzen schwiegen. Moses hatte vor Staunen sein Maul so weit aufgerissen, daß man fast sehen konnte, wie dreckig seine Füße waren. Dann ging das allgemeine Gefrage los.

»Wie lang ist ein Giraffenhals?«

»Wie teuer ist eine Schiffsreise nach China?«

»Können Wasserbüffel wirklich schwimmen?«

»Saugen die Fledermäuse in Australien den Tieren das Blut aus?«

»Wie hoch sind die Affenbrotbäume?«

Sie wollten von Tante Thea auch wissen, ob sie dem Schneemenschen begegnet sei, ob sie sich schon mal in Lebensgefahr befunden habe, ob sie ein Gewehr besitze, ob man vor Pandas Angst haben müsse, ob man Gletschereis essen könne. Sie fragten ihr richtig Löcher in den Bauch. Tante Thea gab tausend Antworten, und keine war gelogen. Das weiß ich. Lothar wollte wissen, ob sie denn bald mal wieder eine Weltreise unternehmen werde.

»Ich würde ja gern«, sagte Tante Thea. »Auf den Kilimandscharo möchte ich unbedingt steigen. Aber bei mir zu Hause leben jetzt eine Menge Tiere. Schafe, Esel, Hühner, Hunde und ein Pony. Die kann ich schlecht für längere Zeit allein lassen. Will ich auch nicht.« Sie zeigte auf Leonidas, der in Ellis Armen schlummerte. »Ihn muß ich sogar mitnehmen, wenn ich zum Einkaufen in die Stadt fahre. Er ist sonst beleidigt.«

Hatte Leonidas gespürt, daß von ihm die Rede war? Jedenfalls schlug er ein Auge auf. Es war wirklich nur ein Augenblick. Dann gähnte er, daß man all die spitzen Zähne sah, und schlief weiter. Der sollte nur nicht meinen, daß ich ihm traute.

»Ein tolles Auto haben Sie!« sagte Ritschi.

Tante Thea lachte und schaute den Moses und mich an, daß wir rot wurden. »Manchmal hat es seine Mucken. Hin und wieder springt der Verteilerkopf ab. Es ist ja auch ein uraltes Auto.«

Alle waren ein wenig traurig, als die Zeit zum Nachhausegehen kam. Aber jede Fete hat mal ein Ende. Die Wohnung sah schlimm aus. Deswegen ließ ich mir aber keine grauen Haare wachsen. Alle gaben der Tante Thea ganz feierlich die Hand zum Abschied. Mir gab keiner die Hand. Das war mal wieder typisch.

Sie sind auch einigermaßen leise die Treppen runtergehopst. Die Hausbewohner haben nur ganz wenig gemekkert. Das will bei unseren doofen Hausbewohnern was heißen.

Die Tina flüsterte mir zu: »Das war die schönste Party meines Lebens.«

Karin, die unter uns wohnt, sagte zum Abschied: »Solche Tanten wachsen nur auf ganz hohen Bäumen, verstehst du? Mit der hast du aber wirklich Glück gehabt.«

»Man tut, was man kann«, murmelte ich.

Dann nahm der Moses mich beiseite. »Hör zu, Paul, du mußt der Wahrheit ins Gesicht sehen. Es ist kein Tiger, es ist ein Kater.«

Da sah ich der Wahrheit ins Gesicht und seufzte tief.

Am liebsten hätte ich mich jetzt auf mein Bett fallen lassen, satt und müde, wie ich war. Aber da wartete noch eine Menge Arbeit auf Gwen und Felix und mich und Tante Thea. Ich dachte: Das schaffen wir in tausend Jahren nicht, die Wohnung wieder halbwegs zu einer Wohnung zu machen. Doch wir brauchten nicht einmal zwei Stunden dazu. Ich glaube, das war vor allem meiner Tatkraft zu verdanken. Gwen und Felix fingen schon wieder an zu pokern.

Ich schaute durch das Küchenfenster nach draußen. Zwischen den dunkelgrauen Wolkenhaufen war der Vollmond zu sehen. Das heißt, ganz voll war er noch nicht, jedenfalls nicht so sehr wie ich, doch man konnte ihn getrost schon Vollmond nennen. Ich überlegte: Lacht das Mondgesicht mich an, oder lacht es mich aus? Die Antwort habe ich nicht mehr gefunden, weil mir jemand auf die Schulter tippte.

»Falls du Lust hast, Paul, kannst du mich in den Ferien mal besuchen kommen«, sagte Tante Thea. »Wenn du nichts Besseres vorhast. Leonidas und ich, wir würden uns freuen. Laß es dir durch den Kopf gehen. Könnte ja sein, daß es dir in meinem Hexenhaus gefällt.«

Weil es mir die Sprache verschlagen hatte, hab ich nur genickt. Das Mondgesicht hab ich zur Vorsicht nicht mehr angeguckt. Auslachen, das hätte noch gefehlt!

Sollte ich die Einladung annehmen, und ich betone das Wort *sollte,* dann tu ich's bestimmt nicht, um Tante Thea zu besuchen und ihren verhinderten Tiger. Aber es könnte ja sein, daß im Hexenhaus gefährliche Abenteuer auf mich warten!

Jo Pestum

Das Monster im Moor

Mit Illustrationen
von
Erhard Dietl

Das erste Kapitel handelt von einem verhinderten Cowboy, von einem dünnen Vetter, von elf Knödeln und von einer alarmierenden Nachricht.

Es gibt ja solche Tage, da wirst du morgens wach und weißt sofort: Dies wird ein saublöder Misttag werden. Dann verschluckst du dich am Frühstücksbrötchen, knallst mit dem Fahrrad gegen einen Laternenmast, wirst von einem hinterhältigen Lehrer mit einem Vokabeltest überrascht und gehörst anschließend zu der Fußballmannschaft, die haushoch verliert. Dann gibt es Tage, da machst du die Augen auf und spürst: Das wird ein starker Tag! Und so kommt es dann auch. Du kriegst eine Mathearbeit zurück, und es ist keine Fünf, nach der vierten Stunde gibt es Hitzefrei, im Schwimmbad wirst du von der langhaarigen Elisabeth zum Eis eingeladen, und bei Karlhans zu Hause ist sturmfreie Bude, und ihr könnt zusammen Grusel-Videos angucken.

Aber es gibt auch ganz komische Tage, da merkst du, daß etwas passieren wird. Doch ob es etwas Gutes sein wird oder etwas Grauenhaftes: das weißt du nicht. Genau solch ein Tag war es! Der Wecker kreischte wie ein erkältetes Wildschwein, und im gleichen Augenblick kamen Gwen und Felix hereingestürmt wie eine Büffelherde, obwohl ich außen an meiner Zimmertür ein Plakat angeklebt habe: *Dreimal klopfen! Man darf nur rein, wenn der Bewohner es erlaubt!*

Sie schrien im Chor: »Paul, aufstehen! Du verpaßt sonst den Zug!« Die Beleidigungen »alter Penner« und »schnarchendes Faultier« wurden auch gerufen, daran erinnere ich mich genau.

Also, zu Gwen und Felix muß ich etwas erklären. Sie sind meine Schwestern und haben schon ziemlich viel Busen, weil sie fast vierzehn sind. Eigentlich heißen sie Gwendolyn und Felicitas, aber solche Namen sind mir zu unpraktisch, und darum nenne ich sie Gwen und Felix, auch wenn sie das nicht so besonders gern hören. Übrigens sind sie Zwillinge. Zum Glück kann man sie leicht auseinanderhalten. Felicitas hat hellbraunes Haar und ein Lachgesicht, Gwendolyn hat dunkelbraunes Haar und einen Schmollmund. Ihre Ähnlichkeit besteht vor allem darin, daß sie leidenschaftliche Pokerspielerinnen sind. Sie pokern um Streichhölzer, und zwar Tag und Nacht. Im Bett, auf dem Klo, im Kino, beim Fernsehen, in der Schule, in der Badewanne, beim Mittagessen, während der Weihnachtsfeier, im Bus, beim Zähneputzen, in der Eisbude, beim Kartoffelschälen – sogar beim Liebesbriefeschreiben. Die haben echt eine Macke. Und als sie jetzt so in mein Privatzimmer einfielen, da hatten sie auch ihre Spielkarten auf der Hand.

»Ich habe Ferien!« heulte ich vor Empörung. Aber das Wort *Ferien* war völlig falsch. Nur ein Idiot konnte diese paar schulfreien Minuten Pfingstferien nennen. Aufstehen mußte ich trotzdem. Ich war selber schuld an meinem Elend.

Angefangen hatte es ganz harmlos mit der Frage: »Hast du nicht Lust, mal ein paar Tage auf dem Lande zu verbringen?« Meine Ursulamutter war übrigens die Fragerin.

Merkwürdige Frage! Natürlich verreisen Großstadtkids wie ich ganz gern mal aufs Land, bloß war mir schleierhaft, wie das in meinem Fall funktionieren sollte. »Als was denn?« fragte ich. »Als Suppenhuhn oder als Spanferkel?«

»Spinner«, sagte meine Mutter, »das ist ganz im Ernst gemeint. Die Thalers würden sich bestimmt freuen, wenn du sie besuchtest. Und die wohnen ganz ländlich. Wunderschöne Gegend.«

»Wie schön für die Thalers! Bloß hab ich keinen Funken Ahnung, wer die Thalers sind. Oder müßte ich die aus dem Fernsehen kennen?«

Die Ursulamutter baute sich wie ein Bundestrainer vor mir auf. »Paul, stell dich nicht so doof an. Tante Hilde und Onkel Heinz. Also, die würden sich freuen. Was ist nun?«

Woher sollte ich wissen, daß Tante Hilde und Onkel Heinz *Thaler* heißen! Entfernte Verwandtschaft. Zehnmal um die Ecke oder so. Ich hatte diese Hilde und diesen Heinz mal kennengelernt. Wahrscheinlich bei einem Omageburtstag. Einen besonders großen Eindruck hatten sie jedenfalls nicht auf mich gemacht, denn ich konnte mir ihre Gesichter absolut nicht vorstellen, und Onkel und Tante waren die Typen sowieso nicht für mich. Trotzdem sagte ich Wahnsinnskandidat, daß ich grundsätzlich nichts dagegen hätte, diese zwei Ländlichen mal zu besuchen. Das war mein Fehler.

Denn kaum war eine Woche vergangen, da kam ein Brief: *Fein, daß Paul uns in den Pfingstferien besuchen will! Ralf freut sich ganz besonders und zählt schon die Tage ...*

Ich forderte von meinen Eltern Auskunft. »Wieso habt ihr das hinter meinem Rücken abgemacht? Und wer, zum Teufel, ist Ralf?«

Die Ursulamutter verdrehte die Augen. »Aber Paul! Du hast doch ausdrücklich gesagt, daß du gern mal aufs Land möchtest!«

Mein Vater schaute mich über den Brillenrand an. »Der Ralf, der ist so etwas Ähnliches wie ein Vetter, und im gleichen Alter seid ihr auch, ihr zwei. Ist das nicht lustig?«

»Sehr lustig!« knurrte ich. »Ich könnte mich totlachen.«

Dann kramte mein Vater tausend Jahre in der Schublade mit den Familienfotos rum und schwenkte anschließend ein briefmarkenkleines Bildchen durch die Gegend. »Hier, ein Foto von Ralf!«

Ich fiel erst einmal in Ohnmacht. Ein maßlos überfettetes Kleinkind grinste mich blödsinnig an. Ein matschiges Froschgesicht, genau richtig zum Spinatreinstecken. Der feiste Hintern saß prall in einem Windelpack. Und Speckbeine wie ein japanischer Superschwergewichtsringer. Ein besticktes Lätzchen mit der beknackten Aufschrift *Unser Liebling*. Und solch einem Halbaffen wollte man mich zum Fraß vorwerfen!

»Wie schelmisch er guckt«, lächelte meine Mutter.

Schelmisch? Wenn sie irrsinnig gesagt hätte oder bescheuert oder hirnrissig, dann hätte ich's ja verstehen können, obwohl das passende Wort eigentlich *dämlich* war. Aber schelmisch schaute der Knilch nun wahrhaftig nicht aus der Wäsche. Ich glaube, meine Mutter war selber entsetzt von dem Foto und versuchte nur, mir den Stinker schmackhaft zu machen. Die Gwen behauptete sogar, ohne rot zu werden, das Baby sehe süß aus.

Die größte geistige Leistung vollbrachte dann die Felix: »Aber heute sieht er natürlich ganz anders aus.«

Da faßt man sich doch an den Kopf! Mit so einer schlauen Schwester bin ich geschlagen. »Klar«, sagte ich, »heute wiegt der zehn Zentner und wird mit einem Hebekran aufs Töpfchen gesetzt. Vielleicht ist er aber auch schon geplatzt.«

Die Felix fand das aber nicht witzig. »Ein Zwölfjähriger wird nicht mehr aufs Töpfchen gesetzt«, bemerkte sie ganz kühl und mischte die Pokerkarten so inbrünstig, als ginge es um einen Weltrekord.

Und jetzt war der schreckliche Tag gekommen. Ich will mal so sagen: Das Schicksal riß mitleidlos seinen Rachen auf, um mich zu verschlingen. Auf bleischweren Beinen wankte ich zum Badezimmer. Die Pokerspielerinnen mußten mich stützen.

»Putz die Zähne gründlich und wasch dir ordentlich die Haare! Hast du verstanden, Paul?« Die Erzengelstimme meiner Mutter. Mir lockerten sich die Ohren.

»Jaaa!« schrie ich zurück. »Und den Blinddarm wasche ich mir auch und die Herzkranzgefäße und das Gehirn und das Steißbein und die Lungenflügel! Noch was?«

»Sei nicht so frech!« rief meine Mutter und lachte dabei. Zu allem Unglück hatte sie entsetzlich gute Laune.

Ich habe mir dann die Haare wirklich ordentlich gewaschen, denn ich dachte: Wenn ich meinem fetten Vetter gegenübertreten werde und dann vor Entsetzen tot umfalle, dann ist es ja immer ganz gut, wenn man als Leiche einigermaßen sauber ist.

Anschließend hockte ich wie ein Häufchen Elend am Frühstückstisch. Das Müsli schmeckte nach Beton, die Marmelade nach Rattengift, der Käse nach eingeschlafenen Füßen, der Kaffee nach Elefantenpipi.

»Paul, du mußt dich beeilen«, sagte mein Vater hinter seiner Zeitung und knabberte wie ein Kaninchen an einer Möhre herum, weil er sich das Rauchen abgewöhnte. »Der Zug wartet nicht auf dich.«

»Braucht er auch nicht«, flüsterte ich matt. »Soll ruhig schon fahren.«

»Andere Jungen wären glücklich, wenn sie aufs Land fahren dürften«, scholl es hinter der Zeitung hervor.

»Andere. Das kann schon sein.« Aber sie hörten nicht auf meinen Seufzer, sondern brachten mich gemeinsam zum Bahnhof, als handelte es sich um einen Abschied für immer. Mir war es furchtbar peinlich, wie sie mich so zum Gleis 8 führten. Vorneweg mein Vater als Scout, als sei ich zu blöd, den richtigen Zug zu finden. Die Ursulamutter hielt meinen Arm. Ich glaube, sie hatte Angst, daß ich im letzten Augenblick noch einen Ausbruchsversuch veranstaltete.

Die Zwillingsschwestern kamen mir ohne Pokerkarten ganz fremd vor. Weil sie die Hände frei hatten, schleppten sie gemeinsam meinen Koffer. Der war so vollgepackt, daß ich mit der Ausrüstung glatt eine Nordpolexpedition hätte bestücken können. Und das für die paar lausigen Tage! Wirklich, ich war dem Herzinfarkt sehr nahe. Dann kam endlich der Zug angerollt.

»Hast du den Zettel mit den Anschlußzeiten?« fragte mein Vater.

»Nein. Den hab ich gefressen.«

»Vergißt du auch das Umsteigen nicht?« fragte meine Mutter.

»Doch, vergesse ich. Ich fahr durch bis Rom und schau mal beim Papst rein, falls er nicht gerade auf Weltreise ist.«

»Hast du auch was zu essen mit für unterwegs?« fragte die Gwen.

»Nein. Ich werde verhungern und als Skelett aus dem Zug steigen.«

»Gibst du auch gleich Nachricht, wenn du gut angekommen bist?« fragte die Felix.

»Ich schicke sofort einen reitenden Boten los oder gebe Rauchzeichen. Vielleicht lasse ich auch Brieftauben flattern, oder ich werde die Buschtrommeln sprechen lassen.« Wie die mich nervten!

»Es reicht, wenn du mal eben anrufst«, erklärte die

Ursulamutter und fing an, mich abzuknutschen, daß ich von Erstickungsanfällen geschüttelt wurde. »Viel Spaß, Paul! Und grüß alle ganz herzlich!«

Ich konnte darauf aber nicht antworten, weil die anderen auch über mich herfielen und mir den Rest gaben. Mir war es völlig schleierhaft, wie ich es überhaupt geschafft habe, mit dem Ungetüm von Koffer in den Zug zu klettern. Sie gaben aber noch immer keine Ruhe und rissen sich beim Winken die Arme aus. Ich habe aber nicht zurückgewinkt, sondern gleich mit dem Lesen angefangen, weil ich nämlich ein spannendes Wild-West-Buch mitgenommen hatte, das hatte mir mein Freund Moses geliehen. Trotzdem bin ich aber rechtzeitig umgestiegen, und nach drei Stunden mußte ich noch einmal umsteigen in einen Schienenbus. Den Kicherfrauen in meinem Abteil, die mich dauernd mit Schokolade vollstopfen wollten, hatte ich übrigens erklärt, mir wär nicht nach süßem Zeug zumute, weil ich mich auf der Reise zu einem Trauerfall befände. Da ließen sie erschreckt von mir ab und hörten auch mit dem Kichern auf.

Wahrscheinlich lag es an der Landschaft, daß ich aufhörte zu lesen und neugierig aus dem Fenster schaute. Doch das starke Gefühl, das sich plötzlich einstellte, das kam eindeutig von dem Buch. Ich dachte: Dies ist jetzt überhaupt kein Schienenbus, sondern eine uralte Eisenbahn der Union Pacific, die wird von einer höllisch schnaubenden Dampflok mit langem Schornstein gezogen. Und die Gegend da draußen, das ist wildes Indianerland. Selbstverständlich sind die Viecher auf den Wiesen keine Kühe, sondern Bisons, und der Name für solche grenzenlosen Ebenen ist Prärie. Ich hab die Hand am Colt, weil in den Wäldern die Eisenbahnräuber lauern, doch die Banditen lassen sich nicht blicken, weil es sich vermutlich herumgesprochen hat, daß sich Old Paul mit der schnellsten Hand östlich des Pecos diesmal im Zug befindet. Das weiß auch der alte Lokführer Casey Jones. Er läßt die Dampfpfeife lustig jaulen.

Warum ich mich auf dieser Fahrt befinde? Also, offiziell, um ein paar besonders wilde Wildpferde auf der einsamen Ranch der Thalers einzureiten. Solche Broncos können nur von Cowboys mit eisernem Willen an den Sattel gewöhnt werden. Ich bin so ein Cowboy. Es gibt aber noch einen Geheimgrund für meine Reise, den kennt außer dem Gouverneur nur der District-Marshal. John Wesley Hardin, der Killer, ist nämlich gesehen worden. Er klaut mit den Outlaws seiner gefährlichen Gang nicht nur die Longhorns von den Weiden der Thalers, sondern schafft auch nach und nach die Goldreserven der Armee über die mexikanische Grenze. Also, ich kann es ruhig verraten: Ich bin ein Geheimagent der Texas-Ranger.

Solche Gedanken gingen mir jedenfalls durch den Kopf, als der Schienenbus durch die sonnige Landschaft zokkelte. Satte Wiesen, leuchtende Mischwälder, Wattewölkchen am blauen Himmel, kreisende Habichte in der Luft: echt, allmählich freute ich mich richtig auf das Landleben, das mich erwartete. Ob der Bauernhof von Onkel Heinz und Tante Hilde auch schön mächtig groß sein würde? So mit gewaltigen Kuhherden, gefährlichen Zuchtbullen, Reitpferden in allen Farben – ja, und großen Hunden natürlich, Collies oder Bernhardiner am besten. Reitstiefel würde mir mein fetter Vetter Ralf sicher leihen. Ich hatte jetzt wirklich ein wunderbares Gefühl im Bauch, ich glaube, ich war sogar ein bißchen aufgeregt.

Dann hielt der Schienenbus in Königsweiler. Was diese dreieinhalb Häuser mit der Winzkirche mit Königen zu tun haben sollten, war mir schleierhaft. Ein jämmerlicher Ort! Ich warf erst einmal meinen Wahnsinnskoffer nach draußen und folgte dann sozusagen gemessenen Schrittes. Unter der Bahnhofsuhr standen eine rundliche Frau in goldgelbem Overall und eine Bohnenstange mit Armen und Beinen dran und einem schwarzen Lockenkopf obendrauf.

Kaum erreichte mein Fuß festen Boden, um das mal so zu sagen, da kam die Frau wie eine goldgelbe Windhose angebraust und veranstaltete etwas Ähnliches mit mir, wie es mir meine Familie beim Abschied angetan hatte. Als ich wieder zu mir kam, hörte ich sie rufen: »Paul, ist das schön, daß du uns besuchen kommst!«

»Ich ... ich soll Grüße bestellen und ...« Japsend griff ich nach der klodeckelgroßen Hand, die sich mir entgegenstreckte und zu der Bohnenstange gehörte.

»Ich bin der Ralf«, sagte die Bohnenstange. »Wirklich knorke, daß du dich mal in diese Gegend verirrst. Kannst übrigens Longus zu mir sagen. Das tun nämlich alle.«

»Weil der Ralf so schrecklich lang ist, darum wird er Longus genannt«, erklärte die goldgelbe Tante Hilde und hob dabei den Finger wie eine tüttelige Lehrerin.

Ich wollte sagen: Ach, darauf wär ich nie gekommen. Ich bin nämlich wirklich so blöde, wie ich aussehe. Aber dann murmelte ich nur »Ach!« und verschluckte den Rest, weil die Tante Hilde gar nicht so einen schlimmen Eindruck machte, wie ich befürchtet hatte, und weil ich mir nicht gleich Feinde machen wollte bei diesem mir so unbekannten Nebenzweig der Familie. Der Longus, der glatt einen halben Kopf länger war als ich, gefiel mir übrigens ganz gut. Keine Spur mehr von dem plätschigen Säugling mit dem Spinatgesicht.

Der Longus schnappte sich meinen Koffer, die goldgelbe Tante schnappte sich meinen rechten Arm. So bugsierten sie mich zu einem Urgroßvater von Daimler mit einer gewaltigen Ladefläche. Ich tippte sofort darauf, daß dieses Auto in früheren Jahrzehnten als Leichenwagen benutzt worden war, und ich glaube, ich roch es sogar. Garantiert wurde die Karre bloß durch die Farbe zusammengehalten. Schwarze Farbe: wie Teer.

»Du hast aber ein scharfes Auto, Tante Hilde!«

»Laß doch den Blödsinn mit der Tante! Sag einfach Hilde zu mir. Oder willst du, daß ich Neffe Paul zu dir sage?«

»Nee, das muß nicht sein.« Ich konnte mir das Grinsen nicht verkneifen. »Aber das Auto ist jedenfalls eine Wucht. Ich glaube ...«

Weiter kam ich erst mal nicht, denn Hilde startete das Töff, wobei das Wort *starten* nur sehr schwach das beschreibt, was sich jetzt abspielte. Es pfiff und kreischte und krachte und donnerte, daß wahrscheinlich im Umkreis von zwanzig Kilometern die Fensterscheiben zerplatzten und die Vögel vom Himmel fielen. Die goldgelbe Hilde rührte wie ein Rallye-Weltmeister in den Gängen. Der Longus feixte, das spürte ich genau, obwohl ich sein Gesicht nicht sah, denn er saß hinter mir. Dem machte es Spaß, daß ich Schiß hatte. Warte! dachte ich. Du wirst mich noch kennenlernen! So einer wie ich hat schon ganz andere Leute zum Weinen gebracht!

Als ich mich an den Lärmpegel etwas gewöhnt hatte, fragte ich: »Ist es weit bis zu eurem Bauernhof?«

»Bauernhof? Was für ein Bauernhof?« riefen der Longus und seine Mutter im Duett. »Wir haben doch keinen Bauernhof!«

Ich brach moralisch zusammen. »Aber ich dachte ... ich dachte, ihr lebt auf dem Lande! Dachte ich jedenfalls ... Und ...« Mein Gestammel ging mir selber auf die Nerven. Also kein Bauernhof. Von einer Ranch gar nicht zu reden. Wahrscheinlich nicht einmal Reitpferde. Ich war voll in die Falle gegangen.

»Klar, wir leben auf dem Lande«, erklärte Hilde, »aber wir wohnen in einem ganz normalen Haus mit Badezimmer und Ölheizung und Farbfernseher. Du brauchst also keine Angst zu haben, daß du dich bei uns nicht wohl fühlst.«

O Manitou, du guter Vater aller Indianer, die Frau verstand mich völlig falsch! Alle Traurigkeit der Welt rumorte in meiner Brust. Da standen mir wahrscheinlich die langweiligsten Tage meines Lebens bevor! – Hier allerdings irrte ich mich, das kann ich getrost schon verraten.

»Mein Alter arbeitet bei der Landwirtschaftlichen Vertriebsgenossenschaft. Ist so ein richtiger Bürohengst. Aber er hat auch ein paar ganz gute Seiten.« Longus kicherte.

Durch blühende Wiesen rollte unsere Rakete. Hügelland. Kleine Wälder. Rübenäcker. Dann erreichten wir eine Ortschaft mit rund siebenundzwanzig Einfamilienhäusern aus roten Klinkersteinen und drei Häusern, die tatsächlich ein bißchen wie Bauernhäuser aussahen und wohl schon ein paar Jährchen auf dem Buckel hatten. Ich wünschte inständig: Hoffentlich ist es so ein altes Haus! Doch dann war es das Klinkerhaus daneben. Ich hätte es mir denken können. Mit Cowboy und so spielte sich nichts ab. Nicht mal einen Dackel oder sonst etwas Winziges hatten sie.

»Ist es dir recht, wenn du beim Longus im Zimmer schläfst? Wir haben ein zweites Bett aufgestellt. Ist dir vielleicht angenehmer als allein im Gästezimmer, oder?«

Ich nickte nur. Mein Lebenswille war gebrochen. Ich hatte mit loderndem Kaminfeuer gerechnet, mit Büffelfellen an den Wänden und Jagdspeeren am Gebälk. Und was sah ich? Eine Sitzecke aus Kunstleder, eine Teakholzschrankwand mit Figürchen und Firlefanz und ein paar

Büchern, Tische und Stühle aus Schleiflack und ansonsten viel Glas und Rauhfasertapete. Da wieherten auch keine Mustangs, da quietschte bloß eine Kaffeemaschine. Himmlisch!

Das Zimmer vom Longus erwies sich allerdings als ganz brauchbar. Das hätte selbst ich kaum besser einrichten können. Klasse Poster an den Wänden von Raubtieren, Rothäuten und Rockmusikern. Zum Sitzen gab's keine Stühle, sondern Scheiben von Baumstämmen, und die Betten waren auch keine Betten, nein, da lagen einfach Matratzen mit bunten Decken drüber auf dem Fußboden. Ein Metalltablett mit ungefähr zehntausend Kerzenstummeln drauf: das stellte die Lampe dar und wirkte eigentlich wie ein Lagerfeuer. Lautsprecherboxen und Tapedeck waren auch nicht schlecht.

Die Hilde hatte es schon meinen angstschlotternden Eltern durchtelefoniert, daß ich gegen alle Wahrscheinlichkeit tatsächlich am richtigen Bahnhof ausgestiegen und sogar noch heil an Leib und Seele sei. Dann trudelte der Bürohengst auf einem Fahrrad ein. Ein ziemlich fröhlicher Brillenmensch mit witzigem Schnauzbart und etwas Stirnglatze. Er gab mir einfach nur die Hand und versuchte gar nicht erst, mich zu zerquetschen. Das fand ich erfreulich. Erfreulich war auch, daß die Hilde verkündete, es gebe bald was zu essen.

Dann lernte ich auch die restlichen fünfundzwanzig Prozent der Thalers kennen. Ein knallroter Mini-Cooper schwenkte unter heiserem Gehupe in die Garagenauffahrt ein mit einem Jüngling am Steuer, der ähnlich dünn und krusselköpfig zu sein schien wie der Longus.

»Das ist unser Johannes«, sagte Heinz. »Er macht grad sein Praktikum bei einer Baumschule. Förster will er mal werden. Berufschancen gleich Null.«

Johannes, Jeansmann in Turnschuhen, hüpfte herein. »Tag, Paul, alte Sportsgurke! Ist alles klar?«

»Selber Sportsgurke«, sagte ich. Die gesamte Thalersippschaft gefiel mir ganz gut, obwohl sie keine Rancher waren, diese vier Ländlichen. »Ist bei dir alles klar?«

»Immer!« Johannes schnupperte. »Was gibt's zu essen?«

»Sauerbraten mit Rotkohl und Semmelknödeln!« rief Hilde aus der Küche.

»Läßt sich hören«, gab Johannes fröhlich zurück. »Ich glaube, heute schaffe ich glatt vier Knödel, solch einen Mordshunger hab ich.«

»Ich hab schon mal sechs Stück gepackt«, sagte der Longus und meinte damit mich. »Familienrekord.«

So ein Angeber! Ich erklärte wie beiläufig, daß ich für gewöhnlich die Anzahl einer ganzen Fußballmannschaft an Knödeln zu verputzen pflegte, was für mich absolut nichts mit Rekord zu tun habe, sondern eine ganz normale Alltagsleistung sei.

»Was meint er damit?« fragte Heinz mit staunenden Weihnachtsbaumaugen. »Er meint doch nicht etwa...«

»Doch«, antwortete der Longus und hatte so ein Lauern in der Stimme, »genau das meint der Paul. Zu einer

Fußballmannschaft gehören elf Spieler. Er will andeuten, daß er elf Knödel schafft.« Da klang Triumph mit, und dann kam auch der Hammer. »Wenn Heinz die Knödel macht, dann sind die dick wie Babypopos!«

Daß gerade der Longus von Babypopos sprach! Natürlich fiel mir sofort das Foto ein, und Grauen beschlich mich. Aber dem würde ich's zeigen! Der Longus sollte mal sofort merken, wer von uns die Nummer 1 sein würde. Ich meine, die Länge macht es ja nicht allein. Es gibt ja auch noch andere menschliche Werte.

»Das will ich sehen!« Johannes rieb sich schadenfroh die Hände.

Heinz machte sich grinsend und kopfschüttelnd an die Arbeit. Offenbar war er der Spezialist für Knödel. Oder zumindest hielt er sich dafür. Mein Vater zum Beispiel bildet sich allen Ernstes ein, außer ihm gäbe es niemanden auf der Welt, der wirklich Kartoffelsalat herstellen kann. Man muß manchen Männern ihre Macken lassen. Was haben sie sonst schon groß vom Leben.

Ich will es kurz machen. Die Knödel waren dick wie Kürbisse. Aber ehrlich: ich kämpfte den Kampf meines Lebens. Der Longus brach vor Staunen und Neid glatt zusammen. Den anderen waren längst die Augen aus dem Kopf gefallen, sie brauchten Stunden, um sie wieder einzusammeln.

Mindestens einen Zentner hatte ich zugenommen, doch ich tat ganz locker. Als wir dann im Dachzimmer auf den Matratzen lagen, der Longus und ich, und uns *Duran*

Duran anhörten, sagte ich richtig schön cool: »Ziemlich langweilige Gegend hier. Seh ich das richtig?«

»Wie man's nimmt.« Der Longus hatte sozusagen noch ein As im Ärmel und spielte es jetzt aus. »Ein paar Kilometer von hier entfernt, da gibt es ein ziemlich großes Moor.«

Das alarmierte mich. »Was? Richtig mit Ersaufen und so?«

»Ersaufen? Keine Ahnung, ob da schon mal einer ersoffen ist. Aber dort ist es nicht ganz geheuer. Hat der Johannes jedenfalls behauptet.« Der Longus richtete sich auf. »Es spukt!«

»Mann, Longus! In Spukfragen bin ich einsame Klasse!«

Wahrscheinlich bin ich dann selig lächelnd eingeschlafen. Die Tage auf dem Lande schienen gerettet. Ich spürte, da wartete ein gefährliches Abenteuer auf mich. In der Nacht wurde ich dann von grauenerregenden Bauchschmerzen gepeinigt, und ich mußte auch kotzen. Aber das kam nicht von den Knödeln. Das lag am Klimawechsel.

Das zweite Kapitel handelt von einem hinterhältigen Esel, von einer Lachmöwe, von verdächtigen Spuren und von einem Schlammbad.

Erst dachte ich: Da schreit einer um Hilfe! Dann dachte ich: Wo bin ich überhaupt? Als ich rasch das Licht anknipste in meinem schlaftrunkenen Schädel, begriff ich, daß ich mich auf dem Lande befand. Der Schreier war eindeutig ein Gockelhahn. Ich riß erst das linke Auge auf und dann das rechte, und als ich mich allmählich an die grellen Sonnenstrahlen gewöhnt hatte, erkannte ich, daß vor dem Fenster eine splitternackte Gestalt herumzappelte und so eine Art Schattenboxen veranstaltete.

»Heh, Paul, alter Rüsselbär! Bist du fertig mit Schnarchen?« Der Longus ließ die Fäuste fliegen. »Mein Konditionstraining. Willst du nicht mitmachen?«

Ich wollte aber erst einmal pinkeln gehen und dann meine Gebeine vorsichtig an leichte Bewegungen gewöhnen. Schließlich muß so ein hochgezüchteter Motor wie mein Astralkörper erst warmlaufen, ehe man ihm Strapazen zumuten darf. Deswegen versaue ich ja auch grundsätzlich Klassenarbeiten, die sich in der ersten Schulstunde abspielen. Weil die Lehrer das wissen, nutzen sie es aus. Solche Gemeinheit wundert mich aber nicht mehr. Ich will das mal so ausdrücken: Feinfühlige Rücksichtnahme gegenüber der Schwäche eines Gegners erwarte ich längst nicht mehr von einem Lehramtsbevollmächtigten.

Unter der Dusche wurde ich dann nach und nach wach. Den Gang zum Frühstückstisch schaffte ich ohne fremde Hilfe. Hildes selbstgemachte Himbeerjohannisbeerstachelbeermarmelade weckte die altbekannte Tatkraft in mir. Das Leben konnte weitergehen.

Mit sämtlichen Backen kauend meinte der Longus: »Hast du Lust, daß wir mal auf einen Sprung zur Barbara hinübergehen?« Er mußte das plötzliche Zucken meiner Ohren bemerkt haben, denn er fügte schnell hinzu: »Sie brennt darauf, dich kennenzulernen.« Und er erkannte wohl auch, daß sich mir jetzt die Haare sträubten, darum schrie er voll Empörung: »Paul, die Barbara ist nicht so, wie du denkst!«

Also, die Barbara zog mir gewissermaßen die Schuhe aus. Mir – als einem, der über ein außergewöhnliches Beurteilungsvermögen hinsichtlich der Mädchen verfügt – kann man das getrost glauben. Ich meine, ich hab das jetzt mal ganz vorsichtig ausgedrückt. Die Wahrheit ist, daß mir Barbaras Anblick den Atem verschlug.

Es war so: Longus und ich schlenderten nach dem Frühstück zum Nachbarhaus hinüber. Es handelte sich um jenes schöne alte Haus, von dem ich gehofft hatte, daß es den Thalers gehörte. Weißverputzte Mauern, umrankt von wildem Wein, umgeben von einem Blumengarten, dessen Farben nur so strahlten. Ein Holzstall und eine umzäunte Weide gehörten auch dazu. Der Hahn, der bei der pickenden Hühnerschar den großen Angeber spielte, mußte der Krachmeier sein, der mich aus dem Schlaf gerissen hatte.

Dann stand da plötzlich zwischen zwei hellen Birken das Mädchen. Mein Herzschlag setzte aus. Ganz ehrlich, sie sah aus wie eine Apachensquaw! Braune Hose, Leinen oder solch ein Zeug, darüber ein buntes Hemd mit Lederfransen am Kragen und am Saum. Dunkles Gesicht mit Wahnsinnsaugen. Braun oder blau oder grün oder lila: jedenfalls unheimlich leuchtend. Um den Kopf mit den dicken schwarzen Zöpfen hatte sie ein ledernes Stirnband gewickelt mit Perlen dran. An sich finde ich Zöpfe ja zum Vergessen, altmodischer Blödsinn, höchstens gut zum Dranziehen. Aber bei ihr, also, bei ihr waren sie eine Augenweide, falls man versteht, was ich damit zum Ausdruck bringen will.

»Hallo!« sagte Barbara.

»Das ist der Paul«, sagte der Longus.

»Ich bin der Paul«, murmelte ich Riesenroß und wurde tiefrot bis in die Kniekehlen, weil mir nichts Originelleres zu sagen einfiel. Schlimm, wenn einer wie ich Sendepause hat!

»Laß dich mal anschauen«, sagte Barbara und schaute mich an, was mir sehr peinlich war. »Er sieht doch ganz nett aus!« Das sagte sie zum Longus. »Positive Überraschung.« Dann zu mir: »Der Longus hatte mich nämlich gewarnt. Es könnte leicht sein, daß du eine Niete wärst. Er hatte dich ja noch nie gesehen, nicht mal auf einem Foto.«

Longus, du Hundesohn! schrie meine innere Stimme. Ich werde dir schon beweisen, wer hier eine Niete ist! Ich verzog die Lippen, weil es ein Lächeln werden sollte.

»Aber ich hab mal ein Foto vom Longus gesehen. Soll ich dir verraten, wie er ausgeschaut hat? Wie eine gekochte Leberwurst kurz vorm Explodieren!«

Barbara lachte laut und klatschte in die Hände.

Der Longus knurrte: »Es kann sich höchstens um eine Verwechslung gehandelt haben. Ich habe niemals wie eine Leberwurst ausgesehen.«

»Doch, hast du wohl!« beharrte ich.

»Das lügst du!«

»Dann soll ein Gottesgericht entscheiden, ob ich die Wahrheit sage!« rief ich aus und ballte die Fäuste, ließ sie aber sofort sinken, als ich sah, daß der Longus sich bloß an die Stirn tippte.

»Alle Jungen sind Streithammel«, entschied die Barbara. »Habt ihr Hunger auf Honigkuchen? Ich hab gestern welchen gebacken.«

»Wie wär's mit Reiten?« fragte der Longus.

Reiten? Hatte ich recht gehört? Mein Herz fing wieder an zu schlagen. Die Sonne ging noch einmal auf. Aber hätte ich geahnt, daß dieser Vorschlag eine heimtückische Hinterlist vom Longus war, dann hätte ich mich natürlich nicht so gefreut. »Ja, reiten!«

Barbara schaute erst den Longus an und dann mich. Ihr Blick hätte mich warnen müssen, doch ich war von ihrem Aussehen noch immer so beeindruckt, daß ich nachträglich mildernde Umstände für meine Beschränktheit in Anspruch nehmen möchte.

»Wenn's sein muß«, sagte Barbara, »dann von mir aus.«

Wir gingen zu dem Stall hinüber, in dem das edle Roß geparkt sein mußte. Meine Hände waren feucht vor Erwartung. Ich hatte nämlich, um das jetzt mal einzuflechten, noch nie in meinem Leben auf einem Pferd gesessen. Doch als Barbara und Longus nun die Flügel der Stalltür aufrissen, da sah ich überhaupt kein Pferd. Die wollten mich anschmieren! Der Stall war ja leer. Dann vernahm ich das leise Rascheln bei dem Strohhaufen in der Ecke.

»Komm, Herkules!« schmeichelte Barbara.

Da kam Herkules angetrippelt. Er war ein bißchen größer als ein Zwergpudel, und außerdem war er kein Pferd, sondern ein Esel. Das einzige Größere an ihm waren die Ohren. Er scharrte ein wenig mit den Hufen, ließ den Schwanz kreisen und blinzelte in die Sonne. Dann stieß er einen Schrei aus, der gut und gerne zu einem ausgewachsenen Rhinozeros gehören konnte. Mit Iiii-Ahhh hatte es überhaupt keine Ähnlichkeit. Irritiert schaute ich dem Tier ins Gesicht. Ich schwöre: Der Herkules grinste mich an!

»Wie wär's, Paul? Hast du Lust zum Reiten?«

»Longus, spinnst du?« Meine Stimme war schrill vor Enttäuschung. »Auf diesem Miniesel kann doch höchstens ein Gartenzwerg reiten. Der kracht doch zusammen, wenn ich mich draufsetze.«

»Wenn du dich mal bloß nicht irrst«, sagte der Longus. »Der Herkules kracht nicht zusammen. Der würde glatt Bud Spencer tragen.«

»Ach, würde er? Und warum willst du nicht reiten?«

»Erstens reite ich ihn ja praktisch jeden Tag, und zweitens muß ich dann meine Beine so arg anziehen. Du mußt zugeben, Paul, daß deine Beine geeigneter sind. Willst du mal sehen, wie Barbara reitet?«

Ich brauchte gar nicht mehr ja zu sagen. Herkules war auf die Weide getrabt und stand nun artig da wie ein Plüschtier. Nur die großen Augen bewegten sich. Barbara schwenkte das rechte Bein über den Esel und hockte sich ungefähr so hin, wie Beduinen auf den Dromedaren thronen. Irgendwie sah das alles so leicht aus, daß ich überhaupt nicht den Eindruck hatte, der graue Bursche würde unter Barbaras Gewicht stöhnen.

Barbara schnalzte nur leicht mit der Zunge, da legte Herkules die Segelfliegerohren an und zischte in einem Affenzahn los, der jedem Rennpferd zur Ehre gereicht hätte. Und wie Barbara sich in der Schwebe hielt, elegant wie so eine russische Olympiaturnerin auf dem Schwebebalken: echt, das ließ mein Blut mit doppelter Geschwindigkeit durch die Adern fließen. Herkules und die Indianerin drehten vier Ehrenrunden und kamen vor mir zum Stehen.

Der Longus stieß mich an. »Jetzt kommt dein Auftritt, Paul. Du hast gesehen, es ist ganz einfach.«

»Na ja, das kann täuschen.«

»Traust du dich etwa nicht?«

Das hätte der Longus besser nicht gesagt. Wenn sich einer was traut, dann bin ich es. Das Wort Angst hab ich schon vor Jahren aus meinem Wortschatz gestrichen. Das heißt, ich gebrauche es bloß in lebensbedrohlichen Situa-

tionen. Also schwang ich mich – »Jippiiieee!« – mit einem Cowboy-Schrei in den Sattel und dachte zu spät daran, daß es keinen Sattel gab. Das alberne Gelächter war also völlig unbegründet. Hatte ich etwa die Schuld daran, daß das Reittier nicht vorschriftsmäßig aufgezäumt war? Also! Und daß mein Schwung besonders stark war: Herrjeh, ich bin nun mal eine ausgesprochen dynamische Persönlichkeit, um das sachlich zu formulieren.

Jedenfalls hielten Barbara und der Longus sich die Bäuche vor Lachen, wie ich da so mit den Backen das Gras pflügte. Auch Herkules guckte so komisch. Aber einen wie mich macht auch ein hinterhältiger Esel nicht fertig. Wirklich weh tat mir nur Barbaras Gelächter. Sollte ich mich so in ihr getäuscht haben? Bekanntlich gibt es ja solche Fälle, wo der Charakter eines Menschen dem äußeren Schein nicht standhält, was die Frage aufwarf: Wohnte in ihrem schönen Körper eine böse Seele? Denn während ich so durch die Gegend rutschte, klatschte ihr Hohngelächter gegen meine Ohren. Wie eine Lachmöwe lachte sie. Mein Herz schrumpfte zusammen und füllte sich mit Wehmut, das spürte ich ganz deutlich. Diese Roheit! Ich glaube, ich bin in diesen Minuten um Jahre gealtert.

»Habt ihr euren Spaß gehabt?« rief ich. »Damit eins klar ist – also, den Sturz hab ich extra veranstaltet, weil ich eure Schadenfreude mal testen wollte. Jetzt geht's erst richtig los!«

Gelassen und locker bestieg ich den Esel, flüsterte ihm

beruhigende Geheimwörter in die Ohren, zwang ihm mit machtvollem Schenkeldruck meinen unbeugsamen Willen auf und hielt mich an seinem Schwanz fest. »Hopp, Herkules, zeig, was du kannst!«

Er zeigte es. Hätte ich doch den Mund gehalten! Er zeigte es so mächtig, daß ich im ersten Moment meinte, ein Tornado oder ein Hurrikan oder ein Blizzard oder sonst einer von diesen scheußlichen Stürmen hätte uns ergriffen, um uns an irgendeiner Felswand zu zerschmettern. Doch dann wurde mir klar, daß es nicht *uns* ergriffen hatte, sondern nur mich. Denn während meines mehrstündigen Flugs durch die Luft konnte ich genau beobachten, wie Herkules lustig in Richtung Stall trippelte und dann zu grasen begann. Nur meiner erstaunlichen Reaktionsfähigkeit und meiner geschmeidigen Körperbeherrschung ist es zu verdanken, daß ich später mit ungebrochenen Knochen auf der Wiese landete. Dann kamen Longus und Barbara gerannt und beugten sich über meine Leiche. Wenigstens hatten sie aufgehört zu lachen.

»Alle Achtung!« sagte der Longus. »Siebenkommafünf Sekunden. Fast hättest du's geschafft, Paul. Du weißt ja, daß man beim Rodeo acht Sekunden oben bleiben muß. Reife Leistung jedenfalls.«

Dieses Lob richtete mich nur wenig auf.

Barbara hatte inzwischen eine Schubkarre geholt. Sie luden meinen Körper auf und transportierten mich in die Scheune, wo sie mich einigermaßen vorsichtig auf mein Krankenlager kippten. Da lag ich nun auf Heu und auf

Stroh, und irgendwie kam mir die Szene bekannt vor. Aus einem Weihnachtsspiel, glaube ich. Jemand küßte mich weich, ich lächelte selig, denn das konnte nur die Barbara sein. Doch dann war es der Esel, der mein Gesicht ableckte.

»Der Paul kommt durch«, hörte ich den Longus sagen. »Der ist kräftig. Elf Knödel hat er gestern gefuttert. Das soll ihm mal einer nachmachen.«

»Ich werde ihm zur Vorsicht mal einen Eimer Wasser über das Gesicht schütten«, sagte die Barbara. »Das ist ein altes Hausmittel.«

Da bin ich dann lieber von selber aufgestanden und hab so getan, als ob nichts gewesen wäre. Wir haben dann Barbaras Honigkuchen aufgegessen und am Fischteich den Forellen zugeschaut. Barbara mußte hinterher leider mit ihrer Mutter wegradeln, um irgend so eine Oma zu besuchen. Da hat der Longus mir dann das Dorf gezeigt.

Ein paar Kühe muhten uns an, ein paar Hunde bekläfften uns, ein paar Leute grüßten uns, ein paar Kinder riefen uns was nach. Der Longus zeigte mir die Kirche und sagte, das sei die Kirche. Er zeigte mir das Rathaus und sagte, das sei das Rathaus. Dann zeigte er mir die Schule und sagte: »Hast du sicher sofort gesehen, daß das die Schule ist.«

»Schulen brauch ich nicht zu sehen«, antwortete ich und winkte lässig ab, »Schulen rieche ich schon auf hundert Kilometer Entfernung. Gibt es nicht was Spannenderes, was du mir zeigen könntest?«

»Du meinst das Moor. Richtig?«

»Richtig, Partner.«

»Aber eine satte Stunde laufen müssen wir schon.«

»Ich kann tagelang laufen.«

»Dann komm, Paul!«

Wir wanderten also los. Den silbergrauen Streifen am Horizont hatte ich längst entdeckt. Der Rand einer großen Ebene, die mit Büschen und Bäumen bewachsen war. Das Moor! Ein seltsames Flimmern lag über dieser Fläche. Aber vielleicht bemerkte nur ich das, weil ich einfach einen sechsten Sinn für Geheimnisvolles habe. Ich will mal sagen: Da fahre ich eine zusätzliche Antenne aus.

Der Longus trug seinen Namen wirklich mit vollem Recht. Schritte machte der vielleicht, na! Ich spürte, wie sich meine Beine von Meter zu Meter abliefen. Ich dachte: Macht nichts. Hosen kann man ja kürzen lassen. Klar, daß ich keinen Zentimeter zurückfiel, zäh wie ich bin. Wir kamen an Wiesen vorbei, die waren gelb von Löwenzahn. In den Rotdornhecken krakeelten Eichelhäher und meldeten unsere Ankunft weiter. An einem grünen Weiher hielten wir an und schauten den Fröschen zu, die sich mit zum Platzen aufgeblähten Backen paarten und dazu ein Irrsinnskonzert veranstalteten. Für einen Großstädter wie mich war das etwas aufsehenerregend Neues. Stundenlang hätte ich den Rekordquakern zuschauen mögen. Aber dann kamen zwei Fischreiher geflogen, und die Frösche tauchten weg.

Wirklich, da waren tolle Bilder! Ein Treckergespann wie Kinderspielzeug in der Ferne; keckernde Fasane, die in langer Reihe vor uns wegrannten; Wolkenberge, die sich wie vorsintflutliche Ungetüme über den Himmel spannten; grünende Kornfelder, über die der Wind in rhythmischen Wellen lief. Und das Moor kam immer näher. Ja, ein wohliges Gefühl erfüllte meinen Bauch.

Der Longus erklärte im Laufen: »Dieses Moor ist nach der letzten Eiszeit entstanden. So ein Trumm von Gletscher ist bis hierher gerutscht, aber weil es immer wärmer wurde, ist er hier getaut. Die Wassermassen, die reichen tief, tief in die Erde hinein. Ich kann dir sagen, Paul! Ich schätze, das ganze Moor ist nichts anderes als eine schwimmende Insel auf dem Gletscherwasser.«

»Da kannst du recht haben, Longus. Aber sollten wir nicht langsam mal über den Spuk reden? Der Johannes hat dir doch bestimmt ein paar Einzelheiten verraten. Oder wie sehe ich das?«

»Vielleicht ist das nur so'n Gequatsche«, wiegelte der Longus ab. »Kann sein, daß der Johannes mich bloß bange machen wollte. Alte Geschichten und so. Märchen für die Kinder, damit sie nicht ins Moor laufen und für immer baden gehen.«

»Gestern abend klang das aber anders!« sagte ich scharf. Ein bißchen war ich jetzt sauer. Spukte es, oder spukte es nicht? Teufel noch mal, das mußte doch zu klären sein! Und ich würde das klären!

Wir erreichten einen breiten Bach, der kam anscheinend direkt aus dem Moor. Ich sah sanft wedelnde Unterwasserfarne, dunkelbraunen, mulmigen Boden, handtellergroße

Fische in Schwärmen. Wir liefen jetzt am Ufer entlang durch raschelndes Schilf. Ich fühlte mich ungefähr so, als wär ich Trapper Geierschnabel.

Schilf säumte auch in Massen das Moor. Junge, wie es hier duftete nach fauliger Feuchtigkeit, würzigen Kräutern und – ja, nach was noch? Einfach nach Modrigem, nach Totem: nach Moor! Unwillkürlich redeten wir jetzt leiser, und so vernahmen wir überall das Gluckern und Rascheln und Blubbern und Schmatzen.

»Wir gehen noch ein Stück am Rand entlang«, sagte der Longus. »Bißchen weiter weg gibt's einen Jägerpfad ins Moor hinein. Mit Knüppelholz gesichert, verstehst du?«

»Natürlich«, antwortete ich und wußte nicht, was er meinte. Aber daß dies genau die richtige Gegend für mich war, das wußte ich genau.

»Früher hat man hier Torf gestochen«, erklärte der Longus und zeigte auf die Wasserlöcher zwischen den Büschen und Bäumen und Wollgraspolstern. »Die Leute haben mit Torf die Öfen geheizt. Ist aber schon lange her.«

Auf federndem, feuchtem Boden liefen wir am Rand des Sumpflandes entlang. In meinen Schuhen konnte ich inzwischen schwimmen. Dann hörte die Fahrspur mit dem Mittelstreifen aus Gras auf. Plötzlich machte ich eine Entdeckung.

»Stopp mal, Longus! Siehst du auch, was ich sehe?«

»Huiii!« Er pfiff leise durch die Zähne. »Spuren von Autoreifen! Aber keine Abdrücke von Treckern oder Forstfahrzeugen.«

Ich nickte eifrig. »Personenwagen mit Sommerreifen. Verschiedene Spuren, siehst du? Die Profile sind ganz unterschiedlich, und die Spuren überkreuzen sich. Alte Spuren, frische Spuren ...«

Longus reckte sich zur vollen Höhe. »Was die Knilche hier bloß zu suchen hatten! Aber weiter konnten sie nicht fahren. Erkennst du das, Paul?«

»Soll das eine Beleidigung sein? Wenn hier einer was erkennt, dann bin ich das doch wohl. Ich verfüge immerhin über waldläuferische Kenntnisse. Was ich schon so an einschlägigen Büchern gelesen hab, also, davon kannst du nur träumen.«

Aber der Longus träumte nicht, sondern zeigte mir, wo die Autos stets gewendet hatten, bevor sie zurückgefahren waren in Richtung Dorf. »Wer immer diese Leute waren«, sagte der Longus, »von hier aus sind sie zu Fuß weitergegangen ins Moor. Da, Trittsiegel!«

»Ziemliche Quadratlatschen!« Ich staunte.

»Kann man nicht sagen, Paul. In diesem weichen Boden laufen die Spuren auseinander. Ob das Liliputanerfüße waren oder Größe Geigenkasten, das kann man nicht erkennen. Los, gehen wir weiter!«

Ich mußte zugeben, daß der Longus als Fährtenleser fast so gut war wie ich. Die undeutlichen Spuren zeigten in den Trampelpfad hinein und waren bald auf dem elastischen Moos nicht mehr zu erkennen. Wir liefen nun gebückt hintereinander, dornige Ranken schrappten an unseren Beinen. Seminolen-Indianer auf dem Kriegspfad in den sumpfigen Everglades Floridas: so muß man sich uns vorstellen. Der Longus huschte vorneweg, ich übernahm die Rückendeckung.

»Ob wir beobachtet werden?« flüsterte ich.

»Keine Ahnung!« Der Longus zeigte auf die Fichtenholzabschnitte, die wie eine Brücke über den morastigen Boden führten, im rechten Winkel direkt in den Sumpf hinein. »Dort hinten gibt es eine kleine Bretterhütte. Wahrscheinlich noch aus den Torfstecherzeiten. Ich war mal dort. Völlig leer. Bis auf einen verrosteten Eimer und ne kaputte Baumsäge. Abgeschlossen war die Bude jedenfalls nicht.«

»Das will ich sehen!« Ich wollte sofort losstaksen.

Der Longus hielt mich am Hemd fest. »Geht nicht, Paul. Da hätten wir Gummistiefel anziehen müssen. Guck dir doch die Brühe an!«

Aber ich war nicht zu bremsen. Ruckzuck hatte ich mir Schuhe und Strümpfe von den Beinen gerissen. »Ich geh mal auf Erkundung, klar? Im Anschleichen bin ich wendiger als eine Schlange. Da könnte Winnetou noch was von mir lernen. Halt du hier Wache! Und gib mir ein Zeichen, wenn sich Feinde nähern! Am besten heulst du wie ein Kojote, dann fällt das nicht auf.«

»Aber Paul! Mach keinen Scheiß! Du kannst doch nicht...«

Das hörte ich schon nicht mehr. Meine Sinne waren aufs äußerste gespannt, als ich auf dem Pfad ins Moor eindrang. Augen, Ohren und Nase signalisierten dem Gehirn jede

Vibration um mich herum, um das mal wissenschaftlich auszudrücken. Die nackten Füße ertasteten jede Untiefe, und außerdem war ich schon als kleiner Wicht unheimlich gern durch Matsche gelaufen. So drang ich vorwärts. Ich mußte die geheimnisvolle Hütte sehen und mit detektivischer Genauigkeit untersuchen. In mir schrie etwas: Paul, knacke das Rätsel der Moorhütte! Du bist berufen! – Mein Puls flog. So steht das jedenfalls in Büchern. Auf jeden Fall bullerte mein Herz wie ein Preßlufthammer. Schimmerte dort nicht etwas hinter dem Erlendickicht?

Was ich noch genau weiß: daß mir in diesem Moment etwas vor den Augen flimmerte. Den tiefhängenden Ast, der plötzlich vor meinem Kopf auftauchte, sah ich zu spät. Der Prall riß mir die nackten Füße unter dem Hintern weg, und dann – platsch! – saß ich bis zu den Haarwurzeln im Schlamm. Das brackige Wasser raubte mir die Sinne, das unendlich tiefe Moor streckte seine gierigen Arme nach mir aus, um mich zu verschlingen. Ich schwöre, jeder andere an meiner Stelle wäre hilflos ein Opfer des ehemaligen Eiszeitgletschers geworden. Doch nicht so ich! Mein eiserner Wille ließ mich Schwimmbewegungen machen, ließ mich auf die Füße kommen, ließ mich die Moorbrühe ausspucken und ließ mich nach den Holzscheiten des befestigten Pfades greifen. Das alles geschah in Gedankenschnelle. Paul, du warst mal wieder der Größte! wollte ich zuerst jubeln, doch das ließ ich dann lieber bleiben, weil ich mir andererseits nämlich ziemlich dämlich vorkam. Ich ahnte dumpf, wie lächerlich ich aussah.

So wankte ich dann wie mit voller Hose zum Rand des Moores zurück und hoffte inständig, daß der Longus nicht allzusehr grinste, sondern Verständnis aufbrächte für meine besondere Situation. Aber was soll ich sagen!

Wie ich da so verschlammt und bis zur Unkenntlichkeit verfremdet aus dem Unterholz brach, da erstarrte der Longus zur Salzsäule. Aus seinen schreckgeweiteten Augen leuchtete der blanke Irrsinn, und seine länglichen Gliedmaßen zuckten im Veitstanz. Dann löste sich ein Schrei aus seinem Munde. »O neiiiin!«

»Ich bin's doch nur! Der Paul!«

»Ich hätt's mir denken können«, sagte der Longus. »Du siehst aus wie eine Sau. Warum hast du nicht auf mich gehört? Schüttel dich mal, damit das Gröbste runterfällt!«

Ich schüttelte mich wie ein Hund und merkte, daß das Wasser, das noch in meinen Augen klebte, Tränen waren. Wuttränen natürlich. Den Fliegen und Wespen und Mükken schien der Schlamm, der mich bedeckte, übrigens gut zu gefallen. In Heerscharen drangen sie auf mich ein.

Die Idee, das muß ich zugeben, stammte vom Longus. Auf seinen Vorschlag hin legte ich mich der Länge nach in den Bach und schaute zu, wie die Strömung den Morast von meinem Körper abschwemmte. Daß sämtliche Fische mich auslachten, also: da stand ich eiskalt drüber.

»Wir werden zurückkehren!« sagte ich mit tiefer Entschlossenheit, als ich ans Ufer gestiegen war, naß zwar wie ein Seehund, jedoch ungebrochen. »Wir werden das Geheimnis des Moores lüften!«

Der Longus schaute mir fest in die Augen. »Genau, Paul! Wir werden es lüften. Dein Opfer soll nicht umsonst gewesen sein. Hast du auch Hunger?«

Ich hatte. Wir strebten dem Dorfe zu. Meine triefenden Klamotten hingen wie Blei an mir. Die Hilde lachte kein bißchen, als sie mich so kommen sah. Es gab übrigens Spaghetti mit grüner Soße aus Basilikum, Knoblauch, Parmesan und Olivenöl. Das war sehr lecker. Zum Nachtisch schleppte Hilde einen gewaltigen Schokoladenpudding auf den Tisch. Davon aß ich aber nur wenig, weil er mich zu stark an etwas erinnerte.

Das dritte Kapitel handelt vom Waldschrat im Hexenhaus, von ruhelosen Toten, von einem Irrlicht und von zwei Gänsehäuten.

Hilde hatte mit dem Leichenwagen Blumensetzlinge für den Vorgarten angekarrt, und der Longus und ich halfen mit beim Einbuddeln. Johannes, der noch ein paar Minuten Mittagspause hatte, schaute zu und gab strategische Anweisungen. So etwas hab ich ja immer schon besonders gern gehabt! Andererseits war es gar nicht so schlecht, daß er so schön greifbar war, denn ich hatte ihm ein paar Fragen zu stellen.

»Die Sache mit dem Spuk im Moor, ich meine, daß es da nicht ganz geheuer wär, also – ist das nur ein Witz?«

Johannes wiegte den Kopf. »Wer kann das schon genau sagen? Manche Leute lachen drüber. Andere allerdings lachen nicht. Im Gegenteil. Man darf diese alten Geschichten nicht auf die leichte Schulter nehmen. Überlieferungen gibt's da, ich sage dir ...«

Hilde fuhr dazwischen. »Paul, laß dich bloß nicht verkohlen! Dummes Geschwätz ist das, nichts weiter.«

Ich war aber nicht bereit, mir den Spuk verderben zu lassen. »Es gibt Dinge zwischen Himmel und Erde, die wir mit unserer Schulweisheit nicht ergründen können. Metaphysisch gesehen, ich meine, vielleicht gibt es eine zweite Wirklichkeit, also, die sich unseren Wahrnehmungsmöglichkeiten entzieht und zu der nur so Typen wie die australischen Aborigines und so einsame Spökenkieker aus dem Münsterland, vor allem olle Schäfer und die mit dem Zweiten Gesicht...« Verdammt. Hildes Gelächter brachte meine ganze wissenschaftliche Rede durcheinander!

Der Longus staunte Bauklötze. »Was der Paul für Sachen drauf hat! Sag mal, hast du das aus Büchern?«

»Die wahren Geschichten schreibt das Leben«, sagte ich bescheiden. Ich sah, daß der Johannes nicht lachte. Das gefiel mir. »In neuerer Zeit«, fragte ich ihn, »ist da mal darüber geredet worden, daß etwas Außergewöhnliches geschehen ist im Moor? Moorleichen, weiße Wölfe, Fälle von plötzlichem Wahnsinn oder so?«

Johannes schaute mir lange und ernst in die Augen. »Geheimnisvolle Lichter sind gesehen worden. Jemand will sogar rätselhafte Rufe gehört haben. Das Blut sei ihm gefroren. Keine Ahnung, was daran wahr ist.« Er zuckte mit den Schultern, dann flüsterte er: »Auf jeden Fall kann ich euch nur raten, nach Einbruch der Dunkelheit dem Moor nicht zu nahe zu kommen. Man weiß nie!«

»Johannes!« schimpfte die Hilde. »Setz den Jungs nicht solche Flöhe in die Ohren!« Sie warf mit Erdklumpen, doch Johannes war schon außer Reichweite ihrer Geschosse.

Hildes Warnung kam natürlich zu spät. Ich meine: wegen der Flöhe. Die hatten sich schon in unseren Schädeln eingenistet, wie man so sagt. Wir brauchten uns nur stumm anzuschauen, der Longus und ich, da wußten wir, daß wir uns einig waren. Wir würden dem Moor sein Geheimnis abtrotzen, notfalls unter Einsatz unserer jungen Leben. Oder falls unsere Haare vor Entsetzen schlohweiß werden sollten: auch darauf würden wir keine Rücksicht nehmen.

Der Johannes drehte noch mal die Seitenscheibe seines Mini runter. »Wir wohnen ja erst ein paar Jahre hier. Die richtigen Geschichten vom Moor, die kennen nur die Alteingesessenen. Der alte Heubele zum Beispiel, der kann euch was erzählen!«

»Der Waldschrat?« fragte Longus und machte Stielaugen.

»Hau endlich ab, Johannes!« rief die Hilde. »Ich glaub fast, du lernst nur Blödsinn in der Baumschule. Und zu spät kommst du sowieso.«

Das kleine Auto summte davon. Johannes spielte ein Lied mit der Hupe. Wir setzten schnell wie überdrehte Roboter die Blümchen in die Erde, damit wir uns endlich ernsthafteren Tätigkeiten widmen konnten.

Der Waldschrat!

»Ein sagenhafter Fuzzi«, erklärte der Longus, als wir endlich lostrabten. »Schneidet sich die Fingernägel mit der Sense und ernährt sich hauptsächlich mit selbstgebranntem Pflaumenschnaps und halbwilden Kaninchen. Weißt du, er fängt die Mümmelmänner in so komischen Fallen, wenn sie noch Halbstarke sind, und mästet sie dann in seinen Ställen.«

»Ist das nicht verboten?«

»Klar ist das verboten. Aber das ist dem doch piepe. Der saust ja auch mit nem Moped ohne Nummernschild durch die Gegend. Wenn er Milch braucht, macht er sich auf der Weide an die nächstbeste Kuh ran.«

»Das lassen die Bauern sich gefallen?«

Longus stieß ein Gelächter wie eine mittelgroße Gorillaherde aus. »An den ollen Waldschrat traut sich nicht mal die Polizei ran! Und sie können ihm ja auch nichts tun. Geld hat er sowieso nicht, der zündet sich höchstens die Pfeife an mit den Strafbefehlen. Und wenn sie den ins Gefängnis steckten, dann würde der ihnen den gesamten Knast in Einzelteile zerlegen. So einer ist das.«

»Mööönsch!« staunte ich und hatte plötzlich so ein unangenehmes Flattern in der Hose. Warum mußten wir Hirnis denn ausgerechnet zu so einem laufen, um uns Geschichten erzählen zu lassen, wenn der die Gefährlichkeit eines angeschossenen Kaffernbüffels besaß?

Zu meiner Verblüffung war zwischen dem Longus und mir schon eine geistige Verwandtschaft herangereift. Jedenfalls etwas in dieser Art. Denn er hatte meine Gedanken gelesen. »Man muß ihn nur richtig anfassen, dann ist er sanft wie ein Engelein. Laß mich also mit ihm reden.«

Ich riß den Longus an der Schulter herum, damit er meinem harten Blick nicht ausweichen konnte. »Bildest du dir etwa ein, daß du ein geschickterer Verhandler bist als ich?«

»Ja«, sagte Longus schlicht.

Da muß man doch zum Frührentner werden, wenn man

mit derartigen Beleidigungen konfrontiert wird. Gerade in diesen zwischenmenschlichen Beziehungen liegt doch meine besondere Stärke. Aber ich wollte es jetzt nicht zu einer geistigen Auseinandersetzung kommen lassen. Der Longus hatte halt den Heimvorteil, um das mal fußballerisch auszudrücken.

Hinter dem östlichen Rand des Dorfes kam erst einmal nichts, dann kam der Friedhof, dann ein Erlenwäldchen mit einem abenteuerlichen Hexenhaus mittendrin. Aber nicht so mit Knusperprinten und sonstigem Weihnachtsgebäck, sondern mit lockeren Holzschindeln an den Wänden, wackligem Wellblech auf dem Dach, pappevernagelten Fensterhöhlungen, brüchigem Türrahmen und windschiefem Schornstein. Umwuchert wurde das Ganze von einem verwilderten Garten mit Palisaden außen herum, die erinnerten heftig an die Schutzzäune der Forts des Wilden Westens, bloß die Schießscharten fehlten.

Dann erscholl eine Stimme, die gehörte eigentlich erst zum Jüngsten Gericht. »Noch einen Schritt näher, und euch fehlen die Ohren!«

Der Longus stand wie angewurzelt und streckte die Hände hoch. Da er sich in diesem Fall besser auskannte, machte ich es ihm nach. Eigentlich war es nicht besonders heiß, doch mir brach trotzdem der Schweiß aus.

»Wer seid ihr?« fragte die Posaunenstimme.

»Gut Freund!« rief der Longus.

»Aha, du kennst die Losung!« kam es zurück. »Aber bewegt euch nicht von der Stelle, wenn euch euer Leben lieb ist. Ich schicke jetzt meinen Zollbeamten zur Leibesvisitation.«

»W-w-w-was meint er?« fragte ich flüsternd.

Ich brauchte aber gar nicht auf eine Erklärung zu warten, denn da öffnete sich eine schmale Tür im Zaun, und mit grausamer Langsamkeit kam ein Wesen geschritten, das mich sowohl an einen Hund als auch an ein ausgefranstes Sofa erinnerte. Das Wesen war vorn etwas höher als hinten, was auf so etwas wie einen Kopf schließen ließ. Genaues war aber wegen der allgemeinen Verzottelung nicht zu erkennen. Die Farbe grau spielte die Hauptrolle in dem Fell. Der Größe nach konnte das Wesen übrigens auch gut und gerne ein Elch sein.

Ich hatte schon den Schmerzensschrei im Mund, als ich von einer feuchten Nase gierig beschnuppert wurde, doch zu meiner Verblüffung biß das Wesen mir nicht einmal einen Arm ab, sondern wandte sich meinem Partner zu.

»Na, Snoopy? Alles klar?« fragte der Longus heiter.

Das Wesen machte »Wuff!« und lenkte seine Schritte wieder zur Öffnung im Zaun zurück, wo jetzt so eine Art Draculaverschnitt erschien. Wallendes wirres Haupthaar über wächsernem Antlitz, silbergrauer Ziegenbart, schwarzes Wollcape. Das heißt, ein richtiges Cape war es wohl nicht, sondern einfach nur eine Wolldecke. Der Waldschrat hielt eine Waffe in Wurfstellung. Einen Bumerang!

»O-o-ob er mit dem Ding umgehen kann?« wisperte ich.

»Weiß ich nicht genau«, sagte der Longus leise, »will ich aber auch nicht genau wissen.« Dann laut: »Guten Tag, Herr Heubele! Wir müssen Sie dringend sprechen. Es geht um Gespenster. Da ist uns am fachmännischen Rat eines Experten gelegen. Haben Sie einen Augenblick Zeit?«

Ich schwöre es, das Wort *Gespenster* war es, das aus dem furchterregenden Bumerangschwinger einen freundlichen Nachbarn machte. Insgeheim tat ich dem Longus Abbitte. Der wußte schon, wie er diese Sache zu managen hatte. Das hätte ich kaum besser hingekriegt.

»Aha, so liegt der Fall!« stellte der Waldschrat zufrieden fest. »Dann kommt herein, ihr zwei! Ihr seid Max und Moritz, nicht wahr?«

»Sicher«, antwortete der Longus freundlich, »wir sind Max und Moritz. Schön, daß Sie ein wenig Zeit für uns erübrigen können! Wir haben nämlich eine interessante Beobachtung gemacht, doch die Leute lachen uns deswegen aus.«

»Wundert euch das?« hohnlachte Herr Heubele. »Die Leute sind dumm, dumm, dumm! Das kommt übrigens nicht nur vom Fernsehen. Sie waren es früher schon, als es noch kein Fernsehen gab. Nur zu! Herein in die gute Stube!«

Wir durchquerten den Garten, ohne uns allzusehr an den Dornen der Büsche die Haut aufzuschlitzen, und betraten die gute Stube. Das Haus bestand übrigens nur aus dieser guten Stube, und – was soll ich sagen – gut war diese Stube allen Ernstes. Eine Hängematte am Giebelbalken stellte das Bett dar, der Tisch war aus Marmor, der Sessel dahinter stammte zweifellos vom Sperrmüll, auf dem hohen Schrank krabbelte eine zahme Ratte herum, und – ehrlich, ich lüge nicht! – im Halbdunkel der spitzen Stirnwand hingen ein paar Fledermäuse und hielten ihren Tagesschlaf. Auf dem gewaltigen Ofen standen jede Menge Töpfe und Pfannen. Tabakblätter trockneten am langen Rohr, das sich quer durch den Raum zog. Ein merkwürdiger Geruch hing in der Luft. Er bestand vermutlich aus den Abgasen des alten Mannes, aus Tabaksqualm, Schweiß, Duft von Bratkartoffeln und Kerzenschmauch.

Der Waldschrat hockte sich in den Ohrensessel und kraulte den Snoopy, der sich auf seine Füße gelagert hatte und der vermutlich wirklich ein Hund war. »Nehmt Platz!«

Das sagte sich leicht, doch es gab keine weiteren Sitzgelegenheiten. Da ließen wir uns einfach im Schneidersitz auf dem Fußboden nieder, und der Longus fing dann auch sofort an zu erzählen. Daß er über solch eine Masse an Phantasie verfügte, wirklich, das hätte ich nicht gedacht. Mehr und mehr stieg mein dünner Vetter in meiner Achtung.

Er hub an: »Im Moor, also, im Moor haben wir seltsame Lichter gesehen. Im Dunkeln, verstehen Sie? Und Rufe, markerschütternde Klagerufe klangen über die Wiesen zu uns herüber. Als wir aber die Leute im Dorf fragten, ob es im Moor spuke, da haben die uns nur ausgelacht. Ammenmärchen wären das. Geträumt hätten wir. Alles bloß

Einbildung. Aber wir haben das alles doch wirklich und wahrhaftig erlebt!«

»Genau, das haben wir!« bestätigte ich.

»Wer bist du denn?« fragte Herr Heubele.

»Moritz«, sagte ich.

»Ach ja, stimmt. Und nun will ich euch einmal etwas verraten! In allen Mooren der Welt wohnen die Toten, die keine Ruhe finden. Sie gehen dort ein und aus. Sind unsichtbar oder sichtbar für kurze Zeit. Ihr fragt euch, wer diese Untoten sind, und ich sage es euch. Es sind die Frevler, die Wucherer, die Meuchelmörder, die Volksverführer, die verlogenen Politiker, die Tierquäler, die Ausbeuter, die Brunnenvergifter, die Geldverleiher, die Großgrundbesitzer, die Kriegshetzer, die Umweltzerstörer, die Kinderschänder, die Existenzvernichter, die Berauber der Armen – jene also, deren Seelen keine Ruhe finden können, weil sie einen neuen Körper suchen, der ihnen die Möglichkeit gibt, ihre Schuld zu büßen. Aber ich frage euch: Gibt jemand freiwillig seinen Körper her?«

»Nie im Leben«, sagte ich beeindruckt.

»So ist es. Also bemühen sich die Ruhelosen, einen Unschuldigen ins Moor zu locken, um sich seines Leibes zu bemächtigen. Dinge gehen da vor, Dinge, sage ich euch! Doch die törichten Leute verschließen die Augen und wollen es nicht wahrhaben. Warum? Weil es so schrecklich ist! Da verschließen sie lieber ihre Augen vor der Wahrheit und lachen blöde. Aber dann überkommt sie das Heulen und Zähneknirschen – eines Tages, ganz unerwartet!«

»Genau, sagte ich und war noch toller beeindruckt.

»Wer bist denn du?« fragte Herr Heubele wieder.

»Moritz.«

»Ach ja, stimmt. Und du hast auch das Irrlicht gesehen?«

Ich nickte eifrig. »Und wie! Es war ... Ich finde keine Worte.«

»Dafür gibt es auch keine Worte«, kicherte der Waldschrat und brannte sich eine Pfeife an. »Es überrascht mich schon, daß er wieder umgeht. Ein böses Zeichen ist das.«

»Wer ist *er?*« fragte der Longus.

Herr Heubele schaute uns aus abgrundtiefen Wassermannaugen an. »Das ist schwer zu sagen. Wahrscheinlich ein Gutsherr aus früherer Zeit, der seine Leibeigenen bis aufs Blut gequält hat. Das ist allerdings eine Vermutung, die ich angestellt habe. Zuletzt gesehen wurde er vor – ja, wann war das? Ich würde sagen: vor vierzig Jahren. Einer Kräutersammlerin ist er damals erschienen. Die Frau hat vor Schreck all ihre Zähne verloren. Da schaut ihr, was?«

Und ob wir schauten! Ich wollte von ihm wissen, ob die Kräuterfrau den Mann im Moor auch beschrieben habe, und der Waldschrat erinnerte sich sofort, die Frau habe behauptet, jener Untote sei ihr außergewöhnlich großgewachsen vorgekommen, obwohl er den Kopf unter dem rechten Arm getragen hätte.

»Das läßt darauf schließen, daß er geköpft wurde!« sagte ich eifrig, weil ich ja von solchen Dingen eine Masse Ahnung habe.

»Wer bist du denn?«

»Moritz.«

»Ach ja, stimmt. Hör zu, Moritz! Das läßt auf gar nichts schließen. Die Untoten lassen sich die merkwürdigsten Ideen einfallen, um die Sterblichen zu erschrecken. Hütet euch, hütet euch! Wichtig ist, daß man sich vor dem Blick ihrer Augen schützt. Wer ihnen in die Augen schaut, der ist hin.« Plötzlich schaute Herr Heubele zum Gebälk der guten Stube hinauf und flüsterte beschwörend:

»Meide seinen Blick,
du kehrst nie mehr zurück,
dahin ist all dein Glück!«

So saß er eine ganze Weile bewegungslos, und ich dachte schon, er wäre eingeschlafen. Doch das war er nicht. Mit einem Ruck stand er auf, wischte sich das lange Haupthaar aus der Stirn und sagte ganz sachlich: »So, Schluß. Ich muß jetzt die Stallhasen füttern.« Ohne uns eines Blickes zu würdigen, stampfte er durch eine Hintertür aus der guten Stube.

»Hallo, Max«, grinste ich dünn, weil mir die Geschichte ein bißchen in die Hacken gegangen war, wenn man versteht, was ich meine. »Heiße Story, findest du nicht?«

»Doch, Moritz«, antwortete der Longus und wirkte auch sehr beeindruckt, »ganz schön heiß. Ich wette, der Waldschrat glaubt selber an seinen Sermon. Würde mich nicht wundern, wenn der auch eines Tages mit dem Schädel unterm Arm durch das Dorf geisterte. Du, dann mach ich mich naß vor Vergnügen.«

Ich hatte aber gar nicht den Eindruck, daß der Longus sich in absehbarer Zeit vor Vergnügen naß machte, denn er war etwas grün um die Nase. Das läßt immer auf Schiß schließen. Wahrscheinlich war uns das Düstere des Hexenhauses auf unsere Gemüter geschlagen. Da kommt selbst einer wie ich auf merkwürdige Gedanken. Nicht, daß mir krabbelnde Ratten und pennende Fledermäuse und solche Waldschrate was ausmachten! Im Gegenteil. So Geschichten, in denen Kräutersammlerinnen vor Schreck das Gebiß verlieren, die finde ich ja eher zum Lachen. Trotzdem war mir irgendwie mulmig. Da hätte ich meine Nase gegen zwanzig Elefantenrüssel gewettet, daß es dem Longus ähnlich ging.

Das Wesen paßte auf, daß wir nichts klauten, und begleitete uns bis zur Öffnung im Palisadenzaun. Dann war es ganz plötzlich verschwunden, als hätte es nie existiert.

»Na, hat sich der Besuch beim Waldschrat gelohnt?« fragte der Longus mit Triumph in der Stimme.

»Er hat sich, Partner, er hat sich.«

»Und du hast behauptet, dies wär ne langweilige Gegend! Bist du eventuell bereit, das zurückzunehmen?«

»Ich bin es.«

»Gut, Paul! Dann ist diese Angelegenheit aus der Welt. Ich meine, wenn du die Gegend beleidigst, beleidigst du ja auch mich.« Er wechselte das Thema und den Tonfall. »Bist du immer noch daran interessiert, das Geheimnis des Moores zu lüften?«

»Und ob! Jetzt will ich erst recht lüften. Was der Heubele uns alles erzählt hat, egal, was für ein Käse das war, also, das hat mich jedenfalls erst richtig scharfgemacht.«

»Das wollte ich hören, Paul. Heute abend also?«

»Heute abend!«

Wir sind zur Barbara gegangen und haben ihr beim Unkrautzupfen, Hühnerfüttern und Brotteigkneten geholfen. Hinterher haben wir mit ihr eine Pizza gebacken und aufgegessen. Mit dem Herkules haben wir uns auch beschäftigt, weil dem die Hufe zurechtgefeilt werden mußten. Ich glaube, der Bursche hatte mich inzwischen in sein Eselsherz geschlossen, denn er nagte mir zärtlich vier Knöpfe vom Hemd. Die Barbara hat sie mir aber wieder angenäht. Wie sie mich dabei berührte, na ja, wie soll ich sagen, das war sozusagen ein elektrisierendes Gefühl. Von mir aus hätte sie mir wochenlang Knöpfe annähen können, so schön war das.

Mit der Gestaltung dieses Abends hatten wir ein unwahrscheinliches Glück. Heinz und Hilde hatten zur Abwechslung auch eine Pizza gebacken, die war aber vor allem mit Thunfisch und Sardinen belegt, während wir auf Barbaras Pizza hauptsächlich Artischockenherzen und Salami verteilt hatten. Nur die Käsesorte war die gleiche. Doch an manchen Tagen kann ich glatt zehnmal Pizza essen. Bei Tisch haben dann ich und der Longus abwechselnd oder auch gleichzeitig von Herrn Heubele berichtet und seine Untotengeschichte nacherzählt, aber mindestens so spannend wie er. Hilde und Heinz haben andächtig gelauscht, wie es so heißt, bloß der Lackel Johannes hat überheblich gelächelt und doofe Zwischenbemerkungen gemacht, obwohl er es doch gewesen war, der uns praktisch hingeschickt hat zum Waldschrat. Über manche Zeitgenossen kann man wirklich nur den Kopf schütteln.

Aber weil ich von Glück geredet hatte: Hilde hatte es eilig, zu ihren Kegelschwestern vom Club *Gut Holz* zu kommen. Heinz mußte zu seinem Gesangverein *Halbe Lunge* oder so ähnlich. Johannes wollte sich auch abseilen. Er habe noch einen Termin, erklärte er.

Der Longus grinste ihn an wie eine Kaugummireklame und säuselte mit süßer Stimme: »Die Liiieeebe, die Liiieeebe – ist eine Hiiimmelsmacht!« Dann sprang er blitzschnell zurück, um dem Schwinger seines Bruders zu entgehen.

Hah, dann waren wir allein!

Wir zogen uns in der Garage Gummistiefel an, schlüpften in dicke Pullover, bewaffneten uns mit Taschenlampen und Knüppeln, weil man sich ja gegen tollwütige Füchse wappnen muß und weil es unter gewissen Umständen überhaupt besser ist, wenn man nicht ganz mit leeren Händen dasteht, und zogen los, als die Dunkelheit begann.

Über den Wiesen vor dem Moor waberte der Nebel wie Milchsuppe. Am sternlosen Himmel zeigte der abnehmende Mond seine dünne Sichel. Nachtvögel wimmerten. Ganz fern heulte ein Hund. Das alles paßte haargenau. Nur der Käuzchenschrei fehlte, aber das konnte ja noch kommen. Kühler Wind schlug uns entgegen, das heißt, eigentlich kam er ja mehr von hinten. Wir spürten unsere tapferen Herzen klopfen, als wir da dem Moor entgegenstrebten, mein länglicher Partner und ich. Als wir den Bach erreichten, in dessen Fluten ich mir die Matsche aus den Klamotten geschwemmt hatte, legten wir eine Pause ein und stärkten uns an Gummibärchen. Man muß ja fit sein bei solchen Expeditionen.

Im Schein der Taschenlampen arbeiteten wir uns näher und näher an den Rand des Moores heran. Wühlmäuse und anderes Getier kreuzten unseren Weg, doch wir achteten nicht darauf. Wir hatten nur Augen für diese unheimliche schwarze Wand aus Bäumen und Sträuchern, die den Beginn des Moores markierte. Plötzlich erstarrten wir mitten in der Bewegung. Es war, als hätte eine eisige Hand uns berührt und auf der Stelle gefrieren lassen.

»I-i-ich habe so ein Gefühl«, flüsterte der Longus. Seine Stimme hörte sich fremd an.

Dann hatte ich auch so ein Gefühl, denn ich vernahm das laute Rascheln im Buschwerk. Und dann sah ich das Licht! Ich wollte etwas sagen, doch mein Hals war zugeschnürt, was wahrscheinlich von der Nachtkälte kam. Es war ein kleines, funzliges Licht und flackerte wie der Schein einer von Geisterhand getragenen Kerze ungefähr in Kopfhöhe. Höchstens hundert Schritte war es von uns entfernt.

»E-e-es kann ganz einfache phy-phy-physikalische Ursachen haben«, wisperte der Longus, »entzündete Fäu-fäu-fäulnisgase und was es sonst noch so gibt. Meinst du nicht auch, Paul?«

Ich wußte aber nicht so genau, was ich meinte. Der Knüppel in meiner Hand zitterte wie verrückt. Vermutlich junges Holz, das noch arbeitete. Als sich meine Lippen wieder bewegen ließen, flüsterte ich: »Es könnte aber auch ein Irrlicht sein. Es könnte!«

Auf die Frage, was für ein Licht es war, haben wir niemals eine klärende Antwort erhalten, denn nun tönte ein langgezogener, klagender, herz- und hirnerweichender Ruf durch die Nacht, daß unsere Körper im Handumdrehen von Gänsehäuten überzogen wurden. O-u-ei-a-maskiii: so ungefähr wehte der Schrei über das Moor und über die Wiesen. Ich glaubte herauszuhören: Oh, du mein armes Kind!

»Ei-ei-eine Nachtohreule! B-b-brauchst keine Angst zu haben, Paul.«

»Wie kommst du auf A-a-angst? Mir fällt nur gerade ein, daß wir vielleicht doch nicht richtig ausgerüstet sind für eine derartige nächtliche Moorerkundungsaktion. Wir brauchen stärkere Lampen.«

»Da könntest du ausnahmsweise recht haben.« Die Stimme vom Longus hörte sich auf einmal wieder kräftiger an. »Und aufgeschoben ist ja noch lange nicht aufgehoben.«

»Genau! Außerdem haben wir erste Hinweise, Longus. Es ist einwandfrei ein Irrlicht, das es auf uns abgesehen hat. Es will uns locken. Doch wir sind clever genug. Wir gehen nicht in die Falle!«

»Nein, Paul, wir nicht! Aber wir kommen gerüstet

wieder!« Das rief der Longus halblaut zum Moor hinüber, was sehr mutig war.

Da erlosch das tanzende Licht, der Ruf verstummte. Hatte der oder das Unbekannte das gehört, was der Longus gesagt hatte? Nein, niemals. Denn so laut war es auch wieder nicht gewesen. Es gibt eben seltsame Zufälle zwischen Himmel und Erde.

Wir sind dann zum Dorf zurückgegangen. Damit kein falsches Bild entsteht: Es war keine Flucht, es war ein geordneter Rückzug. Später haben wir uns Platten von der *Spider Murphy Gang* angehört, Cola getrunken und Salzstangen gegessen.

Das vierte Kapitel handelt von einer Verschwörung, von herzstärkenden Mitteln, von der richtigen Wahl der Waffen und vom Turnieresel.

Am nächsten Morgen nahm ich an dem Konditionstraining teil, das der Longus im Adamskostüm vor dem geöffneten Fenster veranstaltete. Ich sagte mir: Besser ist besser. Zur Abhärtung unterzogen wir uns zusätzlich einer eiskalten Dusche. Der Longus behauptete, er habe von wunderschönen Frauen geträumt, aber ich glaubte ihm kein Wort. Als ich sagte, ich hätte geträumt, ich sei in die Fußballnationalmannschaft berufen worden, glaubte er mir auch kein Wort. In Wirklichkeit hatte ich von Fledermäusen geträumt, die trugen alle den Kopf unterm Arm, aber das verriet ich natürlich nicht, weil es eine Privatsache war und außerdem meinem Ruf geschadet hätte.

Heinz und Johannes waren schon weg zur Arbeit, als wir am Frühstückstisch erschienen. Hilde trug einen dikken Verband am Daumen, weil sie sich beim Kegeln verletzt hatte, doch das schien ihr nicht viel zu machen. Fröhlich fragte sie, was die Herren zu speisen wünschten.

»Was Kräftiges«, verlangte der Longus.

»Eier mit Speck?«

»Das erscheint mir angemessen«, sagte ich.

Die Hilde guckte mir mit einer Mischung aus Verwunderung und Erheiterung ins Gesicht. »Angemessen wofür?«

»Für die Vorbereitung gewisser Aktivitäten.«

Da lachte die daumenbehinderte Tante so sehr, daß sogar ihr Busen wackelte. »Paul, Paul, du und deine Sprüche! Kann man vielleicht erfahren, um welche Art von Aktivität es sich handelt?«

»Kann man nicht«, sagte der Longus schnell, weil er wohl Sorge hatte, ich könnte Dinge ausplaudern, die nicht für fremde Ohren bestimmt waren. Er kannte mich ja noch nicht lange! »Für mich drei Eier. Für den Paul auch.«

»Zuviel Eier sind nicht gesund. Ich mach mal für jeden zwei.«

Aber dann klingelte das Telefon, und Hilde führte ein Dauergespräch. Da stellten wir uns selber die Spiegeleier mit Speck her und nahmen für jeden von uns fünf Stück. Das war dann auch wirklich angemessen.

Nun lag das Problem auf dem Tisch, um es mal sachlich auszudrücken, ob wir einen Dritten in unsere Geheimpläne einweihen sollten, wobei es nicht *der* Dritte heißen mußte, sondern *die* Dritte, denn es handelte sich um Barbara. Nach kurzer Beratung waren wir beide dafür.

»Jemand muß sich um die Logistik kümmern«, sagte Longus. »Materialbeschaffung, Nachschubwege, Organisation der Basis. Du weißt schon. Auf diese Weise haben wir die Hände frei für das Eigentliche.«

»Klar, Longus! Bei Verletzungen und so kann sie auch sehr nützlich sein. Sie hat ungemein geschickte Hände. Außerdem ist auf die Barbara Verlaß. Gehen wir zu ihr!«

Aber um jetzt mal der Wahrheit die Ehre zu geben: Es stellte sich bald heraus, daß es vor allem die Barbara war, die sich um das *Eigentliche* kümmerte, wobei ich noch erklären werde, was genau damit gemeint ist. Vorweg will ich nur mal andeuten, daß wir in unserer Vorbereitungsphase ganz schön auf dem Schlauch gestanden hätten, wenn die Barbara nicht in unsere Moorgeheimnislüftungsmannschaft eingetreten wäre.

Barbara hörte sich schweigend unsere Geschichte an, die wir ihr im Team erzählten. Was Johannes angedeutet hatte, was der Waldschrat berichtet hatte, was wir dann an unseren eigenen Leibern erlebt hatten: alles erfuhr sie. Wir erklärten ihr auch knallhart, daß wir zum Weitermachen entschlossen seien.

»Ihr seid Spinner.« Sie sagte das sachlich und ohne jede Gefühlsregung, was mich zutiefst verletzte. Gerade von der Barbara hätte ich Begeisterungsausbrüche erwartet, Zusprüche, Ermutigung. Doch sie fragte uns kühl, was es denn schon Spannendes geben könnte in diesem popeligen Moor.

Der Longus raffte sich zuerst wieder auf. »Barbara! Sag nicht popelig zu dem, was den Paul und mich bewegt. Wenn du das Irrlicht gesehen hättest!«

»Und erst mal der Ruf!« Ich machte ihn nach, es klappte aber nicht so hundertprozentig. »Geht dir das nicht durch Mark und Bein?«

»Eigentlich nicht«, sagte Barbara.

»Da waren aber auch Autospuren«, verriet der Longus,

»Autospuren, wo an sich keine sein sollten. Wir vermuten, daß es irgendwie mit der Hütte zu tun hat.«

»Eine Hütte? Wußte gar nicht, daß es im Moor eine Hütte gibt. Was ist denn drin in der Hütte?« Komisch, die Barbara war plötzlich wie verwandelt. Die Hütte schien sie heftig zu interessieren. Vielleicht, weil es etwas Greifbares war und nicht nur so etwas Flüchtiges wie ein Irrlicht.

»Vor Monaten«, erklärte der Longus feierlich, »vor Monaten war ich mal in der Hütte drin. Da war sie so gut wie leer. Aber das kann sich geändert haben. Es scheint sich in letzter Zeit überhaupt manches geändert zu haben in unserem Moor. Vielleicht werden wir uns noch mehr wundern, als uns lieb ist. Wer weiß!« Das hatte er schön gesagt.

So kam es also, daß die Barbara sich unserem Geheimbund anschloß. Ich bestand darauf, daß wir diesen Bund mit Blut besiegelten, damit sich dann im Fall der Not einer auf den anderen auch echt verlassen kann. In diesen Dingen habe ich Erfahrung, weil ich einmal mit einem zwölfjährigen Piraten eine Blutsbrüderschaft geschlossen hatte, die bestimmt ein Lebenlang halten würde. Barbara und Longus meinten aber, das gegenseitige Armeaufschlitzen und Bluttrinken sei in unserem Fall nicht unbedingt nötig, zumal der Blutverlust unsere Kondition schwächen könnte und darüber hinaus die Gefahr einer Blutvergiftung nicht auszuschließen sei.

»Wenn nur einer von uns ausfällt, Paul, ist der ganze

Plan im Eimer. Können wir die Verschwörung nicht mit anderen Mitteln besiegeln?«

Barbara wußte die Lösung. »Tomatensaft ist mindestens so wirksam wie Blut. Kommt mit ins Haus! Wir haben sogar selbstgemachten im Kühlschrank, der schmeckt astrein.«

Mir behagte das nicht. Ob es schmeckte oder nicht, das war doch wirlich nicht die Frage bei einem solchen Ritual. Aber weil ich überstimmt worden war, ging ich als guter Demokrat mit ins Haus. Der kalte Tomatensaft schmeckte wirklich lecker. Wir streuten sogar noch ein bißchen Pfeffer darüber. Das erhöhte die Wirksamkeit.

Barbara war jetzt regelrecht auf einem Wirksamkeits-trip. »Wenn es wirklich so beängstigend ist, wie ihr sagt, dann müßt ihr körperlich und seelisch topfit sein. Bei einem jähen Schreck kann es zu einem Herzschlag kommen, wenn man labil ist.«

»Labil?« Der Longus verstand nicht. »Was meinst du damit?«

Die Barbara erklärte ihm, daß *labil* das Gegenteil von *stabil* sei. »Wenn du körperlich und seelisch leicht ins Wackeln gerätst, kapiert? Es gilt also, Vorbeuge zu treffen. Ich denke da an herzstärkende Mittel, damit keiner von euch Helden aus den Latschen kippt. Ewige Vorwürfe würde ich mir machen, wenn es einen von euch erwischte. Oder gar beide!«

Ich und Longus protestierten lauthals, doch die Squaw Barbara flitzte ins Haus und kam Sekunden später mit einem Buch angetanzt, das hieß *Heilkräuter aus dem Garten Gottes* und mußte, wie der Name schon sagte, von einer erstklassigen Fachkraft verfaßt worden sein, wo immer dieser Garten Gottes auch liegen mochte, wahrscheinlich ja im Paradies oder in der Gegend. Egal.

»Wir müssen erst mal schauen, gegen welche Erkrankungen ich euch am besten wappne.« Dann las Barbara halblaut im Inhaltsverzeichnis herum: »Akne, Altersjukken, Arbeitsunlust, Bartflechte, Bettnässen ...«

»Au ja!« schrie der Longus auf. »Verabreich dem Paul was gegen Bettnässen! Oder gegen Blähungen! Nee, hier: Bleichsucht! Die hat er garantiert!«

»Schnauze!« knurrte Barbara. »Dies ist ein ernster Vorgang.« Und wieder ganz schnell und halblaut: »Durchfall, Elefantiasis – was es nicht alles gibt –, Fallsucht, Fußpilz, Gedächtnisschwäche, Haarausfall, Herzerweiterung ... Aha, wir kommen der Sache langsam näher!«

»Hier! Herzschwäche!« Ich zeigte mit dem Finger drauf. »Das gilt für den Longus. Oder hier: Kopfläuse!«

Jetzt fing der Longus an zu blödeln. »Magenerweiterung! Die hat der Knödelfresser Paul garantiert. Und Mundgeruch! Und Nachtwandeln! Und Ohrensausen! Oder hast du ein Raucherbein, Paul?«

Aber da konterte ich sofort und suchte mir schöne Sachen für den Longus aus. »Sprachstörungen, Schluckauf, Schweißfüße, Stuhlverstopfung, Trunksucht, Verkalkung, Zahnwackeln ...«

Barbara unterbrach mich barsch. »Ihr habt ja beide ein

Rad ab, ihr Laberfritzen. Entweder nehmen wir die Sache ernst, oder wir blasen sie ab. Schaut her, diese drei Krankheitsbilder kommen in Frage: Herzbeschwerden, Schock, Wahnvorstellungen. Entscheidet euch!«

Einen Augenblick hatte ich die Barbara in Verdacht, daß sie sich über uns lustig machte. Doch weil sie ja die Tomatensaftgeschwisterschaft mit uns geschlossen hatte, konnte das nicht sein. »Also, einen Schock«, sagte ich, »einen Schock erleidet so einer wie ich nie, da steh ich eiskalt drüber. Was ist mit dir, Longus?«

Longus war sich sicher, daß er auch nicht schockgefährdet sei. Und Wahnvorstellungen kämen bei ihm erst recht niemals vor, weil er bekanntermaßen ein Realist sei. »Ich glaube nur, was ich sehe, und auch davon höchstens die Hälfte!«

Den Satz kannte ich aber schon. Den sagt Burt Lancaster in dem Film *Der rote Korsar*. Wir haben darüber aber nicht lange gestritten, sondern uns auf Herzbeschwerden geeinigt, weil menschliche Herzen in schrecklichen Situationen tatsächlich gefährdet sind. Bestenfalls Herzerweiterung, schlimmstenfalls – na ja, zack, aus.

»Gut«, sagte die Barbara, »dann werden wir also ein vorbeugendes Mittel gegen Herzschäden zusammenbrauen.« Sie blätterte in Gottes Heilkräuterbuch herum und fand auf Anhieb die richtige Seite. »Ich lese hier, daß Schlüsselblumen unerläßlich sind bei der Herstellung einer wirkungsvollen Arznei. Dann besorgt mal schnell Schlüsselblumen.«

Die Schlüsselblumenzeit war aber schon vorbei. Wir düsten durch Wiesen und Auen, suchten an Bächen und Rinnsalen. Null. Dann fiel dem Longus ein, daß in Seppers Vorgarten Zierschlüsselblumen wüchsen. Da haben wir dann rasch welche abgepflückt, obwohl die eigentlich gar nicht so aussahen, wie ich Schlüsselblumen in Erinnerung hatte. Doch auf solche Kleinigkeiten konnten wir im Moment keine Rücksicht nehmen.

Barbara las uns etwas von einem »hilfreichen Heilmittel« vor, das hörte sich auch sehr überzeugend an: »Mit frisch gepflückten Schlüsselblumenblüten füllt man eine Glasflasche und übergießt sie mit herbem Weißwein. Der Wein muß dabei die Blüten bedecken. Die Flasche stellt man drei Wochen in die Sonne. Sobald Herzbeschwerden auftauchen, nimmt man einen Schluck.«

Longus krauste die Stirn wie ein Dackel. »Versteh ich nicht. Mit frisch gepflückten Schlüsselblumenblüten füllt man eine Glasflasche und übergießt sie mit herbem Weißwein. Die Flasche übergießen?«

»Stußkopp!« sagte Barbara. »Selbstverständlich die Schlüsselblumenblüten. Die haben das halt etwas komisch ausgedrückt. Außerdem müssen wir sowieso leichte Veränderungen am Rezept vornehmen. Wir haben keine Zeit, die Brühe drei Wochen in die Sonne zu stellen. Offenbar geht's um die Wärme. Das können wir vereinfachen.«

Wir haben es vereinfacht. Die Barbara holte eine leere Sprudelflasche, der Longus wurde zum Weinbesorgen losgeschickt. Es dauerte lange, bis der Weindieb zurückkam. Er mußte nämlich seine Mutter erst aus der Küche locken, ehe er im Vorratsraum an den Wein kam. Es war auch kein Weißwein, sondern Rotwein, und er war nicht herb, sondern süß. Wir waren uns jedoch einig, daß solche Feinheiten keine Rolle spielten bei der Wirkung. Nur auf die kam es an.

Hinter dem Maisfeld haben wir ein Feuerchen angezündet und in einer Blechdose den Wein gekocht, und wegen der erhöhten Wirksamkeit haben wir auf meinen Vorschlag hin die Schlüsselblumenblüten gleich mitgekocht. Wenn das kein herzstärkendes Mittel war!

Nachdem wir die sämige Suppe in die Flasche geschüttet hatten, warteten wir eine Viertelstunde, weil das Zeug noch so heiß war. Schön sah unser Antiherzschlagmittel schon aus, keine Frage, aber es roch ein bißchen streng. Der Longus meinte aber, genau daran könne man erkennen, daß es eine gute Medizin sei.

»So ist es«, bestätigte die Barbara. »Je mehr eine Medizin stinkt, um so wirksamer ist sie. Jeder von euch muß jetzt eine halbe Flasche Herzwein trinken. Wer fängt an?«

Wir haben mit Grashalmen Pinnchenziehen gemacht. Leider verlor ich. Ich setzte also die Flasche an die Lippen, aber es ging noch nicht, denn der Alkoholnebel stieg mir in die Nase, so daß ich einer Ohnmacht nahe war. Darum klemmte ich mir mit der linken Hand die Nase zu und hielt mit der rechten die Flasche. Als mir der orangefarbene Brei in die Kehle rann, wäre ich fast erstickt. Die Blüten waren nicht richtig verkocht. Als ob ich den Mund voller Bienen hätte: so fühlte sich das an. Im Schlund kratzte und kniff und biß es wie Feuer. Doch ich nahm all meine Willenskraft zusammen und schluckte tapfer weiter. Kein Feuerschlucker konnte kühner sein als ich!

»So«, sagte ich mit einer Stimme, die Louis Armstrong gehören konnte, »das hat wirklich gutgetan. Jetzt ist der Longus an der Reihe.«

Longus zeigte auf die Flasche. »Von wegen! Nicht mal ein Viertel hast du getrunken. Mach weiter!«

Ich glaube, ich werde niemals ein Weintrinker werden. Und in meinem weiteren Leben werde ich auch niemals wieder eine Schlüsselblume essen. Aber an diesem denkwürdigen Tag sprang ich sozusagen über meinen Schatten. Bis zur Hälfte süppelte ich die Flasche leer. Es kann gut sein, daß ich sogar einen Schluck zuviel getrunken habe, denn als ich diesmal absetzte, hatte der Longus nichts zu meckern.

»Na?« fragte der Longus lauernd.

»Es schmeckt vielleicht eine Idee bitter«, krächzte ich, »aber daß es schlecht schmeckt, das kann ich wirklich nicht sagen. Prost, Longus!«

Er faßte die Flasche an, als könnte die jeden Augenblick explodieren. Ungefähr zehn Sekunden zögerte er, dann nahm er geradezu einen Anlauf und stürzte wie wild das Gesöff hinunter. Sein Adamsapfel hüpfte wie ein Laubfrosch mit einer Rakete im Hintern. Es röhrte und schmatzte und gurgelte. Ich glaube, Ertrinken hört sich so an. Dann setzte der Longus die Flasche ab und rülpste wie

eine geballte Säuglingsstation nach der Verpflegungsaufnahme.

»Na?« fragte ich.

Erst war er noch nicht fähig zu antworten. Dann nickte er und stieß komische Laute aus. Die Augen waren ihm weit aus den Höhlen getreten.

»Jetzt kann euch nichts mehr passieren«, stellte die Barbara fest. »Auf jeden Fall sind eure Herzen gesichert, wenn euch etwas Unerwartetes begegnen sollte im Moor.« Sie sagte es etwas abfällig, als hielte sie uns noch immer für Spinner. Sie hatte ja auch das Irrlicht nicht gesehen und den Klageruf nicht gehört.

Die richtige Wahl der Waffen stand nun an. Das mußte gut überlegt werden. Leider stellten sich bei mir leichte Konzentrationsstörungen ein, was wohl auf die Nebenwirkung des Medikamentes zurückzuführen war. Mein Herz war prima in Ordnung. Es schlug stark wie nie zuvor. Nur in meinem Bauch gingen Merkwürdigkeiten vor, außerdem widersetzten sich die Beine ein bißchen meinem Willen, und die Sehkraft schien irgendwie beeinträchtigt. Darum schlug ich vor, daß wir uns erst einmal auf die Wiese legten, um einzeln in Ruhe nachzudenken und später die verschiedenen Vorschläge gemeinsam zu diskutieren. Der Longus fand meinen Vorschlag gut und schlief auch sofort ein. Barbara wusch dann nachher unsere Gesichter mit kaltem Wasser ab.

Sie war dann auch die einzige, die einen Vorschlag machte. »Mir ist Sankt Georg eingefallen«, sagte sie.

»Mir nicht«, lallte der Longus. »Wieso grad der?«

Die Barbara erklärte es uns. »Ich gehe davon aus, daß ich euch die Legende von dem heiligen Drachentöter nicht erst zu erzählen brauche. Der Knackpunkt ist der: Als er losritt auf seinem feurigen Roß, um die Jungfrau vor dem Drachen zu retten, da wußte er natürlich nicht, welche Gefahren ihn erwarteten. Aber er war gerüstet! Kapiert ihr? Er war auf alles vorbereitet. Er hatte ein starkes Pferd, er besaß eine erstklassige Rüstung einschließlich einer Turnierlanze, und er konnte sich seinen Schild vor das Gesicht halten, der schützte ihn vor dem bösen Blick des Ungetüms und vor seinem feurigen Atem. Merkt ihr, auf was ich hinaus will?«

»Nein«, sagte der Longus.

»Na ja«, antwortete ich etwas undeutlich, weil meine Zunge doppelt so dick war wie sonst, »so einigermaßen schon, bis auf ein paar Einzelheiten ist mir das klar.«

»Es ist doch ganz einfach.« Die Barbara kniete vor uns im Gras und fuchtelte lebhaft mit den Händen herum. »Wir werden aus einem von euch beiden einen Ritter herstellen. Solch ein Ritter braucht allerdings ein reines Herz. Das ist am wichtigsten. Longus, mal ganz ehrlich, hast du ein reines Herz?«

»Im Moment nicht«, antwortete Longus matt.

»Das hatte ich mir schon gedacht. Außerdem sind deine Beine zu lang. Also mußt du das reine Herz haben, Paul. Wie sieht es damit aus?«

Auf was für eine teuflische Idee war die Squaw Barbara

da bloß gekommen! Ich und Ritter? So ein altmodischer Quark! Außerdem fehlten uns doch sämtliche Zutaten zu einem Ritter. Und was hatte die Bemerkung hinsichtlich der Länge der Beine zu bedeuten? Ich will mal so sagen: Ich ahnte da etwas Scheußliches, wollte es aber nicht wahrhaben. »Was mein Herz betrifft; das ist einigermaßen rein, glaub ich. Aber du machst doch jetzt Witze, oder?«

Barbara erklärte, sie mache keine Witze. Wo ich jetzt nicht nur ein reines Herz hätte, sondern auch ein gestärktes, da sei ich genau der Stoff, aus dem die Ritter gemacht würden.

Ich schrie los: »Und das Streitroß? Und die Rüstung? Und die Turnierlanze? Und der Schild? Als Helm kann ich mir ja zur Not einen Kochtopf aufsetzen, aber was ist mit den anderen Klamotten? Schlag dir nur ja diese Schnapsidee aus dem Hirn!« Ich versuchte zu lachen, es gelang aber nicht recht. Meine Abwehrkräfte waren zur Zeit nicht in bester Verfassung, das fühlte ich, und genau das nutzte die Barbara schamlos aus.

Ganz ruhig erklärte sie, das mit dem Kochtopf sei nicht die schlechteste Idee, die anderen Rüstungsgegenstände bekämen wir sicher auch locker zusammen, handwerklich begabt seien wir ja alle drei. »Wenn wir heut nachmittag fleißig malochen, bauen wir bis zum Abend einen Ritter ohne Furcht und Tadel zusammen. So eine Art Prinz Eisenherz. Herkules ist im übrigen stärker als manches Pferd.«

»Barbara! Das kann nicht dein Ernst sein!«

»Doch, Paul, es ist mein heiliger Ernst.«

»Aber der wirft mich doch immer ab!«

»Das ist eine Frage des Trainings. Wenn er sich an dich gewöhnt hat, werdet ihr beide einen stolzen berittenen Ritter abgeben. Wirst schon sehen.«

»Und wenn ich mich nicht an *ihn* gewöhne?«

Sie war aber schon unterwegs, um den hinterhältigen Esel aus dem Stall zu holen. Als sie wiederkam, dachte ich zuerst, sie hätte zwei Esel mitgebracht. Doch nachdem ich meine Pupillen einigermaßen unter Kontrolle gekriegt hatte, war es doch nur *ein* Esel. Herkules, der erste Turnieresel der Welt.

Die Barbara hielt mir einen Korb hin. »Hier, fütter ihn ein wenig mit Möhren, dann mag er dich!« Sie hatte dem Miniaturgrautier ein Halfter umgebunden mit einem Zügel dran.

Ich fütterte. Herkules mampfte. Der Longus stöhnte. Die Barbara schaute zu. Mir war schlecht. Trotzdem übten wir dann, wobei mir der Magen zum Hals raushing. Es war bestimmt die schlimmste Zeit meiner gesamten Jugend. Wahrscheinlich habe ich sie nur durch mein gestärktes Herz überstanden. Ich will es kurzmachen: Ich ertrug siebenunddreißig Bisse, nahm achtundachtzig Fußtritte hin, überstand etwa zweitausend Stürze, bis ich es endlich schaffte, auf des Esels Rücken eine einwandfreie Ehrenrunde um die Weide zu drehen. Selbstverständlich hatte ich mir sämtliche Knochen gebrochen. Der Longus gratulierte mir gerührt. Barbara pflückte eine Gänseblume ab und reichte sie mir, aber Herkules fraß sie dann auf.

Hilde war sehr traurig, als ich und der Longus beim Mittagstisch die Nahrungsaufnahme verweigerten. »Jetzt hab ich eigens Dampfnudeln gebacken! Das ist doch sonst Ralfs Lieblingsspeise!«

Meine auch, dachte ich. Sonst.

»Wahrscheinlich habt ihr zu wüst rumgetobt, ihr zwei Frischlinge«, meinte Heinz. »Am besten, ihr legt euch erst mal ein paar Stunden ins Bett.«

Dazu hatten wir natürlich keine Zeit.

Das fünfte Kapitel handelt von der Herstellung eines Ritters, von einer Liebessocke, von Barbaras Entschluß und vom schweren Weg zum Moor.

Barbara erwartete uns schon am Treffpunkt im hintersten Winkel des Obstgartens, wo Barbaras Eltern einen Teich anlegen wollten. Ausgehoben war die Grube schon, aber Wasser war noch nicht drin. Hier hatten wir ein gutes Versteck. Barbara meinte, hier könnten wir auch das Materiallager anlegen.

»Was für ein Materiallager?« fragte der Longus.

»Für die Ausstattung des Ritters Paul. Ich hab mir gedacht, wir klären erst mal die Kleiderfrage und wenden uns dann der Bewaffnung zu.« Sie langte hinter sich und hob ein gewaltiges Wollbündel hoch. »Zieh das mal an!«

Bei der Barbara wunderte mich inzwischen gar nichts mehr. Ich stülpte mir also das dunkelgraue Ding über, aus dessen Kragen ich so gerade eben mit der Nase rausragte und das mir unten bis in die Kniekehlen reichte. Die Ärmel waren ungefähr dreimal so lang wie meine Arme. Die Last zog mich schier zu Boden.

»Was soll das darstellen?« wollte ich wissen. »Ist das irgendwie ein modernes Nachtgewand oder ne kugelsichere Weste vom Verfassungsschutz?«

Barbara schniefte etwas beleidigt. »Es handelt sich um den Skipulllover meines Vaters. Ich dachte, er könnte dir vielleicht als Brustpanzer dienen.«

»Das könnte er sicher!« rief der Longus aus. Anscheinend hatte er die Nebenwirkung des herzstärkenden Mittels ausgeschwitzt. »Und kleidsam sieht es aus. Richtig fesch.«

Ich wurde also mit zwei zu eins überstimmt. Damit war die Frage nach dem Oberteil des ritterlichen Anzugs beantwortet. Der Longus machte sich dann sozusagen um den Schutz meines Unterleibs verdient, indem er die ausgediente Eishockeyhose seines Bruders anschleppte, die vermutlich schon beim Sperrmüll gelagert hatte. Man muß sich solch einen wattierten Ömmes einmal vorstellen! Und dazu noch hellrot mit grauen Streifen an der Seitennaht. Sie hielten zu zweit die Hose auf, damit ich vom Rand der Grube aus hineinspringen konnte. Zu allem Elend stank der Apparat zehn Seemeilen gegen den Wind nach Mottenkugeln.

»Ist das auch fesch?« fragte ich und fühlte Tränen in den Augen.

»Es geht«, meinte Barbara. »Fesch ist vielleicht nicht ganz der richtige Ausdruck. Ich würde das Beinkleid einfach mal zweckentsprechend nennen. Wie schützen wir die Füße des Ritters?«

»Fußballschuhe natürlich«, sagte der Longus.

Von mir aus Fußballschuhe. Oder Filzpantoffeln. Oder Paddelboote. Oder Hundeschlitten. Es mußte einen Riesen in diesem Dorf geben, Rübezahl oder so. Denn die lehmverkrusteten Kickerstiefel, die der Longus nach einer halben Ewigkeit herantransportierte, hätte man durchaus auch als Kinderbetten gebrauchen können. Barbara und Longus schnürten die Elbkähne an meinen Beinen fest und waren mit dem Ergebnis zufrieden.

»Geh mal ein paar Schritte!« forderte die Barbara mich auf.

Ich raffte all meine Kräfte zusammen und versuchte es. Das Hilfskettenhemd ließ mich die grausame Anziehungskraft der Erde mit aller Wucht spüren, die Großraumhose knirschte und knackte wie ein morscher Kleiderschrank, die Stollen der Fußballschuhe zogen zentnerweise Lehm aus der Erde, aber irgendwie bewegte ich mich von der Stelle.

»Schreite mal etwas elastischer!« forderte der Longus. »Es sieht ein bißchen aus, als wenn du die Hose voll hättest.«

»Ich könnte ja mal einen kleinen Breakdance versuchen«, fauchte ich ihn an. Nur der Gedanke, daß Sankt Georg vermutlich auch solch eine Rüstung am Leib getragen hatte, ich meine, was das Gewicht betrifft, also, nur der Gedanke hielt mich aufrecht. Ich erinnerte mich an mittelalterliche Darstellungen, auf denen zu sehen war, wie die Knappen mit Hilfe eines Flaschenzugs ihren Ritter in den Sattel hievten. Da kam was auf den Herkules zu!

»Ich finde, der Paul bewegt sich recht ordentlich.« Barbara schaute mir mit verschränkten Armen und schiefgelegtem Kopf zu und machte richtig das Gesicht einer Fachfrau, die ein Mannequin auf dem Laufsteg bei der Vorführung der neuen Sommerkollektion begutachtet.

»Laß gut sein. Verschwende nicht unnötige Energien. Wer weiß, wofür du sie noch brauchen kannst!«

In der Tat: Wer wußte das schon! Von der Anstrengung war nun auch mir der Schweiß ausgebrochen, was in Anbetracht der überstandenen Behandlung mit dem herzstärkenden Mittel ein angenehmes Gefühl war.

Angenehm war es auch, daß ich anschließend Zeit für ein ausgedehntes Mittagsschläfchen hatte, wie Heinz es ja schon empfohlen hatte, denn ich konnte mich nun aufs Ohr legen, während der Longus und die Barbara sich auf den Weg zum Schrottplatz machten, um eine geeignete Kopfbedeckung für den Ritter zu besorgen. Das Stichwort für meinen Helm hatte ich ja selber gegeben. Ich hab dann aber doch nicht geschlafen, weil meine Gedanken dauernd zum Moor eilten, was ein ausgesprochen beklemmendes Gefühl erzeugte.

Als sie wiederkamen mit dem Blech der ganzen Gegend, konnte ich nur noch milde lächeln. Dosen, Kanister, Töpfe, Badewannen, Eimer: sie hatten nichts ausgelassen. Alles schön rostig und verblötscht.

»Da ist bestimmt ein passender Helm dabei!« freute sich die Barbara.

Der Longus spielte sich auf wie so ein Experte von der Bundeswehrbeschaffungsstelle. »Ich hab mir gedacht, wir stülpen dem Paul einen Eimer über den Kopf. Das ist ein erstklassiger Schutz.«

»Käse«, sagte die Barbara, »dann sieht er doch nichts.«

»Wir machen Sehschlitze rein.«

»Darf ich auch mal was sagen?« fragte ich bescheiden. »Das mit dem Eimer könnt ihr euch abschminken. Sankt Georg hatte auch keinen Eimer auf dem Kopf. Außerdem braucht ein Ritter ein gewisses Maß an Beweglichkeit. Was habt ihr denn sonst noch?«

Barbara führte die Auswahl an Töpfen vor. Die kleinen Pötte konnte man sofort vergessen. Die waren allenfalls für solche Schrumpfköpfe geeignet, wie sie von den südamerikanischen Indianern hergestellt werden. Wir probierten die anderen Töpfe durch, aber entweder saßen sie wackelig wie Karnevalsmützchen, oder sie gingen mir über die Ohren.

»Es liegt nicht an den Töpfen, es liegt an Pauls Kopf«, maulte der Longus.

»Kannst mir ja deinen Quadratschädel leihen. Auf den paßt alles.«

»Hört auf zu streiten«, mahnte die Barbara. »Wir stopfen einen der größeren Töpfe mit Holzwolle aus. Das ist sowieso besser wegen der Erschütterungsgefahr.«

So machten wir's dann auch. Der Longus wollte mit den Fäusten ein Probehauen veranstalten, das ließ ich aber nicht zu. Sie banden mir mit Stricken Blechstücke als Schienbeinschoner an die Beine und stopften meine Arme durch alte Ofenrohrkniee, damit die Ellbogen geschützt waren, weil man auf Ritterbildern so etwas sehen kann. In meiner schweißtreibenden Montur konnte ich's inzwischen mit einem Bulldozer aufnehmen, was auch die Barbara meinte, als die Modenschau beendet war.

»Bis zum endgültigen Einsatz kannst du die Rüstung natürlich ablegen«, erklärte der Longus großmütig.

Aber ich konnte nicht. Meine beiden Hilfskräfte mußten mich unter großen Anstrengungen freilegen. Es war zuerst ein ganz fremdes Gefühl, als ich von den Zentnerlasten befreit war und die ersten unbeschwerten Schritte tat. So leicht mußten sich die amerikanischen Astronauten auf dem Mond gefühlt haben.

»Der Schild fehlt noch«, sagte der Longus.

»Und die Lanze«, erinnerte die Barbara.

Den Schild hatten wir schnell. Der Deckel vom Schweinefutterkessel erwies sich als überaus geeignet. Wegen der Turnierlanze mußten wir uns aber auf eine Wanderschaft quer durch das ganze Dorf begeben. Der Longus wußte, wo in dem Schuppen hinter dem Feuerwehrhaus die Fahnenstangen vom Schützenfest aufbewahrt wurden. Wir stiegen durch das Oberlicht der Tür und wählten eine drei Meter lange Lanze aus. Mir kam sie aber wesentlich länger vor, mindestens neun Meter. Und wie schwer die war! Barbara hielt Wache und paßte auf, daß uns niemand sah, wie wir so mit der geklauten Fahnenstange verdufteten.

»So eine nackte Stange gibt nichts her«, sagte ich, als wir unser Materiallager in der Lehmgrube erreicht hatten. Ganz ohne Schwierigkeiten hatten wir die Aktion mit der Stange übrigens nicht über die Bühne gebracht. Opa Kuballa oder wie die Barbara ihn nannte, der hatte im Fenster gelegen und uns gesehen. Aber Barbara hatte ihm erzählt, wir wären Jungmitglieder vom Schützenverein und müßten Fahnehissen üben. Das hat er auch glatt geschluckt.

»Was meinst du damit?« Der Longus verstand nicht.

»Was schon! Eine Lanze braucht eine richtige Spitze, damit sie auch Angst erzeugt. Was schlagt ihr vor?«

Erst schlugen sie gar nichts vor. Barbaras Idee, eine Spitze vom Weihnachtsbaum zu nehmen, war natürlich unbrauchbar. Da gefiel mir mein eigener Vorschlag schon viel besser. Ein langer Nagel mußte es sein oder ein Messer. Im Werkzeugkasten von Barbaras Vater fanden wir ein breites Messer, wie man's beim Tapezieren braucht, wenn man Tapeten durchschneiden muß, das haben wir mit Schnur an der Stangenspitze festgebunden, und nun sah die Lanze auch wie eine Lanze aus.

»Es fehlt noch was«, sagte ich und wurde dabei ein bißchen rot an den Ohren. »Wenn Ritter in den Kampf ziehen, kriegen sie ein Liebespfand an die Lanze gebunden. Von der Dame, der sie in Minne zugetan sind.«

Der Longus grinste abscheulich. »Entzückend! Und welcher Dame bist du in Minne zugetan, Paul?«

Die Frage verunsicherte mich, um das mal vorsichtig auszudrücken. Ich dachte: Junge, warum hast du nicht den Mund gehalten! Damit meinte ich mich. Doch weil ich ja jetzt das gestärkte Herz hatte, traute ich mich zu sagen: »Ich dachte, daß die Barbara in diesem Fall vielleicht einspringen könnte.«

Sie stand meinem Anliegen ausgesprochen positiv gegenüber. »Wie sieht das denn aus, so ein Liebespfand?«

»In einem Film hab ich gesehen, daß Ritter Lanzelot einen weißen Schal an der Lanze trug. Hättest du etwas in dieser Richtung?«

Barbara schüttelte den Kopf und dachte nach. Dann hellten sich ihre Gesichtszüge auf. »Kann es zur Not auch eine Socke sein?« Sie zeigte zu der Wäscheleine, die zwischen den Apfelbäumen festgemacht war.

»Es kann. Wichtig ist nur, daß die Socke von dir ist.«

Da nahm die Barbara ganz feierlich eine orange und grün geringelte Socke von der Leine und machte sie an der Turnierlanze fest. Ein wohliger Schauder überlief meinen Ritterkörper.

Weil wir beschlossen hatten, eine stärkere Lampe mitzunehmen, organisierte der Longus den Handscheinwerfer aus dem Leichenwagen. Er brachte auch etwas Polierwatte mit, damit wir uns die in die Ohren stecken könnten, wenn wieder Klagerufe erschallen sollten. Er meinte, Odysseus habe sich die Ohren damals sogar mit Wachs zugepappt, damit er die Rufe der Sirenen nicht hören konnte, weil das mit Gefahr für Leib und Leben verbunden war. Ich staunte nicht schlecht, daß der Longus sich so auskannte. Er hatte sogar noch eine prima Idee.

»Ich nehme meine Sofortbildkamera mit. Eingebautes Blitzlicht. Wenn irgendein Unwesen auftaucht, knipse ich das sofort. Erstens können wir's dann anschließend besser identifizieren, und zweitens ...« Der Longus zögerte.

»Los, sag schon!« drängte ich. »Was ist zweitens?«

Der Longus schaute uns ernst in die Augen. Seine

Stimme hörte sich so belegt wie bei einer Mandelentzündung an. »Sollten wir eine Erscheinung haben, aber auf dem Bild ist dann hinterher nichts zu sehen, dann bedeutet das nur eins.« Große Pause. Dann flüsternd: »Daß wir es mit etwas Außerirdischem zu tun haben. Oder mit etwas Überirdischem!«

Das ging uns gehörig in die Hacken. Ich will sagen: An dieser neuen Erkenntnis hatten wir erst mal eine Weile zu kauen. Die Barbara holte uns aber wieder auf den Boden der Tatsachen zurück, indem sie uns mitteilte, ihr sei völlig unklar, wie sich der ritterliche Einsatz denn eigentlich abspielen solle.

Gestenreich schilderte der Longus seine Vorstellung. »Wir begeben uns frühzeitig zum Rand des Moores und beziehen unser Versteck. Wenn die Dunkelheit hereinbricht, setzen wir uns in Marsch. Vorneweg reitet der Ritter Paul mit angelegter Lanze. Dicht hinter ihm komme ich ...«

Barbara unterbrach seinen Redeschwall. »Kommen *wir*.«

»Warum versteh ich das wohl nicht?« fragte der Longus.

Barbara erklärte es. »Ich habe mich entschlossen, mit euch zu gehen.«

»Aber ... aber ...«, stotterte ich, »aber du hast ja nicht mal ein herzstärkendes Mittel eingenommen, und überhaupt kann das furchtbar gefährlich werden!«

»Ach ja?« sagte die Barbara kühl und so richtig von oben herab. »Kann es das? Dann wird es eben für uns alle gefährlich. Außerdem komme ich ohne herzstärkende Mittel zurecht. Wir haben Baldrian in der Hausapotheke.«

Mit dieser völlig neuen und überraschenden Situation mußten ich und der Longus erst einmal innerlich fertig werden. Daß Frauen an Bord Unglück bringen, weiß jeder Seemann. Andererseits waren wir ja keine Seemänner, auch besteht so ein Moor mehr aus Matsche als aus Wasser. Und eine zusätzliche Kraft in unseren Reihen konnte unter Umständen nützlich sein. Ich meine, das fördert den Mut.

»Wie stehst du dazu, Partner?« fragte der Longus.

»Immerhin hat sie mit uns Tomatensaft getrunken«, gab ich zu bedenken. »Mir scheint, sie hat ein verbrieftes Recht darauf, an der Expedition teilzunehmen.« Wieso ihr Recht *verbrieft* war, wußte ich zwar nicht genau, aber es hörte sich gut an.

»Okay, dann gebe ich auch meine Zustimmung.« Irgendwie wirkte der Longus erleichtert.

Nachdem Barbaras Mittäterschaft also geklärt war, konnten wir uns den Transportproblemen zuwenden, denn daß wir die tonnenschwere Ritterausrüstung nicht bis zum Moor schleppen konnten, das war klar. Den Esel durften wir auch nicht vorzeitig belasten, sonst würde er uns am Ende im entscheidenden Augenblick zusammenklappen. Überhaupt: konnten wir dem Herkules mit seinen kurzen Beinen diesen weiten Weg zumuten?

»Wir packen alles auf unseren Handkarren«, entschied die Barbara.

»Auch den Herkules?« fragte ich ungläubig.

»Selbstverständlich.«

Weil ihm diese Vorstellung ziemlich spaßig erschien, fing der Longus mit Albernheiten an. »Da müssen wir aber ein Schild an den Karren nageln. Kennt ihr doch von der Autobahn, diese Transporter, meine ich. *Achtung! Turnierpferde!* Wir malen auf ein Schild: *Achtung! Turnieresel!* Wie findet ihr das?«

»Bescheuert«, sagte ich. »Blödeln können wir hinterher. Falls uns dann noch nach Blödeln ist!«

Als Treffpunkt machten wir wieder die Ecke im Obstgarten aus. Unser Material schafften wir sofort dorthin. Barbara würde heimlich den Karren aus dem Hof holen. Dem Esel schütteten wir eine Masse Kraftfutter in den Trog. Dann gingen wir selber zum Abendessen.

Das gab es an diesem Freitag schon sehr zeitig, denn Heinz und Johannes waren früh von der Arbeit gekommen. Gut für unseren Plan! Der Longus und ich hielten uns vor allem an die aufgewärmten Dampfnudeln, von denen wir ja am Mittag aus bekannten Gründen kaum etwas mitbekommen hatten. Unser wiedergekehrter Heißhunger freute die Hilde sehr, weil sie sich ernstlich Sorgen um unsere Gesundheit gemacht hatte.

»Sollen wir nachher im Garten Federball spielen?« fragte der Heinz. »Oder hättet ihr Lust auf eine kleine Autofahrt an die Donau?«

»Heute geht's leider nicht.« Der Longus tat richtiggehend zerknirscht. »Der Paul und ich, wir haben nämlich schon etwas vor.«

Johannes ließ die Zeitung sinken. »Und was?«

Das war jetzt gefährlich, doch der Longus rettete die Situation sehr schlau, weil ja Albernheit auch was Gutes haben kann. »Wir wollen dir nachschleichen, um rauszukriegen, mit wem du dich nachher triffst. Ätsch!«

Das gefiel dem Johannes gar nicht.

»Na fein«, sagte die Hilde zu ihrem Mann, »dann machen wir zwei allein uns mal einen schönen Abend. Wollen wir Eis essen gehen?«

Der Bürohengst wieherte zustimmend.

Da war die Bahn also wieder frei für den Longus und mich. Blieb nur zu hoffen, daß Barbaras Eltern keinen Zoff machten. Ich hatte solch ein Mischgefühl in meiner Brust. Zum einen war ich ziemlich begierig auf ein Abenteuer, zum anderen plagten mich bängliche Vorahnungen. Doch in der Birke vor dem Haus sang eine Amsel so süße Melodien, daß ich das für ein gutes Omen hielt, falls man versteht, was ich meine. Es wirkte alles so friedlich, das war es.

Als wir dann scheinbar ziellos durch den Vorgarten schlenderten, um keinen Verdacht zu erregen, lehnte Johannes am Gartentor und säuberte sich mit dem Taschenmesser die Fingernägel. »Ihr habt doch nicht etwa vor, ins Moor zu gehen?«

»Sehen wir so hirnrissig aus?« Der Longus lachte laut. »Was sollen wir denn ausgerechnet im Moor? Langweilige Gegend!«

»War ja auch nur so eine Frage«, sagte der Johannes.

Wir gingen pfeifend weiter und fingen sofort an zu

rennen, als wir außer Sichtweite waren. Am Treffpunkt war weit und breit keine Barbara zu entdecken. War sie ihren Eltern in die Falle gegangen? Hatte sie plötzlich kalte Füße gekriegt? Nahm sie unsere Erkundungsreise nicht ernst?

Longus zeigte auf den Handkarren mit den zwei brusthohen Rädern. »Der Lastwagen ist jedenfalls da. Dann kann ja auch das dazugehörige Mädchen nicht allzu weit sein.«

»Ist es auch nicht!« lachte da etwas im Mais. Barbara erhob sich aus der Ackerfurche, wo sie platt wie eine Flunder gelegen hatte. Sogar eine Feder hatte sich die Indianerin hinter das Stirnband gesteckt. »Soll ich jetzt den Herkules holen?«

»Hol ihn!« sagte ich erleichtert.

Sie huschte also los wie die Tochter von Häuptling *Dampfende Hacke*, während der Longus und ich den Karren beluden. Für den Turnieresel legten wir den Kettenhemdpullover zurecht, damit er es etwas weich hatte, doch als Barbara ihn dann am Zügel heranschaffte, da wollte das Viech es nicht weich haben, kein Stück! Der Bursche schaltete auf stur und machte sich, als wir einfache Gewalt anwenden wollten, wie es in der Polizeisprache heißt, mit seinen knallharten Minihufen daran, den Karren zu zerlegen.

»Wir ... wir binden ihm die Füße zusammen!« keuchte der Longus, der sich mit dem strampelnden Esel am Boden wälzte, aber allenfalls zweiter Sieger wurde.

»Kommt nicht in die Tüte!« widersprach die Barbara. »Gezwungen wird der Herkules zu nix. Wenn er nicht freiwillig mitkommt, fahren wir ohne ihn.«

Gerade wollte ich rufen, daß das aber all unsere feingesponnenen Pläne durcheinanderbringe, da löste Herkules selber den schwelenden Konflikt. Der Zwergesel trippelte nämlich einfach los, rupfte im Laufen Blätter von den Büschen und benahm sich ganz friedlich.

Der Longus machte dann die überflüssigste Bemerkung des Jahres. »Vielleicht will er nicht gefahren werden, vielleicht will er lieber laufen.«

Das war bestimmt eine bemerkenswerte Karawane. Vorneweg lief der Esel. Dann kam die Barbara, die die lange Lanze geschultert hatte. Am Schluß kamen ich und der Longus mit dem schweren Handkarren. Er zog an den zwei Holmen, ich stemmte mich mit all meinen Pfunden von hinten gegen das Vehikel. So näherten wir uns Schritt für Schritt – und zwar auf Umwegen, die durch Schlehdorngebüsch, Ginsterstauden und Kopfweidendickicht verborgen waren – dem geheimnisvollen Moor. Es war ein verdammt schwerer Weg, in jeder Beziehung. Ich glaube, wir brauchten fast drei Monate. Jedenfalls setzte das Abendrot schon ein, als wir die Haselsträucher am Rande des Moores erreichten. Meine Muskeln hatten inzwischen doppelten Umfang.

Longus, der sich ja hier auskannte, hatte diese Stelle als Zwischenlager ausgewählt. Hier konnten wir uns gut verstecken und waren außerdem weit genug von der Stelle

entfernt, wo der Hauptweg das Moor erreichte und wo der Knüppelpfad begann, der zu der rätselhaften Hütte führte. Wieder hörten wir die Frösche angestrengt quaken. Der Wind tuschelte im Riedgras. Alles war schaurig schön. Herkules köttelte lustvoll.

»Hier warten wir, bis es dunkel ist«, entschied der Longus.

»Meinetwegen«, sagte die Barbara, doch sie dachte mal wieder am praktischsten von uns allen. »Wir fangen aber schon mal an, den Ritter anzukleiden. Im Dunkeln packen wir das nämlich nicht.«

Ich stand dann da wie Pik-Sieben, und meine Leibdienerin und mein Leibdiener legten mir Stück für Stück die Rüstung an. Herkules schaute zu. Ich schwöre: Er schaute *belustigt* zu.

»Sekunde mal!« Barbara hielt die Hand ans Ohr. »Ich dachte grad, ich hätte irgendwo ein Auto gehört.«

Sie mußte sich geirrt haben. Der Longus und ich hatten jedenfalls nichts gehört. In Moorgegenden kommen häufig Fälle von Sinnestäuschungen vor. Dann schwebte eine Eule im Tiefflug vorbei.

Mein gestärktes Herz klopfte mit ungefähr zehntausend Watt.

Das sechste Kapitel handelt vom Mut des Ritters Paul, vom Monster im Moor, von einigen Verstrickungen und von der Eselsuche.

Wir flüsterten dann nur noch. Einen Grund gab's dafür eigentlich nicht. Wahrscheinlich war es das Beklemmende, mit dem alle Moore der Welt zur Abendzeit nach den Seelen der Sterblichen greifen, das auch uns an diesem Abend so bedrückte. Weil ich ein besonders empfindsamer Mensch bin, bedrückte es mich auch besonders.

Die Stunde war gekommen!

Ich saß mit der schweren Rüstung im taufeuchten Gras, um den Körper nicht vorzeitig zu erschöpfen. Ehrlich, die Klamotten hingen an mir wie die Bleiwesten an einem Boxer im Trainingscamp. Besonders die Eishockeyhose quälte mich. Doch ich wies solche Belanglosigkeiten von mir, denn ich war mit der Überlegung beschäftigt, ob ich mich ab jetzt wie Sankt Georg oder wie Prinz Eisenherz oder wie Lanzelot fühlen sollte. Doch bevor die schwere Entscheidung getroffen war, rissen die Barbara und der Longus mich brutal in die Höhe.

»Ihr Einsatz, Herr Ritter!« kicherte die Barbara.

Gemeinsam hoben sie mich auf den Esel, der unter der plötzlichen Belastung entweder freudig erregt oder zu Tode erschrocken zu zittern begann. Barbara zog vorsichtig am Zügel und bugsierte das Tier und den Reiter behutsam auf den Pfad. Der Longus reichte mir die Lanze.

Das massive Holz entzündete eine Art Kühnheit in mir. Ich reckte das Kinn vor, da hätte ich aber beinahe den Kochtopfhelm verloren.

»Sitz ruhig!« schnauzte der Longus.

»Mut!» forderte die Barbara.

O all ihr grüngeschwänzten Teufelchen, wie sollte ich denn ruhig sitzen auf diesem wackligen Kampfroß! Nicht einmal Steigbügel hatte ich. Die Holzwolle unter dem Helm kitzelte an meinem Schädel. Die Ofenrohrstücke an den Ellenbogen brachen mir fast die Gelenke. Der Schweinefutterkesseldeckelschild raubte mir die Sicht. Die Turnierlanze mit dem Messer vorne dran schwankte wie ein Großmast bei Windstärke zwölf.

»Mut!« wiederholte die Barbara.

Ihre zärtliche Stimme gab den Ausschlag. Ich würde Sankt Georg sein, der die Jungfrau befreit. Der Drache, oder was immer da mit dem Atem des Todes auf mich wartete, würde mich nicht schrecken. Ich war entschlossen, mein junges Ritterleben für die Barbara in die Waagschale zu werfen, wie man so sagt. Barbara schritt übrigens schräg rechts hinter mir in Höhe der Eselshinterbacke und trieb den Herkules mit leichten Klapsen an. Sie hielt den Handscheinwerfer, der war natürlich noch nicht eingeschaltet. Der Longus lief schräg links hinter mir und hatte den Fotoapparat in der Hand. Auch er haute mit der flachen Hand auf den Eselspopo. Vermutlich wär mein Schlachtroß sonst auch nicht weitergezockelt.

Rechts von uns dehnte sich also das schaurige Moor,

links dehnten sich die Wiesen, vor uns dehnte sich der Pfad. Zwar war der dünne Mond aufgegangen, doch wieder prangten keine goldnen Sternlein am Himmel. Dafür fing es wieder ein bißchen an zu nebeln. Von den Rufen der Nachtvögel, die ja auch die Schreie der im Moor Ertrunkenen sein konnten oder die Seufzer der Untoten, ließ ich mich nicht beeinflussen. Ich hielt die Lanze vorgestreckt, obwohl mir die Arme fast abbrachen.

»Bald kommen wir an die Stelle, wo wir die Autospuren entdeckt haben«, flüsterte der Longus. Dem Zittern in seiner Stimme zufolge wirkte das herzstärkende Mittel bei ihm nicht mehr so besonders.

»Ich glaube auch, daß bald die Stelle kommt«, wisperte ich zurück und war mir bei dem komischen Klang meiner eigenen Stimme auch nicht hundertprozentig sicher, daß die Schlüsselblumensuppe noch ihre volle Wirkungskraft hatte.

Dann Barbaras Stimme, schrill, aufgeregt: »Ich glaube, da ist was!«

War da was? Ich sah nur Schwärze vor mir zwischen dem spukigen Gesträuch. Aber war da nicht etwas, das noch schwärzer war als die Schwärze? Ragte da nicht geisterhaft etwas empor, das nicht von dieser Welt sein konnte? Mein Haar sträubte sich unter dem Kochtopf. Die Pulse dröhnten. Auf meinem Rücken jagte ein Schauder den anderen. Und das alles geschah innerhalb Zehnteln von Sekunden. Das, was sich da vor mir erhob und den Pfad versperrte, konnte nur das Böse sein. Das Böse schlechthin.

»Attacke!« gellte die Stimme vom Longus.

Ich fühlte, wie Herkules nach einem heftigen Schlag auf den Hintern einen Sprung nach vorn machte. Ich erkannte auch, daß die Barbara den Handscheinwerfer aufblenden ließ und daß der Longus mit seiner Sofortbildkamera durch die Gegend blitzte. Ja, für die Länge eines Herzschlags schaute ich dem Grauen in die Augen, das sich vor mir zu gewaltiger Größe aufblähte. Die schwarze Gestalt trug den Kopf unter dem Arm. *Er* war es!

»Bei Sankt Georg!« heulte ich auf und hielt mich an der Lanze fest. Und so laut, daß fast die Lungen platzten, schrie ich: »Hurra! Auf iiihn!«

Ich leiste einen heiligen Eid: Nicht ich war es, der fiel. Nein, der Esel war es, der mich stürzte. Ganz plötzlich, im jähen Entsetzen, wurde die animalische Kreatur, um das mal biologisch auszudrücken, vom Schreck gepackt. Das Tier, das gerade noch getrippelt war, stemmte auf einmal und völlig unerwartet sämtliche Füße in den Boden. Ich, der ich die Lanze vorwärts streckte und von einem umwerfenden Vorwärtsdrang beseelt war, um das Monster vor mir umzurammen, war so überrascht, als der Esel so jäh den Rückwärtsgang einlegte, daß ich in gewaltigem Bogen über den Kopf des Tieres hineinschoß in die Dunkelheit. Meinen Schrei, den ich während des Fluges ausstieß, trug der Nachtwind meilenweit durch das Land. Dann krachte ich zu Boden, daß das Moor erbebte.

»Paul!« hörte ich Barbaras Stimme an meinem Ohr, und sie klang wie aus weiter Ferne. »Hast du dir wehgetan?«

Dann erreichte auch das Longusgewimmer mein Ohr. »Weg! Nix wie weg! Rettet euch! Zurück, wir müssen zurück!«

Wankend kam ich auf die Knie. Zurück? Ich wartete nur so auf den Griff des Grauenhaften dort vor mir. Warum schlug er nicht zu? Warum berührte er mich nicht mit seinem eiskalten Finger, auf daß ich meine Seele aushauchte und zur Salzsäule erstarrte? Ich will mal so sagen: Ich fühlte mich ganz beschissen.

»Zurück!« hörte ich den Longus heulen, während ich die Glieder nicht bewegen konnte, weil mich der schwere Panzer niederzwang, und dann begriff ich: Sankt Georg war verstrickt!

Die Beine hatten sich in irgend etwas verheddert. Mit fahrigen Fingern griff ich danach. Aha, das Zaumzeug des Esels! Herkules war sowieso über alle Berge. Ich riß an den Riemen herum und erreichte nichts. Barbara und der Longus riefen in der Ferne meinen Namen. Meine Sehnen spannten sich zum Zerspringen. Nein, so ging es nicht!

Wie sollte ich dieser Falle entkommen? Heiliger Sankt Georg, schick mir einen Geistesblitz! Rette mich, du Mitglied der Vierzehn Nothelfer und Patron der Pfadfinder!

Der Heilige schickte! Er ließ mich aus der Ohnmacht erwachen und die Sachlage begreifen. Es war ganz einfach. Ich schlüpfte aus allem, was von den Riemen des Zaumzeugs zusammengepreßt wurde. Raus aus den Fußballschuhen, raus aus der Wahnsinnshose! Ja, ich kam frei! Auf

Strümpfen raste ich in einer Hundertmeterzeit, die unter zehn Sekunden lag, den schmalen Pfad zurück. Das Monster streckte vergebens seine Raffinger nach mir aus. Hell jauchzte eine Stimme in mir: Paul, du hast dir soeben das Leben gerettet!

»Ich dachte schon, du kämst überhaupt nicht mehr!« schnauzte der Longus mich an. »Wo warst du nur so lange?«

Die Empörung machte mich sprachlos, was bei mir ja was heißen will. »I-i-ich bin aus dem Sattel geworfen worden! Da-da-da war etwas Schwarzes vor mir und ich...«

»Wissen wir doch«, sagte die Barbara. »Hast du dir was gebrochen?«

Ich wollte sagen: Das Herz. Doch ich sagte, ich hätte mir nichts gebrochen. Aber die Eishockeyhose und die Fußballschuhe seien in die Gewalt des Bösen geraten.

»Das ist nicht so schlimm«, erklärte die Barbara, »aber daß der Herkules verduftet ist: das ist eine ausgewachsene Katastrophe. Warum hab ich mich nur auf euer dämliches Kasperletheater eingelassen! Ich muß ne Macke im Großhirn gehabt haben. Wenn der Herkules im Moor ersoffen ist, beiß ich euch die Nasen ab, das steht fest.«

»Dämliches Kasperletheater?« Ich verstand die Welt nicht mehr. »Hast du wirklich *dämliches Kasperletheater* gesagt?« Meine Stimme kippte über. »Da vorn, da vorn steht etwas riesiges Schwarzes, das mir um ein Haar das Leben geraubt hätte! Das Monster griff schon nach mir!

Ich habe seinen heißen Atem in meinem Gesicht gespürt und...«

»Nun mach mal halblang, Paul«, mischte der Longus sich ein. »Hast du nicht gesehen, daß es nur so eine Art Vogelscheuche ist? Ich hab mich ja zuerst auch erschreckt, klar, aber als ich dann erkannte, daß es nur ein Gestell ist mit schwarzem Umhang und solchem Pipapo, da hab ich kapiert, daß uns jemand verarschen will.«

Mir schossen die Tränen in die Augen. Mein Atem ging keuchend oder so. Meine Gliedmaßen zuckten in Krämpfen. »Longus, ich weiß, du meinst es gut. Du willst verhindern, daß ich für alle Zeiten einen Schock behalte und vielleicht in eine Anstalt muß. Du willst mir einreden, daß es nur eine Vogelscheuche ist und kein Monster. Aber behandel mich bitte nicht wie einen Bekloppten, hörst du? Du kannst mir die Wahrheit ruhig zumuten. Ich werde nicht irrsinnig werden, glaub mir! Aber daß das Monster seinen Kopf unter dem Arm trug, das hab ich mit diesen meinen Augen gesehen.«

»Luftballon, Paul. Das Ding hat einen Luftballon unter dem Arm. Überzeug dich doch selber, wenn du mir nicht glaubst. Hopp, schnapp dir die Lampe! Wir gehen noch mal hin.«

»Bist du wahnsinnig? Noch einmal fordere ich das Schicksal nicht heraus. Außerdem habe ich gesehen, was ich gesehen habe. Ich war ja viel näher dran als ihr. Ihr könnt das Monster in seiner ganzen gigantischen Scheußlichkeit ja gar nicht wahrgenommen haben.« Ich war so voll Trauer und Zorn, weil die beiden mir meinen ritterlichen Großeinsatz vermiesen wollten, daß ich richtig gefährliche Schluckbeschwerden bekam. So *konnte* ich mich einfach nicht geirrt haben, wie der Longus es mir unterstellte. Nein und nochmals nein! Oder hatte sich das Monster am Ende nur mir offenbart? Hatte es seine wirkliche Schrecklichkeit vielleicht nur mir gezeigt, während die Barbara und der Longus eine harmlose Vogelscheuche zu sehen geglaubt hatten? Ein teuflisches Gaukelspiel, ganz klar! Das Monster mußte gemerkt haben, daß sein wirklicher Gegner nur ich war. Ja, das war die Lösung! Also hatte es gar keinen Zweck, mit dem Longus zu streiten. Auf seine Weise hatte er ja recht. Er konnte ja die ganze Wahrheit nicht kennen. »Longus«, flüsterte ich und schaute mich über die Schulter um nach dem pechschwarzen Monster, denn es konnte mir ja noch immer nachschleichen, »Longus, frevele nicht! Schweig einfach stille!«

»Hört doch endlich auf mit dem Tüttelkram!« schnauzte die Barbara. Wegen der Dunkelheit war ihr Gesicht nicht zu sehen, aber es war garantiert weiß vor Angst. »Wenn der Herkules nun für immer im Sumpf versunken ist! Ich darf gar nicht daran denken.« Sie schluchzte.

»Das hätte doch geplatscht, wenn der ins Moor gesprungen wär«, tröstete der Longus. »Hat einer von euch Platschen gehört? Ich hab jedenfalls kein Platschen gehört, und ich habe doch wahrscheinlich die besten Ohren von uns allen. Also!«

Daß der Longus behauptete, die besten Ohren von uns allen zu haben, ging mir natürlich auf den Keks, doch diese Frage konnten wir ein anderes Mal erörtern. Wichtig war, daß die Barbara sich nicht vor Verzweiflung ertränkte, denn sie hing wirklich stark an dem Esel. Darum kam ich jetzt mit einem schlagenden Argument, das auch sie überzeugte. »Tiere haben doch gut funktionierende Instinkte. Gerade die Esel sind doch bekannt für ihre Schläue. Denkt doch mal an all die Fabeln von den schlauen Eseln! Geradezu ein Inbegriff der Klugheit und der Schlauheit ist so ein Esel. Weiß doch jeder. Und jetzt sag mir eins, Barbara: Ist der Herkules etwa unbegabter als andere Esel?«

»Nein. Ist er nicht.«

»Dann ist ja alles klar. Dann *kann* er gar nicht ins Moor geplumpst sein. Haargenau zur anderen Seite wird er weggerannt sein. Ist das logisch, oder ist das nicht logisch? Wie?«

»Wenn du mal nur recht hast, Paul!« Die Barbara stöhnte, doch es hörte sich eindeutig erleichtert an, denn sie konnte sich ja der Stichhaltigkeit meines Argumentes nicht verschließen.

Aber der Longus, der mußte mal wieder mosern. »Warum bist du auch von dem Esel runtergefallen, du Flasche! Wenn du jetzt bei ihm wärst, dann könnten wir dein Geschrei hören, und dann wüßten wir auch, wo der Herkules steckt.«

Solchen Weichkäse muß man sich anhören! Ich will mal

so sagen: Solche unqualifizierten Äußerungen machen mich glattweg sprachlos, und darum antwortete ich dem Verleumder auch nicht. Erst keinen Mut, den Ritter Georg darzustellen, und hinterher den großen Zampano rauslassen! Ich strafte den Longus erst mal mit Verachtung. Das hat ihn gewiß tief getroffen.

Da standen wir nun ratlos im Wind. Das Moor murmelte sein schauriges Nachtlied, im Unterholz knackte es bedrohlich, süße Blütendüfte benebelten uns die Sinne, und bestimmt fing gleich auch ein Irrlicht an, uns in die Untiefen zu locken. Am schlimmsten aber war, daß keine hundert Schritte entfernt vermutlich noch immer das Monster lauerte. Es mußte etwas geschehen.

Ich flüsterte: »Es muß etwas geschehen!«

»Blitzmerker!« Barbara stieß mir den Zeigefinger vor die Brust. »Und ob etwas geschehen muß! Die Herkulessuche geht jetzt los. Aber mit Schmackes.«

Innerlich war ich erleichtert, daß wir drei uns nun endlich vom Rande des Moores entfernten, äußerlich ließ ich mir natürlich nichts anmerken. Der Longus ging voran und leuchtete mit dem Handscheinwerfer in die Wiesen hinein, doch da war kein Esel zu sehen. Und die Barbara konnte auch noch so schmeichlerisch den Namen Herkules in den Abend hinausrufen: kein Esel antwortete ihr. So gingen wir zu unserem Handkarren zurück und suchten auch hier vergeblich.

»Tiere laufen immer auf direktem Weg in ihren Stall zurück.« Diese Behauptung stammte von Longus.

»Vielleicht widmet er sich aber auch seinem Lebensinhalt«, widersprach ich, weil ich vom allgemeinen Tierverhalten mindestens soviel verstehe wie der Longus.

»Mußt du immer so geschwollen reden, Paul?« meckerte die Barbara. »Was ist denn der Lebensinhalt vom Herkules?«

»Dasselbe wie bei uns: die Nahrungsaufnahme.«

Ich muß zugeben, die Barbara brachte es dann auf den Punkt. »Du meinst, er sucht sich irgendwo was zu fressen. Da kannst du sogar recht haben, denn verfressen ist er ja wirklich, unser Herkules.«

Longus, der Alleswisser, hatte wieder ein Stichwort. »Dann müssen wir darüber nachdenken, wo hier die meisten Disteln wachsen. Wie jeder weiß, sind alle Esel geradezu wild auf Disteln.«

»Longus, der Herkules ist *nicht* wild auf Disteln!« Barbaras Stimme bekam allmählich einen etwas hysterischen Unterton, was bestimmt von der Sorge kam, die sie sich machte. »Der Herkules frißt am liebsten Zwiebäcke.«

»Die wachsen in dieser Gegend aber sehr selten«, schnaubte der Longus und reichte der Barbara die Lampe weiter, damit sie herumfunzeln konnte, denn er mußte ja mit mir den Karren schieben.

Während wir so durch die Landschaft zockelten, entledigte ich mich der Reste meiner Ritterrüstung. Die Ellenbogenschoner hängte ich heimlich in eine Trauerweide. Den Helm ließ ich in einen Graben fallen, damit die Wühlmäuse sich endlich einen Swimmingpool leisten konnten oder damit eine Wanderratte ihn als Pißpott benutzte.

Die Lichter des Dorfes leuchteten schon sehr nahe, Barbara funzelte und stieß Lockrufe aus, der Longus und ich mühten uns mit dem blöden Fahrzeug ab. Mich quälte ununterbrochen die Frage: War unsere Expedition gescheitert?

»Wir schauen mal im Kleefeld nach«, entschied Barbara. »Klee frißt er auch sehr gern. Davon kriegt er aber leicht Blähungen.«

»Dann brauchen wir ja bloß auf die entsprechenden Geräusche zu achten«, lachte der Longus, weil er das wohl komisch fand.

Meine Füße schmerzten so sehr, daß ich es schon kaum noch merkte. Man darf ja nicht vergessen, daß ich auf Socken lief. Bei dem plötzlichen Aufbruch war ich nicht mehr dazu gekommen, meine Schuhe anzuziehen. Darum forderte ich jetzt erst einmal einen Zwischenstop. Barbara gab mir Licht. Zum Glück waren die Schuhe noch auf der Ladefläche, doch ich mußte mit nackten Füßen hinein, denn die Socken waren voll Schlamm, und die Sohlen hatten sich schon aufgeribbelt. Egal! Wir suchten das Kleefeld ab und scheuchten dabei Rebhühner und Wachteln und irgend etwas Vierbeiniges auf, das aber kein Esel war.

Barbara schluchzte, was mir sehr nahe ging. Am liebsten hätte ich sie in den Arm genommen, doch ich traute mich nicht. Inständig hoffte ich, daß Herkules tatsächlich nach

Hause gerannt war. Der Longus spürte wohl auch, daß es im Moment das beste war, einfach mal den Schnabel zu halten. Wie ein geschlagenes Heer, um das bildlich auszudrücken, erreichten wir todmüde und fast verhungert und beinahe erfroren den Hof von Barbaras Eltern. Wir sahen, daß im Wohnzimmer die Flimmerkiste in Betrieb war. Also konnten wir ungestört im Hof, im Stall und im Garten nach Herkules suchen.

»Herkules, du verfluchtes Vieh, melde dich!« zischelte der Longus, während er im Stall herumkroch und das gesamte Stroh auf der Suche nach dem Zwergesel durchwühlte.

Barbara sauste im Hof herum und flüsterte sämtliche Kosenamen durch die Gegend, die ihr einfielen. Sogar von Sonnenscheinchen und Kopfkissenzerwühler war die Rede, falls ich das richtig in Erinnerung habe. Die Schmeicheleien brachten aber nichts.

Ich weiß, daß später behauptet wurde, wir hätten dann gemeinsam den Esel gefunden. Doch um der Wahrheit die Ehre zu geben: eigentlich war ich es, der auf den Leib des Tieres stieß. Wir waren am Gartentor zusammengekommen, um uns die Erfolglosigkeit der Suche einzugestehen und gemeinsam zu trauern. Da ließ ich mich, weil ich ziemlich fertig war, zu Boden sinken, doch ich sank nicht zu Boden, denn da zappelte plötzlich etwas unter meinem Körpergewicht, was dem Geschrei nach nur Herkules sein konnte. Zwischen den Pfingstrosenbüschen hatte er gelegen und vermutlich gepennt. Wie sollten wir ihn zwischen den Beeten auch finden! Ich sagte ja schon, daß er sehr klein war. Die Rosen hatte er übrigens alle abgefressen.

»Herkules!« seufzte die Barbara und fiel über den Esel her, während sie tausend Freudentränen weinte. »Du bist mein einziger Herkules.« Das war natürlich keine besonders originelle Feststellung.

Ich und der Longus, wir freuten uns dann auch.

Wer allerdings meint, damit sei für uns der Fall Moormonster abgeschlossen gewesen, der hat sich gewaltig geirrt. Solche wie ich geben so leicht nicht auf. Ähnliches gilt für die Barbara und den Longus.

Im Schein der Stallaterne begutachteten wir die Fotos, die der Longus mit der Sofortbildkamera geschossen hatte. Von Meisterwerken konnte angesichts der außergewöhnlichen Situation, in der die Bilder entstanden waren, kaum die Rede sein. Auf den zwei Bildern, die der Longus zuerst herumreichte, war eigentlich gar nichts zu sehen. Das dritte Foto zeigte einen Erlenzweig. Das vierte Foto allerdings raubte uns den Atem.

Da war tatsächlich ein wenig von dem zu erahnen, was Barbara und Longus angeblich gesehen hatten: nämlich ein dunkler Umhang, der über ein Holzgestell gehängt war. Das sah einem Untoten unheimlich ähnlich, zumal ja seitlich ein Luftballon angebracht war, der wiederum schaute wie ein Kopf aus, den einer unter dem Arm trug.

Und was bewies das?

Daß ich etwas Außerirdisches gesehen hatte! Außerirdisches läßt sich nämlich nicht auf Filme bannen. Ich hatte also nun den endgültigen Beweis dafür, daß ich wirklich einen Geist erblickt hatte, als ich im Moor dem Monster Auge in Auge gegenüberstand.

Für das Gestell entwickelte Longus eine Theorie, der ich mich später anschloß. »Es gibt zwei Möglichkeiten. Möglichkeit Nummer 1: Jemand will uns einen Schrecken einjagen. Aber wer kannte schon unsere Geheimpläne! Außerdem würde sich keiner bloß aus Jux solche Mühe machen. Möglichkeit Nummer 2: Einer oder mehrere sind brennend daran interessiert, daß wir nicht ins Moor gehen und schon gar nicht zu der Torfstecherhütte, weil dort etwas Verbotenes geschieht. Man will nicht entdeckt werden!«

Wir entschieden uns einstimmig für die Möglichkeit Nummer 2.

»Habt ihr noch immer nicht die Nase voll?« fragte Barbara.

»Nein!« antwortete ich mit rauher Stimme. »Wir machen weiter!«

»So ist es!« bestätigte der Longus. »Uns trickst man nicht aus.«

Wir lösten dann die Versammlung auf. Barbara nahm ihren Esel mit ins Haus, wahrscheinlich nahm sie ihn sogar mit ins Bett. Der Longus und ich haben dann in seinem Zimmer noch Musik von *Depeche Mode* gehört. Als später seine Eltern heimkamen und danach auch der Johannes, haben wir miteinander noch Würste gegrillt. So endete der Abend sehr erfreulich.

Das siebte Kapitel handelt von einem verwegenen Plan, von einer eingewickelten Hütte, von einer umwerfenden Überraschung und vom Finale.

Der Pfingstsamstag zog traurig und kalt herauf. Na ja, nicht ganz so traurig und ganz so kalt, aber von strahlendem Sonnenschein war jedenfalls nichts zu merken. Das hinderte uns aber nicht daran, schon vor dem Frühstück entscheidende Überlegungen anzustellen. Wir erhoben uns von den Matratzen und vollführten das Krafttraining, dann hockten wir uns zur großen Beratung hin.

»Während du geschnarcht hast, habe ich mir schon wichtige Gedanken gemacht«, eröffnete der Longus die Gesprächsrunde.

»Und während du geschnarcht hast, habe ich schon die Lösung gefunden«, konterte ich eiskalt. »Es handelt sich um eine Schmugglerbande! Was sagst du nun?«

»Gar nichts. Ich lache hohn. Hier gibt es weit und breit keine Grenze. Mit Schmuggeln spielt sich hier überhaupt nichts ab. Paul, du bist mal wieder auf dem Holzweg.«

Was dieses *mal wieder* bedeutete, das wollte ich im Augenblick nicht erörtern, weil wir keine Zeit zum Streiten hatten. Aber sein kindisches Argument schlug ich ihm erst einmal aus der Hand. »So kann nur ein Anfänger reden! Longus, es geht doch nicht um Schnapsschmuggel oder solche Belanglosigkeiten. Zigaretten, Uhren, Babywindeln... Kannst du alles vergessen. Ich bin sicher, es handelt sich um eine internationale Organisation, die mit Geheimdokumenten handelt, mit U-Booten und Söldnerheeren und so. Ost-West-Verwicklungen. Uranvorkommen. Schweizer Nummernkonten. Diese Größenordnung meine ich. Für solche Typen ist eine unscheinbare Hütte im Moor ein geradezu geniales Versteck. Auf Flugplätzen, in Superhotels, an der Côte d'Azur: da werden sie von Interpol gejagt. Aber nicht im Moor! Oder hast du etwa eine Spur von Interpol entdeckt?«

Der Longus nagte am Daumen, was wohl Nachdenklichkeit zu bedeuten hatte. »An Spione hab ich auch schon gedacht«, sagte er dann gedehnt. »Doch die Abschreckungsmethode läßt eher auf Geldfälscher schließen oder auf Bankräuber. Vielleicht noch auf Rauschgiftdealer. Da will ich mich nicht so festlegen. Mädchenhändler kämen noch in Frage.«

Ich kniff die Augen zusammen, wie ich das mal in einem Gangsterfilm gesehen hatte. »Was meinst du mit Abschreckungsmethode, Partner?«

»Was schon! Das abartige Monster! Ich meine, die wirklich ganz großen Nummern, die internationalen Syndikate, du verstehst, die hätten nicht so einen Buhmann aufgebaut, die hätten uns sofort ein Killerkommando auf den Hals gehetzt.«

Gerade als ich dem Longus diese Theorie widerlegen wollte, rief die Hilde von unten, der Kakao werde allmählich kalt. Da haben wir rasch geduscht und uns angezogen. Beim Runtergehen haben wir einfach zum Schein ein

Palaver darüber begonnen, ob Eike Immel als Torwart für die Nationalmannschaft tauge oder besser in Rente ginge. Niemand durfte nämlich merken, daß wir uns großen Gefahren aussetzten. Am Ende würde der Heinz wohl noch meine Eltern anrufen. Ich jedenfalls hatte ein Pokerface aufgesetzt, falls man weiß, was ich damit sagen will.

Johannes löste am Samstagskreuzworträtsel herum, Hilde las den Fortsetzungsroman der Zeitung, Heinz war mit den Gebrauchtwagenanzeigen beschäftigt. Da schaufelten der Longus und ich ein paar Brötchen ein, tranken hastig ein paar Tassen Kakao und waren schon verduftet, als die anderen noch gar nicht gesehen hatten, daß wir am Frühstückstisch erschienen waren.

Von weitem winkten wir der Barbara zu, daß wir schon vorausgingen zum Treffpunkt im Obstgarten. Sie fütterte gerade die Hühner. Herkules folgte ihr wie ein Hund.

»Paul, wir hätten mehr über die Reifenabdrücke nachdenken sollen.« Der Longus lehnte am Stamm eines Birnbaums und kaute nachdenklich an einem Sauerampferblatt. »Daß da so viele Autospuren auf dem Weg beim Moor zu sehen waren, das hätte uns warnen müssen. Ich glaube, wir haben einen schweren Fehler gemacht.«

»Ja, Longus«, gab ich geknickt zu, »wir haben uns auf die falsche Spur locken lassen. Die Frage heißt jetzt: Wer steckt dahinter?«

»Weißt du, was das Gesetz des Handelns ist?«

»So ungefähr. Wenn man selber den Stein ins Rollen bringt und nicht erst wartet, was die Gegenseite vorhat.«

»Das hast du sehr schön gesagt, Paul. Besser hätte ich es auch nicht erklären können. Wir werden jetzt das Gesetz des Handelns übernehmen. Da werden den Gangstern aber die Hemden flattern, sag ich dir. Zuerst müssen wir erkunden, was sie in der Hütte versteckt haben. Vielleicht ist es sogar Gold.«

Meine Gedanken waren schon vorausgeeilt. »Mit wieviel Prozent Finderlohn wird man eigentlich beteiligt, wenn man so eine Bande mit ihrem Diebesgut auffliegen läßt? Hast du da eine Ahnung?«

»Zwanzig Prozent mindestens. Wenn es sich um staatstragende Werte handelt, wird man sogar zum Bundespräsidenten eingeladen und kriegt einen Orden verpaßt. Ich meine: außer der Belohnung!«

»Das will ich aber auch hoffen!« sagte ich. Dann kam ich wieder zur Sache. »Wenn wir das Gesetz des Handelns übernehmen wollen, müssen wir vor allem vor den Ganoven am Tatort sein. Ich will damit sagen, daß wir nicht wieder bis zum Abend warten dürfen. Bei Tageslicht müssen wir uns an die Hütte ranschleichen, bei Tageslicht!«

Der Longus war ganz meiner Meinung, was man von der Barbara nicht unbedingt behaupten konnte. Als wir ihr später unseren verwegenen Plan erklärten, ließ ihre gerümpfte Nase darauf schließen, daß sie eigentlich keine Lust zum Mitmachen hatte. Das gab meinem Herzen einen Stich. Doch weil wir zusammen mit Tomatensaft Blutsgeschwisterschaft geschlossen hatten, konnte sie ja nicht einfach aussteigen. Sie wär sonst meineidig geworden, was etwas äußerst Ehrenrühriges ist.

»Von mir aus«, sagte die Barbara schließlich. Sie trug heute keine Feder im Stirnband. »Wann soll's losgehen?«

»Gleich nach Mittag.« Der Longus schien das Gesetz des Handelns jetzt im Alleingang ergreifen zu wollen, das mißfiel mir sehr. Er forderte uns mit so einer Kapitänsstimme auf, jede Menge Stricke mitzubringen. »Aber es müssen richtig dicke Seile sein, Taue, Wäscheleinen. Habt ihr das kapiert? Nicht solche Bindfäden, die sofort reißen!«

»Sollen wir jetzt raten, wozu die Stricke gut sein sollen, oder hast du die Freundlichkeit, uns in deine Geheimpläne einzuweihen?« Barbaras Stimme klang richtig schnippisch.

»Ich erkläre es euch nach Mittag. Es handelt sich darum, daß wir vielleicht genötigt sein werden, die Hütte einzuwikkeln.«

»Ach, wir werden genötigt sein?« Die Barbara faßte sich an den Kopf. »Sprüche, nichts als Sprüche! Wenn's Hochsommer wär, würde ich tippen, daß du einen Sonnenstich hast. Hütten einwickeln! – Also, bis nachher. Ich muß mit meinem Vater zum Einkaufen fahren.« Und nach diesen Worten eilte die Indianerin von dannen.

Die Hilde wollte es zuerst nicht glauben, als Longus und ich uns freiwillig anboten, bei irgendwelchen Feiertagsvorbereitungen aktiv zu werden. Dann äußerte sie den Verdacht, daß ich vielleicht einen guten Einfluß auf ihren Sohn hätte, denn der drücke sich sonst immer vor Reinigungsarbeiten im Hause. Da wurde ich puterrot. Man setzte uns zu knochenharten Schrubbarbeiten im Hausflur ein, wo wir eine Art Überschwemmung veranstalteten, dennoch als Lohn für unser gründliches Werk mit allerlei Süßigkeiten verabschiedet wurden. Der Heinz übernahm dann das Putzen. Johannes wurde mit der Einkaufsliste losgeschickt, Hilde ließ herrliche Küchendüfte aufsteigen. Der Longus und ich haben daraufhin die Wäsche des Leichenwagens begonnen. Anschließend durchsuchten wir das Haus vom Speicher bis zu den tiefsten Kellergewölben nach dicken Stricken. Da kam ganz nett was zusammen.

Zu Mittag gab der Johannes übrigens als Koch einer Kartoffelsuppe eine schwache Vorstellung. Das steigerte unsere Sehnsucht auf das, was Heinz und Hilde für die Feiertage vorbereiteten. Der Longus meinte, im Team seien seine Eltern unschlagbar. Von Hammelschulter zu Bohnen und Birnen war die Rede.

Es klarte auf, als wir nach Mittag losstiefelten. Ich hatte es nicht anders erwartet. Wir waren behängt mit Seilen. Wieder wählten wir den Weg, der uns vor neugierigen Blicken schützte. Der Longus und ich machten sehr entschlossene Gesichter, bei der Barbara war es nicht so genau zu erkennen.

Als wir den schmalen Trampelpfad am Rande des Sumpfgebietes erreicht hatten, zog der Longus ein Fernglas aus der Hosentasche. Aha, er wollte mal wieder der King sein! Wir kauerten im Schilf nieder. Der Longus richtete das Glas nach vorn auf die Stelle, wo der Fahrweg den Saumpfad erreichte und wo wir die Autoreifenabdrücke gesehen hatten. Mindestens zehn Stunden peilte er angestrengt wie so ein Sohn von Old Shatterhand. Dann reichte er den Feldstecher an mich weiter, doch ich konnte auch nichts erkennen.

»Da ist kein Auto«, sagte die Barbara, »das kann man auch ohne Fernglas erkennen. Also, ihr großen Detektive, weiter geht's!«

Unwillkürlich atmete ich leiser, als wir gebückt der Stelle entgegenschlichen, an der ich die schreckliche Begegnung mit dem Unwesen hatte. Daß mein Haar nicht schlohweiß geworden war, schrieb ich übrigens meiner außergewöhnlichen Belastbarkeit zu. Ein anderer an meiner Stelle wäre gewiß zum Nervenbündel geschrumpft, und so erwies es sich rückwirkend als die richtige Entscheidung, mir die Rolle des Ritters zuzuschreiben. Der Longus als Sankt Georg: nicht auszudenken! Da säßen seine Eltern jetzt bestimmt weinend an einem Krankenbett.

»Da liegen ja die Klamotten von Paul noch rum!« rief der Longus. Reichlich spöttisch hörte sich das an, aber nun war es ja einfach, die dicke Lippe zu riskieren. »Wenn ich das Monster wär, hätte ich sie zum Second-Hand-Shop gebracht.« Er lachte gemein.

In der Tat, da lagen sie auf dem Pfad: die Fußballschuhe, die Schienbeinschoner, die wattierte Hose. Ich sah auch das Zaumzeug des Esels, den Futterkesselschild und die Turnierlanze mit dem Tapeziermesser vorne dran. Barbara raffte die Lederriemen an sich, der Longus packte die Schuhe, die Hose und das Messer auf den Deckel.

»Was machen wir mit der Fahnenstange?« fragte die Barbara.

Statt zu antworten, schleuderte ich sie wie ein Speerwerfer ins Moor hinein, wo sie sich blubbernd in den sumpfigen Boden grub. Vielleicht feierten die Moorgeister ja mal Schützenfest. Oder die Irrlichter hatten Verwendung für den langen Knüppel.

»Ich glaube, da sind frische Reifenspuren zu sehen!« rief der Longus, der schon vorausgeeilt war. »Gewendet hat auch wieder jemand. Meine Theorie erhärtet sich.«

»*Unsere* Theorie«, erinnerte ich ihn, »*unsere*!«

Weil wir Gummistiefel anhatten, konnten wir mühelos über den Jägersteg in den Sumpf hineinwaten. Für mich war das eigentlich der erste Besuch im Moor, denn mein Schlammbad zählte nicht. Mückenschwärme fielen über uns her. Libellen zuckten wie stahlblaue Pfeile. Überall summte und gluckerte und knackte es. Also ehrlich, bei jeder Tageszeit ist es ein bißchen schaurig im Moor, wie es ja schon in allerlei Gedichten heißt. Die Hütte schimmerte hell zwischen silbrigen Riedgräsern und dunkelgrünen Salweiden.

Ich ließ die Barbara und den Longus ein Stückchen vorauseilen, denn ich war mit einer wichtigen Sache beschäftigt. Das heißt: für mich war sie wichtig, die beiden anderen durften nichts davon wissen. Als ich den Lanzenschaft im Sumpf versenkte, da war das Messer zwar abgemacht worden, doch die Socke, die war noch festgebunden. Im letzten Moment – heimlich, damit keiner es sah – riß ich die Liebessocke an mich und verbarg sie im Hosenbund. Barbaras Liebespfand hatte ja nicht dem Ritter Georg gegolten, sondern mir. Da bestand überhaupt kein Zweifel. Sollte ich die Socke etwa dem Spötter Longus ausliefern? Nie und nimmer! Jetzt, als die beiden vor mir durch die dunkelbraune Matsche wateten, war der richtige Augenblick gekommen, Barbaras Kleidungsstück, so will ich mal sagen, am richtigen Gedenkort unterzubringen. Ich stopfte die Socke in mein Hemd, und zwar an der Stelle, wo ungefähr mein Herz schlug. Es handelte sich um ein wunderbares Gefühl.

»Heh, du Klüngelpitter, wo bleibst du?« rief der Longus.

Der konnte ja nicht ahnen, was ich über meinem Herzen trug. Außerdem juckte die Wolle auf der bloßen Haut. Wahrscheinlich war es das schönste Jucken meines bisherigen Lebens, aber unangenehm fühlte sich das trotzdem an. Ich gab dem Longus zu verstehen, daß ich nach möglichen Verfolgern Ausschau hielt.

Dann standen wir vor der Hütte. Das Bretterhäuschen war äußerlich ziemlich ausgebleicht vom Zahn der Zeit, doch es schien noch nicht brüchig zu sein. Drei bis vier Meter im Quadrat: so ungefähr schätzte ich seine Größe ein. Es gab nur eine Tür und ein winziges Fenster. Wir lauschten gespannt, ob irgendein Geräusch aus dem Inneren drang, doch da drang nichts.

»Wir müssen mit allem rechnen«, flüsterte der Longus. »Es könnte sogar eine Leiche drin sein. Manchmal liquidieren die Gangster nämlich Verräter aus ihren eigenen Reihen. Also schreit nicht!«

»Ist die Tür verschlossen?« fragte die Barbara.

»Das wird sich gleich zeigen«, sagte ich laut, damit jemand, der vielleicht in der Hütte versteckt war, von vornherein wußte, daß hier draußen sozusagen drei Musketiere standen, die Tod und Teufel nicht fürchteten. Er hatte also eine Chance, sich rechtzeitig zu ergeben.

»Jetzt!« schrie der Longus und hob seinen Stock.

Da riß ich die Tür mit einem so urgewaltigen Schwung auf, daß fast die Hütte zusammenklappte. Gleichzeitig stieß ich einen Kung-Fu-Schrei aus und brachte meinen Stock wie ein Samurai-Schwert in die Ausgangsstellung zum vernichtenden Stoß.

»Kein Schwein drin«, stellte die Barbara sachlich fest.

Ein bißchen enttäuscht folgten der Longus und ich ihr ins düstere Innere. Keine Goldbarren, keine Heroinpakete, keine Geheimakten, keine Falschgeldbündel, kein Waffenarsenal, keine Mikrofilme...

»Nix!« sagte die Barbara geradezu brutal.

»Aber da *muß* was sein!« schrie ich entnervt los, denn wir konnten all die Gefahren doch nicht umsonst auf uns genommen haben. »Vielleicht ist unter den Fußbodenbrettern etwas versteckt. Das wird doch immer so gemacht. Oder im Keller, ja, im Keller ist die Beute versteckt!«

»Witzbold!« lachte die Barbara.

Und da hatte sie zu allem Elend auch noch recht. Es gab nämlich keine Fußbodenbretter, es gab keinen Keller. Der

Untergrund bestand aus nebeneinandergelegten Ziegelsteinen.

Dann entdeckten wir aber doch verräterische Spuren! Richtige Beweismittel, will ich mal sagen. Zigarettenkippen auf der Fensterbank: vier Stück, zwei mit Filter, zwei ohne. Aha, verschiedene Personen! Konspirative Gespräche, das kennt unsereiner ja. Ich packte die Kippen vorsichtig in meine Hemdtasche, weil man ja nie weiß, ob man damit nicht jemanden später überführen muß. Das war das eine.

Das andere entdeckte der Longus an der Innenseite der Tür. Ganz eindeutig ein Geheimcode! Wenn ich jetzt eine Dechiffriermaschine oder sonst etwas in der Art bei mir gehabt hätte, wäre die Nachricht ruckzuck geknackt gewesen. So aber mußten wir rätseln, was das zu bedeuten hatte, was da auf dem Zettel stand:

Mi: S+D – Do: M+R – Fr: K+H – Sa: G+J – So: alle

Longus triumphierte. »Erkennt ihr auch, was ich erkenne? Es handelt sich um Wochentage! Jetzt brauchen wir nur noch rauszufinden, was die anderen Buchstaben zu bedeuten haben. Aber eins ist sonnenklar: Da spitzt sich was zu! Am Sonntag kommen sie alle. Und heute ist Samstag.«

»Toll!« spottete die Barbara. »Wie hast du das bloß herausgefunden, daß heute Samstag ist? Longus, du solltest zur Kripo gehen. Was der Schimanski kann, das kannst du schon lange. Mit links!«

»Wart's nur ab, Barbara! Kann gut sein, daß ich wirklich später die Karriere eines Kriminalkommissars einschlage!«

Wieso der Longus? Die wollte ich doch schon einschlagen! Das verriet ich jetzt aber nicht, weil die Barbara bestimmt wieder fiese Bemerkungen gemacht hätte. Ich fragte: »Welche Taktik wenden wir jetzt an?« Ich fand, das hörte sich sehr fachmännisch an.

»Jetzt müssen wir Geduld aufbringen«, erklärte der Longus. »Die Geduld ist sowieso die oberste Detektivtugend.«

»Das hatte ich befürchtet!« stöhnte die Barbara. »Wir legen uns also in die Büsche und warten. Stundenlang, tagelang, wochenlang. Sehe ich das richtig?«

»Ja«, bestätigte ich, »du siehst es richtig. Ein kanadischer Kriminalist verfolgte übrigens mal siebenundfünfzig Jahre lang die Spur eines Verbrechers, bis er die Falle endlich zuschnappen lassen konnte.«

»Ich bin aber kein kanadischer Kriminalist«, erklärte die Barbara, »und länger als drei Stunden hab ich auch nicht Zeit, weil wir heute nämlich Besuch kriegen. Daß das mal klar ist!«

Sie brauchte keine drei Stunden! Kaum eine Stunde lagen wir aneinandergedrängt auf schwankendem Moorboden hinter Wollgrasbüscheln, was übrigens sehr schön war, weil ich neben der Barbara lag, und da machten mir auch die Moskitoschwärme, die Ameisenheere und die gewaltige Luftfeuchtigkeit nichts aus. Wie gesagt: kaum eine Stunde lagen wir, da hörten wir das drohende Brummen eines Automotors, das näher und näher kam. Elektrisiert stießen wir uns an. Die Stunde der Entscheidung war gekommen. Gleich würden wir das Weiße in den Augen unserer Feinde sehen.

Leider mußte ich das mit dem Weißen sofort wieder vergessen, denn der Longus flüsterte uns seine Strategie in die Ohren, die eigentlich nicht vorsah, daß wir irgendwelchen Leuten in irgendwelche Augen schauen würden. Weil der Plan nicht schlecht zu sein schien und weil ich nun endlich wußte, wozu die tausend Meter Strick gut sein sollten, willigte ich ein.

»Runter!« zischte der Longus. »Die Köpfe runter und keinen Mucks! Solche Elemente sind zu allem fähig. Die haben die Knarre locker sitzen.«

»Die fackeln nicht lange!« fügte ich hinzu.

Am Rand des Moores war das Auto ausgetuckert. Wir vernahmen Türenschlagen, dann tapsende Schritte auf dem Knüppeldamm, Mampfgeräusche des Sumpfes. Um es mal fachlich genau zu sagen: Das Zittern des Moorbodens vibrierte in unseren dahingestreckten Körpern weiter. Unsere Nervensysteme waren bis aufs Äußerste strapaziert. Nur die Willenskräfte verhinderten, daß wir aufsprangen und die Flucht ergriffen.

Stimmen! Ich unterschied genau zwei verschiedene Stimmen. Teufel noch eins, war nicht eine der Stimmen weiblicher Natur? Ich hoffte inbrünstig, daß ich mich irrte, denn in Gangsterkreisen sind die Frauen bekanntlich noch gemeiner als die Männer.

Meine Lungenflügel bebten, weil ich die Luft so sehr anhielt. In den Ohren rauschte das Blut. Leider wirkte das herzstärkende Mittel nicht mehr. Meine Hand hielt Barbaras Hand umschlungen, als wäre es sozusagen das letzte Mal. Dann knirschte die Hüttentür. Ha, die Gangster saßen in der Falle!

»W-w-w-wir haben sie!« wisperte der Longus mit verhaltenem Jubel. So ähnlich jedenfalls. Schiß klang natürlich auch durch, was ja kein Wunder war in dieser entscheidenden Situation. »Hoch mit dem Seil!«

Mit der kühnen Verschlagenheit von Flußpiraten erhoben wir uns unhörbar und schlichen näher und näher an die Hütte ran. Dann ging alles wie der Blitz. Der Longus sauste linksherum, ich sauste rechtsherum. Jeder hielt ein Seilende. Und so schlangen wir das zusammengeknotete Tau so lange um die Hütte, bis sie völlig eingewickelt war. Mit einem Seemannsknoten schlossen wir das Werk ab.

»Ob das lange dauert, bis so eine Belohnung ausbezahlt wird?« fragte der Longus aufgeregt.

»Bestimmt kommen wir auch in die Zeitung!« jauchzte ich verhalten.

»Und ins Fernsehen«, sagte die Barbara. Sie sagte es so merkwürdig. Das gab mir zu denken. Ihr Mienenspiel gefiel mir auch nicht.

»Die haben wir jedenfalls im Sack!« freute sich der Longus. »Keinen Zentimeter können die die Tür aufstoßen!« Dann legte sich aber so eine Art Schatten auf sein Gesicht. »Was machen wir jetzt?«

»Verdammt, was machen wir jetzt?« Das stieß ich hervor, weil ich es auch nicht wußte. Über die zweite Phase unserer Hütteneinwickelaktion hatten wir ja nicht gesprochen. »Sollen ... sollen wir die Polente holen oder so?«

»Braucht ihr nicht«, sagte die Barbara und zeigte auf das Fensterchen.

Nein, brauchten wir auch nicht! Die Welt ging unter. Der Boden tat sich auf. Das Moor verschlang uns gnädig. Blitze fällten uns. Die ewige Nacht hüllte uns ein. – Am Fensterchen war das Gesicht von Johannes erschienen.

»Ihr seid doch die hintervorletzten Heuler!« schimpfte Johannes. »Könnt ihr behämmerten Nervensägen nicht endlich Ruhe geben? Ist doch zum Kotzen mit euch! Hopp, seid ihr noch nicht weg?«

»Nein«, sagte der Longus sehr leise und sehr entgeistert. Es war auch ganz unklar, was er damit ausdrücken wollte. Vielleicht sein Erstaunen darüber, daß nun auch noch ein zweites Gesicht auftauchte, eins mit langem blondem Haar drumrum. »Gisela!« hauchte der Longus.

Und mir fielen die Schuppen aus den Augen, aus den Ohren, aus den Haaren und aus dem Gehirn. Der Zettel an der Tür! *G+J*: Gisela und Johannes. Pah! Eine Schmuseliste war das. Jeden Tag kriegte ein anderes Pärchen die heimliche Liebeslaube im Moor zugeteilt. Und am Sonntag kamen sie alle, da veranstalteten sie eine Massenorgie oder eine Fete oder eine Grillparty oder sonst so ein allgemeines Händchenhalten.

Meine wunde Seele schmerzte arg. Daß ein Mensch so tief fallen kann! Gerade noch war ich Supermann gewesen, doch nun war ich der Lächerlichkeit preisgegeben. Blamiert bis auf die Knochen. Eine Witzfigur.

»Kommt endlich!« mahnte die Barbara.

Geschockt sammelten wir das Seil wieder ein.

Ich hatte zwar noch nie in meinem Leben einen begossenen Pudel gesehen, trotzdem kann ich es nur so schildern: Wie zwei sehr begossene Pudel trotteten der Longus und ich hinter der Barbara her über den Knüppeldamm und hinaus aus dem Moor. Fußballer, am Boden zerstört nach einer verheerenden Heimniederlage: so ungefähr.

Als wir bei den Autospuren ankamen und den Mini-Cooper da geparkt sahen, röchelte der Longus mit tränenerstickter Stimme: »Ich muß Apfelmus auf den Augen gehabt haben, daß ich neulich die Reifenabdrücke von unserem Töff nicht erkannt habe! Paul, in was für Zeiten leben wir!« In dieser Feststellung lag aller Schmerz der Welt.

Stumm reichten der Longus und ich uns die Hände. Barbara schaute feinfühlig zur Seite, damit sie nicht Zeugin des Eingeständnisses unserer Niederlage wurde. Wortlos wanderten wir dorfwärts. Es gab ja auch nichts zu sagen. Oder sollten wir uns etwa wortreich gegenseitig erzählen, daß wir eigentlich schon bei dem Gequatsche vom Waldschrat hätten mißtrauisch werden müssen? Oder bei dem faulen Zauber mit dem Irrlichtgefunzel und dem albernen Geheule! Und dann das stümperhaft gebastelte Monster! Nicht auszuhalten, daß wir es nicht spätestens da gecheckt hatten! Ja, Johannes und die anderen Knilche und Knilchinnen hatten sich einen heimtückischen Spaß mit uns Deppen gemacht. Aber hinterher ist man halt immer schlauer, da kann man nichts gegen machen.

Was den Johannes betrifft, also, der hat uns moralisch wieder aufgerichtet. Kein bißchen hat er über uns gelacht, und er hat anerkennend geäußert, wir hätten uns ganz schön clever verhalten. Das wärmte mein Innenleben. Zu der Sonntagsparty bei der Moorhütte wurden wir sogar eingeladen. Wir haben uns herrlich überfressen, weil der Spießbraten so lecker war. Die Barbara hat mich zweimal zum Tanzen aufgefordert, aber dazu möchte ich mich nicht näher äußern. Sagen wir mal so: Meine Talente liegen auf anderen Gebieten.

Dieser Abend im Moor war dann eigentlich auch schon das Finale, denn am anderen Tag mußte ich wieder nach Hause fahren. Lächerlich, daß man bei diesen paar unterrichtsfreien Minuten großartig von Pfingstferien redet! Sie fuhren mich mit dem Leichenwagen zum Bahnhof nach Königsweiler. Mein Herz war schwer.

Aber tief in mir glomm auch eine reine Freude. Mit dem Longus hatte ich nämlich ausgemacht, daß ich in den Sommerferien wiederkäme. Und als ich den Herkules zum Abschied kraulte, da sagte die Barbara, sie fänd es prima, wenn ich ihr mal schreiben würde. Nachgewinkt hat sie mir auch.

Ihre Socke trug ich während der ganzen Rückfahrt unter dem Hemd!

Jo Pestum

Zorros Zirkus

Mit Illustrationen
von
Erhard Dietl

Das erste Kapitel handelt von einem Wuttag, von Juttas Liebesperlen, von der Begegnung mit Zorro und von einem kakaobraunen Pony.

Ungelogen, an Wuttagen wiege ich drei Zentner. Das sieht man mir zwar von außen nicht an, aber von innen spüre ich es, und das genügt. Da sollte sich besser keiner mit mir anlegen. An Wuttagen bin ich zu allem fähig.

Dieser Wuttag war ein Montag. Am Wetter konnte es nicht liegen, denn die Sonne schien schön warm, und selbst in unserer Stinkestadt duftete es prima nach Frühling. Doch beim Kämmen hatten meine Haare schon so richtig elektrisch geknistert, zum Frühstück gab es keine Leberwurst, im Bus mußte ich neben der parfümierten Glucke Helga-Maria aus der Zehnten sitzen, und beim Aussteigen verschluckte ich meinen Kaugummi, denn da stand der Moses und war beim Friseur gewesen und sah jetzt aus wie ein beschlabbertes Fernsehkind von der Fertigpuddingreklame. Untrügliche Zeichen das alles für einen Wuttag!

»He, Moses!« rief ich. »Du könntest glatt Sieger werden beim Preis um den schönsten Babypopo Europas! Wenn ich du wär, dann würde ich meinen Kopf lieber wegschmeißen. Hast du mal in den Spiegel geschaut?«

»Sie haben mich gezwungen!« knurrte Moses.

Da konnte ich nur hohnlachen. »*Mich* könnte niemand zwingen. Im Notfall würde ich meine Haare mit dem Tomahawk verteidigen. Aber du bist nun mal nicht so ein harter Bursche wie ich. Wer hat dich denn gezwungen? Deine Mutter etwa? Ich würde mich niemals von einer Squaw ...«

Der Moses unterbrach mich mit so einem Fauchen, wie es angeschossene Königstiger ausstoßen. »Angeber! Mein Vater hat mitgeholfen, mich zu zwingen, daß du's weißt. Und sie haben mich auch gezwungen, mitzufahren zum Opageburtstag. Da hatte sich die ganze doofe Verwandtschaft zum Kuchenmampfen versammelt. Und jetzt trampelst du auch noch auf meiner Ehre rum. So ein Freund wie du oder gar keiner: da gibt's überhaupt keinen Unterschied.«

Eigentlich wollte ich was Tröstliches sagen, aber weil ich ja nun mal diesen Wuttag hatte, rief ich Vollidiot: »Mich könnte man auch nie im Leben gewaltsam zu einem Opageburtstag verschleppen. Da würde ich mich mit einem unlösbaren Spezialknoten am Großmast festbinden. Oder am Kühlschrank oder so.«

Das hörte der Moses aber nicht mehr. Er zeigte mir den Vogel und rannte einfach weg, was mich hart traf, weil der Moses nämlich eigentlich ein astreiner Typ ist. Erst der Zwangshaarschnitt, dann der Verwandtschaftsauflauf und jetzt auch noch meine Beleidigung: selbst für einen wie den Moses war das zuviel. Bestimmt verachtete er mich jetzt. Vor Trauer und Wut hätte ich mir am liebsten die Nase abgebissen. Paul, du hast einen Freund verloren! dachte ich, während mein Herz zerbrach, wie man so sagt. Jedenfalls tickte es plötzlich anders als vorher.

Früher hieß der Moses übrigens Reinhard. Aber als er uns damals beweisen wollte, daß nicht nur der Moses aus der Bibel das Wasser des Roten Meeres teilen konnte, sondern daß er das auch kann, da nannten wir ihn von diesem Schlammbad an Moses. Zu allem Elend hatte er sich als Rotes Meer den Deilbach ausgesucht, das ist so ziemlich die grauenhafteste Brühe, die man sich vorstellen kann. Anschließend konnte der Moses seine Klamotten nur noch vergraben. Verbrennen ging nämlich nicht, weil von diesem Stinktiergeruch sogar das Feuer ausging. Seine Eltern nennen ihn noch Reinhard und sein Verwandtschaftsheer wahrscheinlich auch. Ich schätze, in den Karteien vom Einwohnermeldeamt und im Fahndungscomputer vom Verfassungsschutz werden sie auch noch den Namen Reinhard registriert haben, aber sonst sagen alle nur Moses zum Moses. Bis zu diesem Augenblick waren wir die besten Freunde der Welt gewesen. Was für gefährliche Abenteuer wir zwei schon miteinander überstanden hatten!

Nun hatte ich mit einer unüberlegten Bemerkung dieser großen Freundschaft ein jähes Ende bereitet. Mit bleischweren Füßen schritt ich über den Schulhof dem Portal zu. Der Lärm ebbte ab, weil es schon zum zweiten Mal geklingelt hatte.

Der Wuttag nahm seinen Lauf. Missis Rattlesnake kam in die Klasse geschossen und hatte ihr Gemeinheitslächeln im Gesicht. Wie sie in Wirklichkeit heißt? Da verweigere ich die Aussage. Fest steht, daß sie ihren Spitznamen tausendmal verdient hat, weil sie wirklich so heimtückisch, giftig und gefährlich wie eine Klapperschlange sein kann. An diesem Wuttagmorgen war sie es jedenfalls.

Liebling Ulrich teilte freiwillig die Klassenarbeitshefte aus. Das macht er immer, weil er ein Kriecher und Einschmeichler ist, um das mal vorsichtig zu formulieren. Zum Glück zieht seine Masche nicht bei allen Lehrern. Trotzdem wird es noch böse für den Ulrich enden, wenn er sich nicht allmählich mal ein Rückgrat zulegt, obwohl der Moses ja behauptet, solche Leute machten später die steilsten Karrieren. Und nicht nur in der Politik. Sollen sie doch. Einer wie ich ist aus anderem Holz geschnitzt.

»Paul, hast du die Geschichte von James Whaland kapiert?« flüsterte die Jutta mir zu. Sie sitzt schräg hinter mir und hat so eine sanfte Stimme, daß ich immer ein bißchen Fieber kriege, wenn sie was zu mir sagt. Und ihre Mandelaugen erst mal!

Gerade wollte ich zurückflüstern: Wer ist denn James Whaland? Doch da traf mich das Schicksal mit einem solchen Schlag, daß nur meine Willenskraft mich vor einer Ohnmacht bewahrte. James Whaland! Klar wie Schweinegülle! In dieser Sekunde wußte ich's wieder, daß es eine Geschichte über diesen Fuzzy in unserem Englischbuch gab und daß Missis Rattlesnake uns vor ein paar Tagen den Befehl gegeben hatte, diese Story bis zum Montag *gründlich* zu lesen. Heute war Montag. Wir sollten uns das notieren, hatte sie auch gesagt, aber ich brauche mir nichts zu notieren, weil ich über so etwas wie ein Fotogehirn verfüge, was sehr selten ist. Ich will damit sagen, daß ich niemals etwas Wichtiges vergesse.

»Quiet please!« klapperte die Schlange und klatschte in die Hände. Ihr Lächeln war noch immer widerlich freundlich. Dann verkündete sie das Thema der Klassensklavenarbeit. »Do draw a picture of James Whaland and write a composition about it!«

Großer Manitu, wir sollten ein Bild ins Englischheft malen! Garantiert hatte sie diesen faulen Trick aus so einer Zeitschrift über moderne Lehrmethoden. Die Malerei sollte uns täuschen, denn zensieren würde sie ja sowieso bloß den Aufsatz dazu. Hah, mich täuscht man nicht!

Aber wer, zum Teufel, war James Whaland? An sich wär das alles kein Problem gewesen, denn mein Nebenmann Moses und ich, wir haben keine Geheimnisse voreinander. Besonders nicht bei Klassenarbeiten. Aber bei Moses konnte ich mich an diesem Wuttag nicht nach James Whaland erkundigen, weil ein Schatten auf unsere Freundschaft gefallen war.

Also blieb mir nur Picco Gunter als Informationsquelle. Dem kann ich nämlich über die Schulter gucken. Ein begnadeter Maler ist er nicht gerade, doch was er da strichelte und murkste, das erkannte ich sofort. Die wirren Kurven sollten Wasser darstellen, keine Frage. Ein Kerl turnte da an so einem merkwürdigen Bauklotz herum, James Whaland mußte das sein. Picco zeichnete wirklich saumäßig, trotzdem entschlüsselte ich den Bildinhalt mit scharfem Blick: Wasser, Schiff, Matrose.

Da lief ich sofort zu großer Form auf, denn ich weiß alles über die Seefahrt und über die Gefahren des Meeres, weil ich einmal einem getarnten Piraten begegnet war. In meinem Schädel blühten die Bilder von dem kühnen Seefahrer James Whaland auf. Die Geschichte war sonnenklar. Ich malte den stolzen Viermastschoner, die tosende See, den Matrosen mit dem harten Blick am Steuerruder, umbrandet von gischtenden Brechern. Ein gewaltiges Bild. Dann schrieb ich den Aufsatz dazu mit heißer Feder, denn die Wörter flossen mir geradezu in den Füllhalter. *James Whaland was a famous sailor,* schrieb ich in meiner schönsten Schrift. Ich schrieb und schrieb. Weiße Wale und böse Meergeister, Orkane, Meutereien und Eisberge kamen in meinem Aufsatz vor. Dann schrieb ich den Schlußsatz über den tollkühnen James Whaland: *Of all the sailors he was the best!* Mit triumphierender Brust, um das mal so zu sagen, gab ich mein Heft ab.

In der Pause holte mich die trostlose Wirklichkeit wieder ein. Da erfuhr ich nämlich von den anderen, daß James Whaland ein Flößer gewesen war auf dem Claron-Fluß und daß er sein Leben geopfert hatte für die Kameraden, als er die verkeilten Holzstämme vor dem Wasserfall auseinanderfummelte und dann mit den Bäumen in die Tiefe sauste. Eine Heldenschnulze. Und ich hatte statt dessen eine der schönsten Geschichten über die christliche Seefahrt gedichtet! Ich konnte es nicht verhindern, daß mir das Wasser aus den Augen lief. Aber es handelte sich um Wuttränen, das muß ich betonen.

Die Jutta sah alles. Tröstliches lag in ihren Mandelaugen. Mit ihrer sanften Stimme forderte sie: »Halt mal die Hand auf, Paul!«

Ich hielt die Hand auf, Jutta schüttete aus einem Plastikröhrchen jede Menge Liebesperlen hinein, das tat meiner Seele gut. Weil das von der Jutta eine so großzügige Geste war, also, da wurde ich glatt angesteckt. Der Moses stand da nämlich auch rum, und um ihm zu zeigen, daß ich ihm nicht mehr böse war, hielt ich ihm die Handvoll Liebesperlen hin. Er nahm sie aber nicht und strafte mich mit Verachtung, indem er mit der Faust unter meine Hand haute, daß die Liebesperlen wie ein bunter Regen durch die Landschaft spritzten.

»Ich werde dir niemals mehr Liebesperlen schenken«, sagte die Jutta, wobei sie das *Liebes* besonders betonte. Ihre Mandelaugen verschossen Blitze. »Du bist ein ausgemachtes Ferkel!«

Ich bin das Opfer eines Mißverständnisses! wollte ich schreien, aber meine Kehle wurde von einer unsichtbaren Knochenhand zugewürgt, wenn man versteht, was ich meine. Die ganze Welt hatte sich gegen mich verschworen. Konnte es noch schlimmer kommen?

Es konnte.

Kein Wort über den Rest des Vormittags, kein Wort über den Heimweg, kein Wort über die besorgte Frage meiner Ursulamutter, ob wir eine Arbeit geschrieben hätten! Ich nenne meine Mutter immer Ursulamutter, wenn sie mich so besonders mütterlich aushorchen will. Wahrscheinlich hätte ich an diesem Wutmittag ganz gern ein paar Worte mit meinem Vater gewechselt. So von Mann zu Mann. Aber er war ja längst wieder unterwegs mit seinem Combi, weil er Vertreter für Autoschonbezüge und solchen Quatsch ist und bloß zum Wochenende nach Hause kommt. Da kann man mal sehen, was für einen Schwachsinnsberuf er hat. Ich kann meinen Vater nämlich ganz gut leiden. Gegen die Ursulamutter hab ich meist auch nichts.

Das Familienproblem sind meine Zwillingsschwestern, die mosern dauernd an mir rum. Meinen Widerstand können sie aber nicht brechen. Sie heißen Gwendolyn und Felicitas, ich nenne sie aber Gwen und Felix, weil das praktischer ist, auch wenn sie's nicht gern hören. Sie haben schon ziemlich viel Busen, denn sie werden bald vierzehn. Wer nicht weiß, daß sie Zwillinge sind, der würde es ihnen kaum ansehen. Gwen hat nämlich einen witzigen Schmollmund und dunkelbraunes Haar, Felix hat hellbraunes Haar und ein Lachgesicht.

Aber jetzt kommt das Entscheidende: Sie sind Pokerspielerinnen! Wahrscheinlich die besessensten des gesamten Abendlandes. Sie pokern praktisch Tag und Nacht. Ich kenne niemanden, der sie jemals ohne ihre Spielkarten auf der Hand gesehen hätte. Beim Frühstück, unterm Weihnachtsbaum, im Schulbus, beim Fahrradfahren, im Bett, beim Schminken, vor dem Fernseher, während des Unterrichts: sie pokern. Ob eine von ihnen auf dem Klo sitzt oder in der Badewanne liegt oder mit dem Herzallerliebsten telefoniert: sie pokern. Um schwindelerregende Summen spielen sie, und beide sind auch längst Multimillionärinnen. Als Geld nehmen sie die Reklamestreichhölzer, die unser Wochenendvater massenweise nach Hause schleppt.

»Also, Paul, was ist mit der Arbeit?« Die Ursulamutter war schon immer nachtragend wie ein Elefant, die ließ nicht locker.

»Nix Besonderes. Was gibt's zu essen?«

»In welchem Fach?«

»Englisch.«

»Paul, laß dir nicht die Würmer aus der Nase ziehen!« Die Ursulamutter bohrte ihre scharfen Klauen in meine Oberarme. »Was für ein Thema? Hattest du Schwierigkeiten? Wird's wenigstens eine Vier? Ich höre!«

So stelle ich mir Staatsanwältinnen vor, die ja bekanntlich noch viel fiesere Fragen stellen als ihre männlichen Kollegen. »Es ging um die Probleme der Seefahrt«, sagte ich. »Die Geschichte des berühmten Seehelden James Whaland. Praktisch mein Fachgebiet.« Das klang so überzeugend, daß sie mich losließ. »Also, was gibt's zu essen?«

»Nudelauflauf. Die Mädchen probieren ein neues Rezept aus. Es soll eine Überraschung werden. Wasch dir schon mal die Pfoten, Paul!«

Nudelauflauf! Eines von meinen dreiundzwanzig Leibgerichten. Sollte der Tag doch nicht ganz verloren sein? Ich hörte Kichern und Rumoren aus der Küche und auch Kartengeklatsche. Natürlich pokerten die Zwillinge beim Essenkochen. Die Gerüche allerdings, die in die Diele drangen, kamen mir irritierend fremd vor. Das hätte mich stutzig machen müssen, doch an diesem Tag war ich ziemlich unzurechnungsfähig, was auch gut und gerne am Vollmond liegen konnte.

Gwen und Felix trugen das Essen auf. Dann fielen mir die Augen aus dem Kopf. Diese Pampe sollte Nudelauflauf sein? Ich entdeckte zwar Nudeln auf dem Grund der Schüssel, aber darüber glibberte eine glasige Masse, die sah aus wie eine Mischung aus Tapetenkleister und Froschlaich. Häßliche dunkle Klumpen schwammen darin herum. Meinem Mund entfuhr ein Entsetzensschrei, meiner gelähmten Hand entfiel die Gabel. So will ich den Sachverhalt mal schildern.

»Es ist süßer Nudelauflauf mit Backpflaumen und Rosinen«, säuselte die Felix, während sie die Karten mischte.

»Aprikosen und Mandelsplitter sind auch drin«, jauchzte die Gwen, »und Kokosflöckchen haben wir in die Soße geraspelt.«

»Köstlich!« staunte die Ursulamutter.

Als ich wieder sprechen konnte, brüllte ich los: »Warum habt ihr keine Mäuseköttel reingeschüttet oder ein paar Kaulquappen? Kinderpipi macht sich auch gut im Nudelauflauf und Zigarettenkippen und Fußnägel und Katzenhaare und Fliegenleichen. Gehört alles rein in so einen richtig tollen Nudelauflauf!« Wirklich, ich hab so laut geschrien, daß sich mir die Zähne lockerten. Wie konnten die Zwillinge mir so was Entsetzliches antun! Ich liebe Nudelauflauf in sämtlichen Spielarten. Mit Speck und Tomaten und Käse und Schinken und Eiern und Paprika und

Zucchini und von mir aus auch mit Bratkartoffeln. Aber süße Pampe mit zermatschtem Trockenobst drin über die Nudeln zu gießen und diesen trüben Lehm dann auch noch Nudelauflauf zu nennen: dafür sollte man mit Zuchthaus nicht unter fünf Jahren bestraft werden.

»Wo willst du hin?« riefen die drei Frauen im Chor, als ich wie von bösen Geistern gejagt aus der Wohnung stürmte.

Ich dachte an James Whaland und schrie: »Ich stürze mich einen Wasserfall hinunter!«

Das Haus erbebte, als ich die Treppen mit mächtigen Sprüngen nahm und meinen Drahtesel aus dem Heizungskeller zerrte. Einen Freund hatte ich verloren, ein Mädchen mit Mandelaugen hatte sich von mir abgewandt, ein geschändetes Mittagessen hatte meine Persönlichkeit verletzt. Da fiel die fehlgeleitete Englischarbeit schon gar nicht mehr ins Gewicht. Ich will das mal allgemeingültig ausdrücken: Diese Wunden, die das Schicksal mir geschlagen hatte, würden so bald nicht vernarben. Außerdem hatte ich schrecklichen Hunger.

An Wuttagen wiege ich nicht nur ein paar Zentner, da verfüge ich auch über übermenschliche Kräfte, für die man eigentlich einen Waffenschein braucht. Tarzan, Rambo, Bud Spencer: die könnt ihr alle vergessen! Ich machte den Buckel krumm und düste los mit meinem Fahrrad. Wenn die Profis von der Tour de France hinter mir hergefahren wären, also, ich glaube nicht, daß einer von den Stramplern mein Tempo mitgehalten hätte. Die wären alle entkräftet und entnervt aus den Sätteln gefallen und hätten vor Enttäuschung geweint. Aber echt!

Mit dem ganzen Gewicht meines Zorns trat ich die Pedale, da konnten die Autofahrer ruhig blaß werden und Bremsen und Hupen heulen lassen, da hüpften die Verkehrspolizisten vor Angst zur Seite, um ihr Leben zu retten, und die Ampeln sprangen vor Schreck auf Grün, wie ich da angebraust kam. So ungefähr jedenfalls war es.

Erst als ich den Stadtrand erreicht hatte, verpuffte meine Wut ein bißchen. Daß ich langsamer fuhr, das lag vielleicht auch an dem Seitenstechen, was ja, wie jeder weiß, eine Begleiterscheinung des Magenknurrens ist. Obwohl ich unsere Stadt wie kein anderer kenne und mich nicht mal in den schlimmsten Nachtjackenvierteln verlaufen würde, merkte ich, daß ich in dieser Gegend vorher noch nie gewesen war. Fachwerkhäuser, Ziegenweiden, ein Schrottplatz, Birken und Linden, eine Burgruine, kleine Werkstätten, Baggerlöcher mit Enten und Gänsen, gestapelte Fichtenstämme, eine Wiese voll verstreutem Schweinemist, Obstbäume, die zu blühen begannen: richtig ländlich alles. Ich stieg von meiner Rakete und hockte mich auf ein Ziegelmäuerchen, um ein bißchen zu staunen.

Plötzlich vernahm ich das eigenartige Geräusch. Es hörte sich an, als kriegte jemand den nackten Hintern mit einer Schwimmflosse verhauen. So ein Klatschen war das. Ich ließ meine Blicke wandern, wie man so sagt, und entdeckte den Erzeuger dieser Plitschens und Platschens. Da hüpfte nämlich eine dünne Gestalt wie von Veitstänzen geschüttelt in einem düsteren kleinen Innenhof herum, vollführte mit sämtlichen Gebeinen merkwürdige Verrenkungen und hielt etwas Längliches in der rechten Hand. Wie ein Riesenzwerg wirkte der Knilch, wie ein Rumpelstilzchen, das unter Starkstrom stand. Und dieses rhythmische Zucken schien die Klatschgeräusche zu verursachen. Paul, sagte ich mir, die Hitze ist dir aufs Hirn geschlagen, du hast schlicht einen Sonnenstich und siehst weiße Mäuse. Doch so war es nicht.

Nicht von Neugier, sondern von Wissensdurst getrieben schlich ich durch das Tor und den schmalen Gang und näherte mich mit der Lautlosigkeit eines Schwarzfußindianers dem Schauplatz des rätselhaften Geschehens. Ich erkannte: Das war kein Kobold, das war ein Junge, schätzungsweise in meinem Alter. Er trug so etwas wie eine schwarze Strumpfhose und einen schwarzen Pulli, vor das Gesicht hatte er sich eine schwarze Pappe mit Sehschlitzen gehängt, und er schwang eine lange schwarze Peitsche.

Und dann erstarrte ich zur Salzsäule!

Etwas Mörderisches lag da in der Ecke des Hofes und musterte mich aus stahlharten, grausamen, blutunterlaufenen Augen. Ein abgrundtiefes Knurren entrang sich grollend seinem zähnestarrenden Rachen. Hilflos vom lähmenden Entsetzen erkannte ich, daß es ein Hund war, eine gelbe Dogge, riesenhaft groß wie ein Nashornbulle. Sollte dies mein frühes Ende sein?

Der Junge mit der Peitsche drehte sich um. »Ruhig, Goofy!« Dann sah er mich. »Was machst du denn hier?«

Zuerst mal schluckte ich meine Angst runter. Dann zählte ich bis dreizehn, was ich in Krisensituationen immer tue. Als ich spürte, daß sich meine Muskeln wieder bewegen ließen, und feststellte, daß das Untier sich auf die Seite gelegt hatte und offensichtlich wieder eingeschlafen war, antwortete ich: »Eigentlich nichts.«

»Aha. Und du bist nicht zufällig ein Spion?«

»Ganz im Gegenteil!« rief ich und hob die Hand zum Schwur. »Nichts liegt mir ferner, als ein Spion zu sein.« Das hatte ich gut gesagt.

»Dein Name?«

»Paul.«

»Das klingt nicht nach Spion.« Er ließ die Peitsche sinken, was mich sehr beruhigte. »Du siehst eigentlich auch nicht wie ein Spion aus.«

Verdammt, woher wollte der Typ wissen, daß ich nicht vielleicht doch ein Spion war! Das ist doch gerade der Trick, daß Spione nicht wie Spione aussehen. Ich legte viel Festigkeit in meine Stimme und fragte: »Und wie heißt du?«

»Man nennt mich Zorro.«

»Donnerwetter! Deshalb hast du vor deinem Gesicht auch diese schwarze ...« Im letzten Moment verschluckte ich das Wort *Pappe*, das mir beinahe entschlüpft wäre.

»Genau«, bestätigte er, »deshalb trage ich diese schwarze Maske.« Er ließ die Peitsche wie eine Schlange durch die Luft zucken. Es klatschte gefährlich. »Ich absolviere gerade mein tägliches Training.«

»Wie funktioniert das?«

»Ich schlage mit meiner Peitsche die Flammen brennender Kerzen aus, aber natürlich darf keine einzige Kerze dabei umkippen. Ein Kinderspiel ist das nicht!«

Das war mir sofort klar, bloß sah ich nirgendwo eine Kerze. Das sagte ich ihm mitten in sein maskiertes Gesicht.

Zorro lachte überlegen. »Es sind sozusagen Trockenübungen. Weißt du nicht, daß zum Beispiel berühmte Pianisten auf jeder Tischplatte ihre Stücke proben können? Die wissen doch, wo jede Taste ist, im Schlaf wissen die das. Oder meinst du, die könnten sich son Klavier in die Hosentasche stecken, wenn sie auf Reisen sind? Ihre Finger müssen sie aber trotzdem jeden Tag stundenlang trainieren. So mußt du das bei mir auch sehen.« Er drehte sich zur Hauswand und hob die Peitsche. »Jetzt paß mal genau auf!«

Plitsch-plitsch-plitsch knallte es zehnmal. Ich konnte gar nicht so schnell gucken, wie Zorros Peitsche gegen die Wand zuckte. Irgendwie wirkte das gar nicht mal so schlecht.

»Hast du's gesehen?« jubelte Zorro. »Wenn da jetzt zehn Kerzen gestanden hätten, dann wären sie alle aus. Und keine einzige Kerze wär umgekippt. Was sagst du dazu?«

»Ich glaube nicht, daß ich dir das glaube«, sagte ich.

Jetzt wurde er zornig. »Los, zieh dein Hemd aus! Ich werde dir ein blutiges Z in die Haut fetzen, damit dir deine Zweifel vergehen. Das ist nämlich mein Erkennungszeichen.«

Alter Schnee, die Sache mit dem Z. Weiß doch jeder. Ich sagte ziemlich von oben herab: »Geschenkt! Ich glaub's dir, daß du alle Kerzenflammen ausgepeitscht hast.«

Die Art, wie ich das sagte, gefiel ihm wohl nicht. »Willst du mich etwa beleidigen?«

Heiliger Spekulatius! *Eine* Beleidigung am Tag reichte. Schlimm genug, daß ich mich mit dem Moses verkracht hatte. Wie sollte ich dem Zorro-Jungen klarmachen, daß ich ihn nicht beleidigen wollte?

Eine Frauenstimme löste mein Problem. Die rief aus dem Haus: »Dieter, hör endlich auf mit der Knallerei und komm rein! Du mußt für die Englischarbeit üben!«

Englischarbeit! Eine Wunde brach gewissermaßen in meinem Inneren auf. Warum konnte es nicht Mathe oder Erdkunde oder Kisuaheli sein! Das Wort Englischarbeit setzte mir böse zu.

»Okay, Mamm, ich komm ja schon!« rief Zorro. Dann nahm er meinen Arm und flüsterte verschwörerisch: »Paul, ich will dir was zeigen, was noch keines Menschen Auge geschaut hat.«

Was hatte das nun wieder zu bedeuten? Mir wurde ganz feierlich ums Herz. Zorro lehnte die Peitsche an die Hauswand und zog mich mit sich durch eine Brettertür in so eine Art Rumpelkammer, und dann öffnete er noch einmal eine Tür – und dann sah ich es.

Der Raum war eine Garage, doch da stand kein Auto, sondern ein Pony, das war braun wie Kakao und knabberte an einer Möhre herum. Es hatte einen wallenden, weichen,

weißen Schweif, und als es uns anschaute, da lächelte es. Ja, ich schwöre: Es lächelte!

»Es ist ein ganz besonderes Pony«, flüsterte Zorro. »Keiner weiß, daß ich es hier versteckt habe, auch meine Mutter nicht. Gestern ist es mir zugelaufen. Ich glaube, es hat mich richtiggehend gesucht. Das mußt du dir mal vorstellen!« Er nahm wieder meinen Arm und zog mich zurück. »Komm jetzt, bevor meine Mutter auftaucht!«

Ich warf dem lächelnden Pony einen tiefen Abschiedsblick zu, der ihm signalisieren sollte: Wir zwei sehen uns bald wieder! Dann stand ich wie verzaubert mit Zorro in dem kleinen Innenhof. Er nahm seine Peitsche. Die schwarze Pappe hatte er noch immer vor dem Gesicht.

»Ich habe große Dinge vor mit dem Pony.« Die Augen blitzten mich aus den Augenschlitzen an. »Willst du dabeisein, Paul?«

»Ich will!« antwortete ich mit bebender Stimme.

»Dann komm morgen zur gleichen Zeit wieder! Ich kann mich auf dein absolutes Schweigen verlassen?«

»Du kannst, Zorro!«

Zorro verschwand. Der Riesenhund Goofy blinzelte mir zu, als ich wie betrunken aus dem Innenhof stakste. Träumte ich das alles nur?

Das zweite Kapitel handelt von zwölf gekochten Eiern, von einer Versöhnung, vom Geruch des Sägemehls und von Goofys Zähnen.

Gedankenverloren wandte er sich der Stadt zu. Klar, solch einen komischen Satz kann man in gewissen Büchern lesen oder in den Liebesheftchen, wie die Gwen und die Felix sie manchmal in ihren Schultaschen versteckt haben. Aber so war es wirklich, als ich langsam nach Hause radelte! Ich war echt gedankenverloren, und darum hätte ich am Palmström-Platz ja auch fast eine Bauchlandung veranstaltet, weil ich die Vorfahrt mißachtete. Das heißt, der Hirni mit dem inkagoldenen BMW war sowieso viel zu schnell gefahren, aber wegen so eines winzigen Kratzers im Lack schrie der wie am Spieß nach der Polizei. Da hatte ich mich natürlich längst dünnegemacht.

In meinem Kopf rumorten die gesammelten Ereignisse dieses Wuttages. Da war ganz schön was zusammengekommen. Mieses wie die Liebesperlenaffäre, der Krach mit Moses und der Käse mit James Whaland. Erhabenes wie die Begegnung mit Zorro und das Lächeln des Ponys. Und daß die Wahnsinnsdogge mich nicht gefressen hatte, das war auch positiv zu werten.

Zu Hause fand ich nicht die Ursulamutter und die Pokerspielerinnen vor, sondern einen blöden Zettel: *Paul, wir sind im Kino. Schade, daß Du nicht mitkonntest. Im Kühlschrank sind Nudeln ohne Soße. Mach die Dir warm.*

Scheinheilig, die überflüssige Bemerkung, daß die mich

gern mitgenommen hätten! Ich wette, die haben sich das mit dem Kino ausgedacht, um mich neidisch zu machen. Doch was konnte deren langweiliger Film schon sein gegen meine Erlebnisse! Und die Nudeln sollten sie sich doch in die Haare schmieren. Die Lust an Nudeln hatten sie mir mit der Mittagspampe für die nächsten zehn Jahre vergrault.

Zu meinen dreiundzwanzig Leibspeisen gehören auch hartgekochte Eier. Die müssen aber so hart durchgekocht sein, daß man mit ihnen notfalls Bretter durchschlagen kann. Und dann viel Salz und viel Senf dazu. Im Wandschränkchen fand ich Eier in Massen, die zwölf dicksten suchte ich mir aus und ließ sie ungefähr zweieinhalb Stunden kochen. Die brauchte ich gar nicht mehr zu pellen, die knallten von selbst aus der Schale. Heißhungrig verschlang ich sie im Handumdrehen und trank eine Flasche Milch und eine Flasche Cola dazu. Zum Nachtisch futterte ich eine Tüte Kartoffelchips und eine Dose Ölsardinen. So gestärkt machte ich mich an die Hausarbeiten, doch weil mir einfiel, daß im Fernsehen *Robin Hood* lief, unterbrach ich diese Tätigkeit erst einmal.

Mit großem Getöse tauchten dann die Frauen auf. Gwen und Felix setzten ihr Pokerspiel fort, das sie im Kino begonnen hatten, und quatschten lauthals über den albernen Film. Ich hätte was verpaßt, meinten sie. Aber ich wußte es besser. Meine Mutter legte eine Vivaldi-Platte auf.

»Hast du deine Hausarbeiten gemacht?« fragte die Ursulamutter und meinte natürlich mich. Sie summte fröhlich die Geigenmelodie.

»Wie immer«, antwortete ich sachlich.

»Hast du auch etwas gegessen?«

»Ich hab mir ein Ei gekocht.«

»Hättest dir ruhig zwei kochen sollen«, sagte die Ursulamutter.

Ich hätte in der Zeitung gelesen, daß das nicht gesund sei, sagte ich und begab mich zur Ruhe, weil mich eine eigenartige Müdigkeit überkam. Es war nicht direkt eine Müdigkeit, sondern etwas anderes. Jedenfalls ließ der Schmerz ein wenig nach, als ich flach auf dem Rücken lag. Von Ruhe konnte auch keine Rede sein. Ich will es kurzmachen: Es wurde eine etwas unruhige Nacht. Vom Lächeln des kakaobraunen Ponys habe ich auch nicht geträumt, sondern von James Whaland, wie er den gigantischen Wasserfall hinabsauste und elendiglich ersoff.

Am nächsten Morgen stand der Moses wieder an der Haltestelle, als ich aus dem Bus stieg. »Du siehst blaß aus«, stellte er fest.

Er redete also wieder mit mir! Vor Freude hätte ich ihm am liebsten in den Bauch geboxt, doch mein körperliches Befinden, wie ich das mal nennen will, war noch etwas schlapp. »Das sieht nur so aus«, sagte ich, »das ist äußerlich.«

»Paul, was du gestern über meinen Haarschnitt gelästert hast, nimmst du das zurück?«

Und ob ich das zurücknahm! »Außerdem«, sagte ich

dem Moses, »sind deine Haare seit gestern enorm gewachsen. Dein Kopf sieht schon wieder richtig menschlich aus. Zu so einem starken Haarwuchs kann man dir nur gratulieren.«

Das fand der Moses auch. Damit war das Kriegsbeil begraben. Diesmal schritten wir gemeinsam über den Schulhof und stellten gemeinsam fest, daß wir für Deutsch die zwanzig Sätze mit dem Komma vor dem erweiterten Infinitiv mit zu, um zu und anstatt zu nicht gemacht hatten. Geteiltes Leid hat doppelten Boden. Wieder einmal wurde mir klar, wie schön eine starke Freundschaft sein kann. Gemeinsam handelten der Moses und ich uns auch die entsprechenden Zensuren ein. Da standen wir aber eiskalt drüber.

Schwer lastete es allerdings auf mir, daß ich vor meinem Freund ein Geheimnis hatte. So ein Geheimnis liegt einem im Mund wie eine heiße Kartoffel, um das mal bildlich auszudrücken. Durfte ich nicht wenigstens ein paar Andeutungen machen? Ich beschloß, daß ich das durfte.

»Sagt dir der Name Zorro etwas?« fragte ich den Moses in der Pause und schaute dabei wie gelangweilt in die Wolken.

»Witzbold! Ich bin Experte in allen Zorro-Fragen. Weißt du, was Zorro zuerst gemacht hat, als er inkognito aus Spanien nach Mexiko zurückkam und am Hof des skrupellosen Blutsaugers erschien?« Moses machte einen Ausfallschritt und ging in Position, als wär sein Zeigefinger ein Degen.

»Verlier dich mal nicht in Einzelheiten«, beruhigte ich den Superfechter. »Es reicht, daß du dich an den Namen Zorro erinnerst, falls ich dich morgen in einen abenteuerlichen Plan einweihen kann. Ich betone: *falls!* Denn noch bindet mich ein Eid. Aber gib mir vierundzwanzig Stunden Zeit.«

Moses bekam Stauneaugen von Tomatengröße. »Mööönsch!« hauchte er, und das sagte alles. Ich glaube, er zitterte vor Erwartung.

Dann versuchte ich, mich mit der Jutta zu versöhnen, doch mit einer Stimme, die alles andere als sanft klang, forderte sie mich auf, zur Hölle zu fahren. Ich erklärte ihr, sie sei eine Sumpfkuh. So gab ein Wort das andere, aber eine Versöhnung fand im Rechtsstreit Paul gegen Jutta leider nicht statt, um das mal juristisch zu formulieren.

Klar, ich brannte darauf, hinauszuradeln zum Zorro. Kaum hatte ich die sechste Stunde abgesessen, kaum hatte ich zu Hause den Blattspinat und die Brühwürstchen runtergeschluckt, da schwang ich mich auch schon in den Sattel und preschte gen Süden.

Schon von weitem sah ich, daß Zorro mich erwartete. Zusammen mit dem Riesenhund Goofy stand er unter dem Torbogen. Auf seine Zorro-Uniform hatte er verzichtet und trug Zivilkleidung wie ich. Das Gesicht, das gestern unter der geheimnisvollen Halbmaske verborgen gewesen war, grinste mich heute fröhlich an. Zorro war strohblond und hatte Sommersprossen. Gemeinsam mit Goofy kaute er Sonnenblumenkerne.

»Hallo, Zorro!«

»Hallo, Paul!«

Er winkte mir, ihm zu folgen, und führte mich um das Grundstück herum zur Rückseite des kleinen Gehöftes. Dann hob er das metallene Garagentor ein bißchen hoch, damit er und Goofy und ich hineinschlüpfen konnten. Das kakaobraune Pony schnaubte leise und lächelte uns an. Ich hatte noch nie ein schöneres Pony gesehen.

»Ob ich's mal streicheln darf?« fragte ich.

Zorro nickte gönnerhaft. »Aber sei vorsichtig. Das Tier ist total auf mich fixiert. Könnte gut sein, daß es einem Fremden die Hand abbeißt.«

Das Pony biß mir aber nicht die Hand oder sonst was ab. Ganz eindeutig genoß es das, daß ich ihm den Hals und die Flanken kraulte. Aus seinen weichen Nüstern blies es warmen Atem, und mit seinen kleinen Zähnen zerkaute es freundlich meinen Hemdärmel.

»Und es ist dir wirklich zugelaufen?« fragte ich.

»Wenn ich's dir doch sage! Es hat mich geradezu gesucht. Wahrscheinlich hat das Tier instinktiv geahnt, daß es mir wie gerufen kommt.«

»Kannst du das mal so erklären, daß selbst ich das verstehe?« Diese Frage stieß ich richtig rauh und mit leicht höhnischem Unterton hervor, weil ich solche Andeutungen nicht ausstehen kann. »Du wolltest mich über die großen Dinge informieren, die du mit dem Pony vorhast.«

»Gemach!« antwortete Zorro.

Gemach! Das ist eins von meinen Lieblingswörtern.

Wieso redete der Zorro in meiner Sprache? Und wieso rückte er nicht mit den Tatsachen raus? Und wieso spielte er hier den Überlegenen? Das Pony spuckte den Knopf vom Hemdärmel aus. Als ich ihn aufhob, stippste es mir seine Nase kameradschaftlich gegen die Rippen, daß ich auf den Hintern fiel, und schenkte mir dazu sein allerschönstes Lächeln.

»Das Pony ist nur der Anfang«, erklärte Zorro und hielt mir eine Handvoll Sägemehl vor das Gesicht. »Schnupper mal, Paul! Wonach riecht es?«

»Nach Sägemehl.«

»Komiker!« maulte er. »Ich meine: im übertragenen Sinne.«

O all ihr grüngeschwänzten Teufelchen! Wonach soll Sägemehl schon im übertragenen Sinne duften? Nach Schreinerei? Nach Bindemittel bei auslaufendem Benzin? Nach weihnachtlicher Laubsägebastelei? Ich versetzte meine Hirnwindungen in Rotation, daß ich das Quietschen geradezu hören konnte. Dann schaute ich dem Pony ins linke Auge und wußte es plötzlich. »Nach Zirkus!«

»Du sagst es. Sägemehl ist die Grundlage eines jeden Zirkus. Eine Manege ohne Sägemehl wär doch wohl ein Witz, oder? Ich hab mich schon bei der Bautischlerei Schöne-Holtkamp erkundigt. Säckeweise können wir von denen Sägemehl geschenkt kriegen, säckeweise! Du siehst, ich habe schon mächtig vorgearbeitet. Programmvorstellungen hab ich auch bereits entwickelt, jedenfalls in den Grundstrukturen.«

Klar, ich wollte den Zorro fragen, was Grundstrukturen sind, aber ich fragte zuerst mal was viel Wichtigeres. »Wovon redest du eigentlich?«

»Von unserem Zirkus natürlich. Wovon denn sonst? Hast du die Burgruine oben beim Buchenwäldchen gesehen?«

Ich nickte und klappte dann den Mund zu, der stand mir nämlich noch immer offen. »Was ist mit der Burgruine?«

»Sie wird uns als Manege dienen, Freiluftzirkus, kapierst du? Die Massen werden nur so geströmt kommen, wenn wir Premiere haben. Vorher allerdings wird noch einiger Schweiß fließen, denn nur mit einem perfekten Programm können wir an die Öffentlichkeit treten.«

»Das kannst du laut sagen!« sagte ich leise und verstand die Welt nicht mehr. War ich an einen Irren geraten? Dem Zorro war ein Pony zugelaufen – angeblich. Gut und schön. Aber diese Tatsache mußte doch nicht gleich in einen Zirkus ausarten!

Hatte Zorro die Panik von meiner Stirn abgelesen? »Falls dich mein Plan überfordert, brauchst du's mir bloß zu sagen. Dann such ich mir einen tüchtigeren Partner. Hast du die Hose vielleicht schon voll?«

»Nein!« brüllte ich dem Zorro ins Gesicht.

»Nicht so laut, Paul! Wenn meine Mutter das Pony hier sieht, dann kriegt sie vielleicht einen Herzschlag, und das brächte unsere Planung durcheinander. Wir müssen cool bleiben.«

»Und wenn sie zufällig mal in die Garage kommt?«

»Kommt die nicht. Erst am Samstag wird's kompliziert, dann stellt mein Alter seinen Schlitten in die Garage. Bis Samstag sind wir sicher.«

»Hast du auch so einen Wochenendvater?«

»Und ob. Er montiert Kühlanlagen für Großküchen und Hotels und Krankenhäuser und so. Meine Mutter übersetzt Bücher aus dem Holländischen ins Deutsche. Ich bereite mich auf eine internationale Zirkuskarriere vor. Das hast du vermutlich ja schon erkannt. Und jetzt reden wir über die Grundstrukturen.«

Das kakaobraune Pony legte sich auf das Strohbündel, die gelbe Dogge Goofy legte sich daneben. Zorro und ich setzten uns auf einen ausgebauten Motorblock, der war zwar ziemlich ölig, aber darauf nahmen wir keine Rücksicht. Zorro zog einen Zettel aus der Hemdtasche.

»Über Sägemehl haben wir schon geredet«, begann Zorro das Gespräch über die Grundstrukturen. »Was gehört sonst noch unbedingt zu einem Zirkus? Sag mal einfach alles, was dir so einfällt, Paul!«

»Clowns«, sagte ich, »und Elefanten und Artisten und Reiterkunststücke und Jongleure.« Während ich redete, kritzelte der Zorro eifrig auf seinem Zettel herum. »Raubtiere natürlich. Menschenpyramiden und zersägte Jungfrauen und exotische Viecher und Seiltänzer. Vielleicht auch noch Hochradakrobatik und irgendwas Lebensgefährliches am Trapez. So in der Art, denke ich.«

»Sehr gut, Paul! Zufällig entspricht das ungefähr meinen Vorstellungen von einem guten Zirkusprogramm. Über die Grundstrukturen sind wir uns einig. Allerdings werden wir auf die Elefanten wahrscheinlich verzichten müssen. Soll das übrigens eine gezielte Beleidigung sein, daß du *mich* in deiner Aufzählung nicht erwähnt hast?«

Was sollte das denn schon wieder bedeuten? »Zorro«, sagte ich, »ich würde dich niemals beleidigen, schon gar nicht gezielt. Aber wenn du mich so behandelst, als hättest du einen Schwachkopf vor dir, dann steige ich aus. Was hat deine bestußte Frage zu bedeuten?« Genau so hab ich's ihm gesagt, und zwar mit aller Entschiedenheit.

»Jedenfalls kam der Name Zorro nicht vor in deiner Aufzählung«, entgegnete er kleinlaut. »Hast du vergessen, daß ich die Hauptattraktion der Aufführung darstellen werde?«

Himmel, wollte er etwa Kerzenflammen mit seiner Peitsche ausknallen? Ich fragte ihn: »Willst du etwa Kerzenflammen mit deiner Peitsche ausknallen?«

Zorro sprang so heftig auf die Füße, daß der Hund zu jaulen begann und das Pony wie von tausend Bienen gepeinigt in die Höhe fuhr und ausgiebig köttelte. »Ich werde Kerzenflammen auslöschen, Äpfel von Menschenköpfen fetzen, Bretter mit einem Peitschenschlag spalten, Flaschen zum Tanzen bringen, Armbanduhren von den Gelenken pflücken! Alles aus großer Entfernung! Dann ein Trommelwirbel. Gedämpftes Licht. Punktscheinwerfer tasten meine Peitsche ab. Und dann – dann kommt es!«

»Was, bitte, kommt dann?« fragte ich den atemlos

schwadronierenden Zorro, der mindestens einen halben Meter über dem Erdboden schwebte.

»Dann fordere ich einen aus dem Publikum zum Duell. Mein Leben gegen sein Leben.«

»Spinnst du? Wollt ihr euch dann gegenseitig totpeitschen?«

»Paul, du bist doof. Mein Gegner setzt fünf Mark, ich setze fünf Mark. Dann schlagen wir abwechselnd mit der Peitsche nach aufgehängten Luftballons, und wer mehr Ballons zum Platzen bringt als der andere, der ist der Sieger und kriegt das ganze Geld. Der Trick ist, daß ich als Sieger im Grunde von vornherein feststehe, denn wer könnte es schon mit mir aufnehmen! Auf diese Weise verschaffen wir uns eine zusätzliche Einnahme, claro? Selbstverständlich werde ich als Zorro auftreten. Da wird sich das gesamte Publikum fragen: Wer mag wohl hinter dieser Maske stekken?«

»Genial«, sagte ich.

Zorro fand das auch. Er verkündete mit strahlenden Augen, damit könnten wir nun den Hauptprogrammpunkt der Vorführung abhaken und uns den Kleinigkeiten zuwenden.

»Mußt du denn nicht noch ein bißchen üben für deinen Auftritt?« fragte ich. »Ich meine: mit richtigen Kerzen und so.«

Er wischte das sozusagen mit einer Handbewegung vom Tisch. »Paar kleine Trainingseinheiten vielleicht noch. Aber wie du gestern ja selbst gesehen hast, bin ich in

Hochform. Ich schlage vor, wir reden jetzt mal über die zersägte Jungfrau.«

Ich war einverstanden, nur stellte sich jetzt eine kleine Schwierigkeit ein. Keiner von uns beiden hatte nämlich eine Ahnung, wie man eine Jungfrau zersägt, ohne daß man sie *wirklich* zersägt, weil wir ja sonst die Kripo am Hals hätten. Klar war uns nur, daß wir eine Jungfrau in eine schmale, längliche Kiste stecken mußten, in die wirklich nur ein einzelner Mensch hineinpaßte. Das war kinderleicht. Zorro sagte, sie hätten im Keller die Holzverpackung vom Teppichboden aus der Diele liegen, das sei eine ideale schmale und längliche Kiste, in die haargenau eine schlanke Jungfrau hineinpasse.

»Der Magier, der die Jungfrau zersägt«, meinte Zorro, »der muß natürlich einen schillernden Mantel mit silbernen Sternen tragen und einen hohen Zylinderhut.«

»Sicher«, sagte ich, »aber das löst unser Problem nicht.«

Zorros nächster Vorschlag brachte uns auch nicht weiter. »Wenn es auch in Wirklichkeit Zwerge gäbe, das wär was. Dann könnten wir aus zwei Zwergen eine Jungfrau machen.«

Ich sagte einen meiner Lieblingssprüche: »Wenn meine Oma Räder hätte, dann wär sie 'n Omnibus.« Doch plötzlich flammte in meinem Schädel das Licht auf. Die Zwerge hatten mich auf die Idee gebracht. »Liliputaner! Eine Liliputanerin nimmt die andere auf die Schulter, und wir hängen ein großes Kleid über die beiden, daß es so aussieht, als wär es eine einzige Frau. Dann legt sich die Frau in die Kiste. Die Brettchen vom Kopfende und vom Fußende nehmen wir vorher weg, und so kann es jeder sehen: oben guckt die Nasenspitze der Jungfrau raus und unten ihre Füße. Begreifst du meine Erfindung?«

Zorro erklärte, er begreife. »Erzähl weiter!« forderte er.

»In der Kiste rücken die beiden Liliputanerinnen ein bißchen auseinander. Die vordere rafft das Kleid an sich. Dann wird gesägt, genau zwischen den Füßen der vorderen und den Haaren der hinteren. Und dann das große Staunen! Jeder aus dem Publikum kann sich überzeugen, daß die Kiste durchgesägt ist. Der Magier klappt den Deckel zu, die Liliputanerinnen rücken wieder zusammen, die Jungfrau entsteigt unverletzt der Kiste. Was sagst du jetzt?«

»Prima«, sagte Zorro. »Besorg du für morgen die beiden Liliputanerinnen, damit wir mit dem Üben anfangen können.« Außerdem grinste er.

Käsiges Meerschweinchen! Da stand ich ganz schön auf dem Schlauch. Schweigen kehrte ein, wie man so sagt. Unsere Programmverhandlungen waren an einem toten Punkt angelangt. Sogar der Hund gähnte.

Und wie der gähnte! Goofys furchteinflößendes Gebiß stand dem eines Raubtiers in nichts nach. Hah, und die gelbe Farbe! War das nicht die Farbe von Berberlöwen?

»Zorro, ich weiß was!« Nur unter Aufwendung aller Willensstärke konnte ich das freudige Zittern meiner Stimme unter Kontrolle bringen. »Wenn wir dem Goofy eine wallende Blondhaarperücke auf den Kopf kleben, wie sieht der dann aus?«

»Wie ein Löwe!« Zorro hatte begriffen. »Paul, du bist ne Wucht! Der zweite Programmpunkt ist perfekt. Ein kühner Mensch wird seinen Kopf in den Rachen des Löwen Goofy legen. Das wird den Zuschauern den Atem rauben.«

»Ich weiß auch, wer dieser kühne Mensch sein wird!« jubelte ich. »Mein Freund Moses. Du, der wagt was! Der hat sogar schon mal einen reißenden Fluß überquert.« Daß dieser reißende Fluß der ömmelige Deilbach gewesen ist, brauchte ich ja nicht unbedingt an die große Glocke zu hängen.

Zorro war eindeutig begeistert. »Klasse! Vielleicht hat dein Freund Moses auch eine Ahnung vom Jungfrauenzersägen.«

»Das kann gut sein. Dem Moses ist alles zuzutrauen. Wenn du einverstanden bist, werde ich ihn morgen mitbringen, dann sind wir schon zu dreien. Drei ist einer mehr als zwei.«

Auch diese mathematische Logik sah Zorro selbstverständlich ein. »Bring ihn mit!« entschied er. Dann legte er mir vertrauensvoll die Hand auf die Schulter. »Paul, außer dem Moses mußt du noch etwas mitbringen.«

»Mach ich glatt. Und was?«

»Paar Möhren, paar Äpfel, Tüte Haferflocken und so. Wir müssen das Pony doch am Leben halten. Bei gewagten Reiterkunststücken muß es voll bei Kräften sein. Stell dir vor, es bricht uns in der Manege zusammen!«

Das stellte ich mir lieber nicht vor, sondern versprach

hoch und heilig, meinen Beitrag zur Ponyernährung zu leisten. Das Tier dankte es mir mit dem gewohnten Lächeln.

»Ich muß mich an die Hausaufgaben machen«, sagte Zorro. »Bei diesem fortgeschrittenen Stand der Planung dürfen wir kein Risiko eingehen. Ich will damit sagen, daß meine Mutter auf den gefährlichen Gedanken kommen könnte, nach mir zu suchen. Dann wär Zorros Zirkus natürlich im Eimer.«

»Zorros Zirkus?«

»So wird unser Zirkus heißen. Sagte ich das nicht schon?«

Weil ich wegen Moses weich gestimmt war, widersprach ich nicht. Ich sagte dem Pony und dem Hund und dem Zorro auf Wiedersehen und sprang wohlgelaunt in den Sattel. Wir hatten einen Haufen Arbeit, das war klar, aber es würde Spaß machen.

Wenig Spaß allerdings machte mir dann der Haufen Hausaufgaben, der mich stundenlang niederdrückte. Aber für den Moses hatte ich eine tolle Nachricht. So etwas bringt Farbe in den grauen Alltag, will ich mal sagen. Zum Abendessen gab es Speckpfannkuchen. Das war auch sehr schön.

Das dritte Kapitel handelt von einem halben Diebstahl, von vier Meinungen, von einem Schabrackentapir und von den Ansichten eines Clowns.

Als ich dem Moses die kochendheiße Nachricht von unserem Zirkusunternehmen unterbreitete und ihm huldvoll verkündete, daß der Zorro und ich beschlossen hätten, ihn in unsere Planung einzubeziehen, da sagte er bloß ganz trocken: »So was Ähnliches hab ich mir schon gedacht.«

Da soll man nicht zum Frührentner werden!

Der Moses ist wirklich der überheblichste Tünnes unter der Sonne. Da denkt man, der springt vor freudiger Überraschung zehn Meter hoch, und dann so eine Bemerkung. Wenn sich ein Mensch unheimlich überschätzt, dann ist es der Moses. Wenn man dem zum Beispiel den Job des Bundesfinanzministers anböte, ich wette, der würde den ohne mit der Wimper zu zucken annehmen. So einer ist er. Aber sonst ist er ganz okay.

Man kann ihm jedenfalls nicht nachsagen, er habe keine Ideen. So übernahm er auch sofort die Lösung des Problems mit der zersägten Jungfrau.

»Es handelt sich um einen ganz einfachen Trick, Paul«, sagte er, als wir in der großen Pause unter der Platane saßen und den seilhüpfenden Mädchen zuschauten. »Welcher Trick das genau ist, weiß ich jetzt noch nicht, aber ich habe schon so eine Ahnung. Während der Religionsstunde werde ich das Rätsel knacken.«

Und er knackte! Bei allen Heiligen, der Moses hatte wirklich und wahrhaftig eine Erleuchtung. Zuerst sah ich es an seinem Gesicht, dann flüsterte er mir ins Ohr: »Um zwei bei Paus am Pümpken!«

Das ist eine Kneipe, die heißt so. Nach Aussage meines Vaters hat da früher wirklich mal eine Pumpe gestanden. Paus am Pümpken war unser Treffpunkt, weil wir einmal ausgemessen hatten, daß diese Ecke exakt auf der Mitte zwischen unseren Wohnungen liegt. Als ich um zwei mit meinem stählernen Mustang ankam, wartete der Moses bereits. »Wir brauchen einen Unterleib«, erklärte er.

»Da ist was dran«, bestätigte ich.

»Ich hab geahnt, daß du mich nicht verstehst«, seufzte er. »Siehst du, daß ich einen Anhänger an mein Fahrrad gekoppelt habe?«

»Es ist nicht zu übersehen.«

»Mit diesem Anhänger werden wir den Unterleib transportieren. Die Jungfrau braucht nämlich einen zusätzlichen Unterleib, das ist der ganze Trick. Wenn die in die Kiste steigt, ist da schon ein Unterleib drin. Die gibt dem nur einen kleinen Stoß, damit die Füße unten rausgucken. Jeder meint natürlich, das seien ihre Füße. Schnallst du das? Sie zieht ihre eigenen Füße aber in Wirklichkeit ganz eng an sich. Unter den Bauch. Zwischen ihr und dem Unterleib entsteht eine Lücke, und dort wird gesägt. Ich weiß selber, daß meine Idee genial ist, du brauchst es mir nicht zu sagen.« Er schob seine rechte Hand ins Hemd, damit er wie Napoleon aussah.

»Alles klar«, sagte ich und hatte kein Wort verstanden.

Wir fuhren los, um einen Unterleib zu besorgen. Aber nicht zum Friedhof oder zum Gerichtsmedizinischen Institut, sondern in die City. Die Räder und den Anhänger parkten wir hinter einer Plakatwand. Ich lief einfach hinter dem Moses her und dachte: Entweder ist er vom wilden Wahnsinn überfallen worden, oder er weiß wirklich, wo wir einen Unterleib auftreiben können. Beim Moses ist das nämlich immer so eine Sache.

Wir kletterten über eine Mauer und landeten im Hinterhof vom Kaufhaus Erdbrecht & Weitmann. Das ist so ein Laden, in dem es vom Hosenknopf bis zum Fertighaus so ziemlich alles gibt. Mir ging ganz schön die Muffe, als wir uns geduckt und lautlos wie die Flußpiraten zwischen den abgestellten Lieferwagen durchschlängelten. Ich glaube, der Moses hatte noch mehr Angst, denn er tastete immer wieder seinen Hosenboden ab.

In der Lagerhalle fuhr jemand mit einem Gabelstapler herum und transportierte Kisten und Pakete von der Laderampe in den hinteren Teil der Halle. Gewaltige Regale, prall gefüllt mit Kochtöpfen und Oberhemden und Unterhosen und solchen Angelegenheiten, reichten bis unter die Decke. Ich fragte mich ununterbrochen, was wir hier bloß verloren hatten, doch da rammte mir der Moses plötzlich seinen spitzen Ellenbogen in die Magengrube und zeigte durch das Tor in eine Nische der Lagerhalle, in der jede Menge Gerümpel abgestellt war.

Da zuckte ein Blitz durch mein Hirn.

Schaufensterpuppen! Nackte Frauen mit verdrehten Armen und Hälsen, die die Finger spreizten, als müßten sie ununterbrochen Michael Jackson anhimmeln. Nackte Männer mit komischen Knubbeln an den Stellen, wo lebende Männer einen Pimmel haben. Nackte Kinder, die wie Streber aussahen, die in sämtlichen Klassenarbeiten mindestens eins plus kriegen und das Glück ihrer Eltern darstellen. Da lagen aber auch Einzelteile rum: angewinkelte Arme, gestreckte Beine, angedepperte Köpfe, Schulterstücke und Busen, Hände für Handschuhreklamen – und Unterleiber.

»Da! Unterleiber!« zischte ich dem Moses zu.

»Was denn sonst?« sagte er mal wieder so richtig von oben herab, daß ich ihn am liebsten zum Duell gefordert hätte, für das wir natürlich im Moment keine Zeit hatten. »Wenn der Eumel mit seinem Gabelstapler mal wieder im Hintergrund verschwindet, dann schlagen wir zu. Bist zu bereit, Paul?«

»Aber... aber das ist doch Diebstahl!«

»Blödsinn! Wir holen uns doch bloß eine *halbe* Schaufensterpuppe. Das wär doch dann höchstens ein halber Diebstahl. Ein halber Diebstahl ist nicht mal ne Sünde.«

Das mußte ich zugeben. Wenn man die Sache mal von *der* Seite betrachtete, hatte der Moses absolut recht. Und dann hatte ich sowieso keine Zeit mehr zum Grübeln, denn der Gabelstaplerfahrer war verschwunden, und der Moses raste los.

Ich also hinterher. Wir schnappten uns den ersten Un-

terleib, der uns in die Hände kam. Am Knubbel erkannte ich, daß es ein Männerunterleib war, aber auf solche Feinheiten konnten wir im Augenblick keine Rücksicht nehmen. Als wir mit unserer Beute über die Mauer verschwunden waren und japsend hinter der Plakatwand lagen, um ein bißchen Sauerstoff in unsere Lungen zu saugen, da wußten wir, daß wir in dieser Viertelstunde um Jahre gealtert waren.

Wir banden dann den Unterleib auf dem Fahrradanhänger fest und verhüllten ihn mit einer Wolldecke, er sah aber trotzdem noch wie ein Unterleib aus.

»Hör zu, Moses«, sagte ich, »wenn wir von der Polizei angehalten werden, wegen Mordes oder so, dann laß mich mit den Brüdern reden. Ich werd sie schon zu nehmen wissen. Als alter Krimi-Leser hab ich ein besseres Feeling als du für solche Situationen.«

Dem Moses war's egal. Der hatte mit dem Anhänger hinter sich ganz gehörig zu ackern, denn es geht bergauf von der City zum südlichen Stadtrand. Ich wollte den Moses ja ablösen, aber das empfand er als eine Beleidigung. Das heißt, ich dachte mir, daß er das als Beleidigung empfinden *könnte.* Darum hab ich ihn auch gar nicht erst gefragt, wo wir uns doch von der einen Beleidigung gerade erst erholt hatten.

Wieder wartete Zorro, doch diesmal nicht allein. Als ich das Mädchen neben ihm sah, war mir schlagartig klar, daß es Turbulenzen geben würde, wie es in der Fachsprache der Piloten heißt. Nicht, daß das Mädchen besonders dick oder gewalttätig oder häßlich ausgesehen hätte! Es war diese gewisse Art, wie sie das Kinn vorstreckte, die mich an eine Mischung aus Rachegöttin und Englischlehrerin denken ließ. Sie hatte eine rote Jogging-Hose an und ein grünes T-Shirt mit der Aufschrift *Man at work*. Ihr Haar war schwarz und glatt wie ein eingeölter Sturzhelm. Moses und ich wischten uns erst mal den Schweiß von den Stirnen.

»Sie heißt Annette«, verkündete Zorro, »und wird in unsere Zirkusdirektion einsteigen. Sie ist die Tochter der Bautischlerei Schöne-Holtkamp. Noch Fragen?«

Ich zeigte auf den Moses. »Das ist der Moses.« Ich zeigte auf den Anhänger. »Das ist der Unterleib der zersägten Jungfrau. Noch Fragen?«

»Mehrere«, sagte Annette. »Frage eins: Warum kommt ihr so spät?«

Das fing ja prima an! »Antwort eins: Weil wir einen Unterleib klauen mußten für die zersägte Jungfrau!« Ich war sauer.

»Das bringt mich gleich auf Frage zwei«, entgegnete Annette schnippisch. »Wieso wird hier dauernd von einer zersägten Jung*frau* gelabert? Wie wär's denn mal mit einem zersägten Jung*mann?* Sollen die Frauen denn ewig bloß die schmückenden Nebenrollen spielen? Jeder eitle Gockelhahn, der ne Fernsehshow kaspern darf, kriegt son halbes Dutzend Assistentinnen verpaßt, die ihn dann doof lächelnd wie Garderobenständer dekorieren müssen. Hat's einer von euch schon mal umgekehrt gesehen? 'Ne

Showmasterin mit drei, vier geschminkten Lackaffen. Na? Und jetzt wollt ihr Schussels wie üblich einen Magier eine Jungfrau zersägen lassen. Ich frage: Warum soll nicht eine Magierin einen Jungmann zersägen? Das wär doch mal was Neues! Was sagst du dazu, Paul?«

Aha, meinen Namen kannte sie also schon. »Aber deswegen haben wir doch extra einen männlichen Unterleib geklaut«, entgegnete ich locker.

Zorro sagte dann: »Wollen wir nicht besser von der Straße verschwinden? Muß ja nicht jeder hören, was wir so über die Zirkuspremiere reden. Ich hab mich übrigens entschlossen, auch als Messerwerfer aufzutreten.«

»Über die endgültige Programmgestaltung wird nachher diskutiert«, entschied Annette und schüttelte ihre Helmfrisur.

Der Moses warf mir einen Blick zu, der besagte: Paul, in was für eine schlimme Gesellschaft hast du mich entführt? Doch als wir dann – er und ich mit dem Unterleib auf den Schultern – in die Garage traten, wo die Dogge und das Pony wie ein Liebespaar schmusten, da schmolz der harte Moses dahin wie ein Achtel Butter in der Sonne und streichelte mit der linken Hand den Hundehals und mit der rechten Hand die Ponyschnauze. Als er nach ungefähr fünf Stunden damit fertig war, fragte er, ob wir nicht allmählich die Programmfolge beschließen sollten. Er schaute dabei die Annette an. Ich glaube, er machte ihr sogar richtig Augen. Wirklich, bei dem Moses muß man mit dem Schlimmsten rechnen.

Zorro holte wieder seinen Zettel aus der Tasche. »Die Löwennummer steht. Der Höhepunkt des Abends wird Zorros Auftritt sein. Die Zersägung der weiblichen Jungfrau oder des männlichen Jungmannes ist im Prinzip auch paletti. Um diese drei Säulen herum wickeln wir das Restprogramm. Die Perücke für den Goofy hat Annette bereits besorgt.«

Annette griff in eine Plastiktüte und kramte eine krusselige Langhaarperücke hervor, die war ziemlich schwarz. Ich wandte sofort ein, daß Löwen blondes Haar hätten, doch Annette winkte müde ab. Sie habe im Tierlexikon nachgeschaut. Berberlöwenmähnen seien dunkelbraun bis schwarz. Als Annette dann auch noch Möhren aus der Tüte holte, schoß mir die Schamröte ins Gesicht. Ich Trottel hatte das Ponyfutter vergessen!

»Ich hab das Ponyfutter vergessen«, gestand ich mit gedämpfter Lautstärke und schaute betreten zu Boden.

»Männer sind nun mal vergeßlich«, sagte Annette kalt.

»Aber ich mußte mich doch um den Unterleib kümmern!«

»Männer haben auch immer faule Ausreden!« fauchte Annette.

Eines Tages, flüsterte ich in mich hinein, eines Tages wird dich irgend jemand erwürgen, du überhebliches Weibsstück, und es sollte mich verdammt noch mal nicht wundern, wenn ich dieser Jemand wäre.

Während sich das kakaobraune Pony über die Möhren hermachte, fing die gelbe Dogge Goofy an, die Perücke zu verschlingen. Beide schienen über einen gesegneten Appetit zu verfügen.

»Blöder Hund!« schrie die Annette. »Die gehört meiner Oma!«

Moses mit seiner Geistesgegenwart war es, der dem Tier die Langhaarperücke aus dem Rachen riß. Bei dieser Gelegenheit erfuhr er auch, daß er der unerschrockene Mensch sein würde, der sein Haupt den schrecklichen Zähnen des Löwengebisses aussetzen müßte. Er nickte nur gelassen. Echt, so einer ist der Moses. Wir haben dem Goofy dann die Perücke probehalber aufgesetzt und konnten feststellen, daß er einem Berberlöwen zum Verwechseln ähnlich sah.

Zorro und Annette holten die Teppichbodenkiste aus dem Keller. Sie mußten dabei sehr vorsichtig sein, damit die Übersetzerin nichts merkte. Wir legten in die rechte Hälfte den Unterleib hinein. Als Moses als zu zersägender Jungmann ebenfalls in die längliche Kiste stieg, knirschte der Apparat gefährlich in allen Fugen, weil er nämlich nicht aus Holz, sondern aus Preßpappe bestand. Moses gab nun dem Unterleib einen Schubs, daß die Füße hinten aus der Kiste ragten. Dann zog er die Beine unter seinen Körper und machte sich ganz flach.

»Zeig deine Nase!« mahnte Zorro.

Moses tat das auch, doch dann erkannte ich etwas höchst Betrübliches. Von der Nasenspitze, die vorn aus der Kiste ragte, bis zu den Füßen des Unterleibs, die hinten aus der Kiste ragten, waren es mindestens zweimeterachtzig. So sehr konnte nicht einmal der Jungmann Moses in so kurzer Zeit wachsen. Doch er wußte die Lösung. Man müsse ein Stück von der Kiste und ein Stück vom Unterleib absägen, dann gehe es, meinte Moses. Wichtig war auch, daß an den Füßen des Unterleibs die gleichen Socken waren wie an den Füßen vom Moses.

Moses kam nun in ganzer Körpergröße ans Tageslicht gekrochen und verkündete, daß er in unserem Zirkus auch eine aktive Rolle zu spielen gedenke. »Den Kopf in ein Löwenmaul legen, das ist was Passives. Sich zersägen lassen auch. Ich werde zusätzlich den Clown spielen.«

»Den spielst du doch immer!« Ich feixte ihn an, aber er merkte gar nicht, daß das eine Provokation sein sollte, wie man so sagt.

Zorro zog seine Peitsche aus dem Hosenbund. »Ich werde auch drei Rollen übernehmen. Einmal trete ich als Messerwerfer auf, einmal als Zorro, was ja der Höhepunkt des Abends sein wird, und außerdem als Ansager. Ich führe die Zuschauer gewissermaßen durch das Programm.«

»Da brauchst du doch sicher eine Assistentin, wie?« Annette giftete den Zorro an, daß der die Peitsche fallen ließ. »Nee, nee, mein Junge! Das wird noch ausgewürfelt, wer von uns die Ansage macht.«

Zwar protestierte Zorro matt unter Hinweis auf den Namen des Zirkus, aber die Annette ließ sich auf gar nichts ein und verlangte erst einmal eine ernsthafte Diskussion über das weitere Programm.

Ich zählte auf: »Wir haben Jungmannzersägen, die Löwennummer, den Zorro mit der Peitsche, den Messerwerfer, den Clown – ja, und die Reiterkunststücke auf dem Ponyrücken. Was brauchen wir noch?«

»Moment mal«, sagte der Moses. »Son bißchen Rumturnen auf dem Pony, das ist ziemlich popelig. In den Pferdebüchern kann das so ungefähr jeder Hosenpisser. Wir müssen uns zu dem Pony noch einen zusätzlichen Gag einfallen lassen. Sehe ich das richtig?«

Was der Moses da absonderte, empfand ich irgendwie als eine Drohung. Ich hätte auf meine Empfindung hören sollen! Heute weiß ich, daß es eine Drohung *war.* Doch zunächst mal quasselten wir völlig chaotisch durcheinander, wie sich jeder von uns das zusätzliche Programm vorstellte.

Zorro schrie: »Akrobatik muß her und was Aufregendes mit Giraffen oder so! Und Menschenpyramiden und Feuerschlucker!«

Moses schrie: »Hundedressuren! Kleine Hunde kommen bei Kindern und bei Omas besonders gut an! Und dreifacher Salto auf nem Fahrrad. Aber rückwärts!«

Ich schrie: »Ich bin für eine Seiltänzerin und für bissige Krokodile! Und wenn wir schon keine Elefanten haben, dann brauchen wir wenigstens einen Kaffernbüffel oder ein Wildschwein!«

Annette schrie: »Schabrackentapir! Schabrackentapir!«

Weil Annette die schrillste Stimme hatte, übertönte sie uns alle. Das Pony keilte verstört mit den Hufen in der

Gegend herum, die Dogge heulte sozusagen den Mond an, der Zorro bettelte mit verdrehten Augen, wir möchten doch bitte an die Gefahr denken, die uns von seiner Mutter her drohe. Die Garage war ein einziges Tollhaus. Also beendeten wir erst einmal die Diskussion.

Als endlich Ruhe herrschte, fragten Zorro und Moses und ich im Chor: »Was ist denn ein Schabrackentapir?«

Annette gab zu, daß sie das nicht so haargenau wisse. »Auf jeden Fall ein sehr seltenes Tier aus einem fernen Land. Beim ollen Boße auf der Wiese, da weiden so afghanische Wollschafe, die sehen so aus, wie ich mir Schabrakkentapire vorstelle.«

»Schabracken sind Satteldecken«, sagte ich als Kenner.

»So dicke Übergardinen werden auch Schabracken genannt«, meinte Annette.

»Satteldecken oder Übergardinen: was hat das mit afghanischen Wollschafen zu tun?« wollte der Moses wissen.

Annette erklärte es ihm. »Die haben das Fell so komisch runterhängen an den Seiten. Richtig ausländisch sieht das aus. Und schwarze Gesichter und schwarze Beine haben sie. Da kommt man richtig ins Staunen, wenn man sie sieht. Der olle Boße leiht uns manchmal eins aus, damit es das Gras in unserem Vorgarten frißt. Ist besser als ein Rasenmäher.«

»Wenn schon!« sagte der Moses. »In unserem Zirkus wird kein Rasen gemäht. Was sollen wir also mit dem Schabrackenschaf? Sollen wir's am Spieß braten und auffressen?«

Da machte die Annette den Moses richtiggehend zur Schnecke. »Du redest genauso bescheuert, wie du aussiehst! Ob ich mir wohl vielleicht schon son paar Gedanken über den Dressurakt mit dem Wollschaf gemacht habe? Erst denken, dann reden. Ist ne schöne Lebensweisheit, Moses! Mußt du dir mal merken, falls dich das nicht überfordert. Wir werden das afghanische Wollschaf als Schabrackentapir auftreten lassen, und die Hildegard wird auf dem Schafskopf reiten und Kunststücke vollführen und Geschrei anstimmen. Das könnte glatt eine Weltsensation werden!«

»Wer, bitte, ist Hildegard?« fragte ich bescheiden.

»Annettes zahme Wildente«, erklärte Zorro. »Sie hat das Tier dressiert. Es kann auf Kommando schreien und mit den Flügeln schlagen. Außerdem tut es für Würfelzukker fast alles, sogar Küßchengeben und Ohrenbeißen.«

Na, das stellte doch einen satten Programmpunkt dar! Ich spürte es warm in der Brust, daß wir enorme Fortschritte machten. Und weil ich ja diesen siebten Sinn habe, fiel mir die Antwort schon ein, bevor Zorro die Frage stellte. »Ich werde gewagte Kraftakte auf dem Fahrrad zeigen«, erklärte ich.

Zorro starrte mich verwundert an. »Mensch, Paul, gerade wollte ich dich fragen, was du denn eigentlich vorführen willst. So ein Zufall!«

»Kein Zufall«, sagte ich. »Ich kann Gedanken lesen. Diese Fähigkeit könnten wir übrigens auch noch ins Programm einbauen. Aber was die Fahrradakrobatik betrifft:

ich werde Handstände zeigen und so eine Art Salto rückwärts. Dreifach natürlich. Wie's der Moses vorhin gefordert hat.« Ich sah es schon vor mir, wie die Zuschauer den Atem anhielten. Schutzbleche, Lampe, Handbremse und so: diese überflüssigen Sachen würde ich abmontieren und das Stahlroß golden anstreichen.

Moses zweifelte. »Vergiß es, Paul! Du brichst dir die Ohren.«

Einerseits stand ich selbstverständlich eiskalt über solchen Unterstellungen, andererseits können solche Unkenrufe auch ein böses Vorzeichen für einen Fahrradakrobaten sein. Wir Artisten sind nun mal abergläubisch. Ich will mal so sagen: Ich wurde von gemischten Gefühlen heimgesucht.

Zorro ließ die Peitsche zittern. »Mir ist eben der passende Name für das Pony eingefallen. Oklahoma Lady! Ich stelle sie den Zuschauern als Oklahoma Lady vor.«

»Bist du von Sinnen?« schrie ich, weil ich ja auch in Tierangelegenheiten ein ausgesprochener Kenner bin. »Es ist keine Sie. Es ist ein *Er!* Daß du das nicht siehst!«

Zorro hustete zunächst mal ausgiebig, bevor er antwortete: »Bei Künstlernamen spielt das Geschlecht keine Rolle. Außerdem müssen wir jetzt über den Seiltanz reden. Wer käme dafür in Frage?«

»Die Jutta natürlich«, sagte der Moses. »Die absolute Sportkanone in unserer Klasse. Die müßtet ihr mal auf dem Schwebebalken sehen! Und so ein Seil ist ja eine Art Schwebebalken. Nur ein bißchen dünner.«

»Und ein bißchen wackliger«, gab ich zu bedenken, weil ich dem Moses diese Schnapsidee ausreden wollte. Nie im Leben würde die Jutta bei uns mitmachen, weil ich mich doch an ihren Liebesperlen versündigt hatte.

Ganz eindeutig erwies sich der Moses auch als Gedankenleser. »Mach dir mal nicht ins Hemd, Paul! Ich verfüge über die nötige Ausstrahlung, um die Jutta als Seiltänzerin gewinnen zu können. Niemand weiß besser als ich, wie man die weibliche Pschü…, äh, Psüsch… äh, Seele behandeln muß. Das müßte gerade dir bekannt sein.« Zum Glück sah der Moses die Blitze nicht, die die Annette aus ihren Augen auf ihn schleuderte.

Der geriet jetzt richtig in Fahrt, der Moses. Über seine Methode, die Rolle des Clown zu gestalten, wollte er mit uns reden. Wirklich, so hochgestochen drückte er das aus. »Ich werde Witze erzählen«, teilte er uns mit. »Zum Beispiel den: Ein Pater und eine Nonne spielen Golf…«

»Keine religiösen Witze!« entschied Zorro.

»Okay«, sagte Moses, »dann zum Beispiel den: Die Präsidenten von den Vereinigten Staaten von Amerika und von Frankreich treffen sich mit dem deutschen Bundeskanzler und…«

»Keine politischen Witze!« rief Zorro.

»Warum denn nicht?« fragte der Moses.

»Wegen der Ausgewogenheit. So nennen die vom Fernsehen das auch. Wenn du Witze über den Bundeskanzler machst, dann lachen die, die den Bundeskanzler nicht mögen. Aber die, die den Bundeskanzler mögen, die beschmeißen uns mit Tomaten und faulen Eiern und stören die Vorstellung. Denk dir also was anderes aus, Moses!«

Für den Moses war das kein Problem. »Ich werde Lieder spielen auf der Trompete, und das Publikum muß dann raten, welche Lieder ich gespielt habe. Was sagt ihr zu meinem Vorschlag?«

»Bist du vom wilden Mann umzingelt?« rief ich dem Moses zu. »Du kannst doch überhaupt nicht Trompete spielen.«

»Das ist doch der Witz! Wenn ich die Lieder richtig spielen würde, dann gäb's doch nix zu raten. Logisch?«

Wir konnten diese Debatte nicht fortsetzen, weil Zorro unruhig wurde. Da rief nämlich in der Ferne eine Frauenstimme ununterbrochen *Dieter! Dieter!* und *Goofy! Goofy!* Es handelte sich natürlich um die Übersetzerin. Der Hund ließ die Ohren spielen und setzte zum Bellen an.

»Schnauze, Goofy!« zischte Zorro und hielt der Dogge das Maul zu. »Mist, verfluchter! Aber da kann man nichts machen. Die Frau setzt mich teuflisch unter Druck, weil meine Englischarbeit in die Hose gegangen ist.«

Warum mußte der Zorro das schreckliche Wort Englischarbeit in den Mund nehmen? Warum mußte der so in meinem verletzten Herzen herumrühren? Ich fing richtig an zu leiden.

»Überlegt euch bis morgen, wie wir unsere Trainingseinheiten am besten organisieren«, sagte Zorro und griff sich seine Peitsche. »Und macht euch Gedanken wegen der Kostüme!«

»Morgen treffen wir uns aber *pünktlich*«, kommandierte Annette mit Lehrerinnenstimme und schaute dem Moses und mir lange in die Augen, was dem Moses offensichtlich sogar gefiel.

»Dieter! Goofy!« schrie die Stimme und war schon gefährlich nah.

»Wir kommen!« Zorro schob das Garagentor hoch und verschwand mit dem gelben Hund. Draußen knallte er mächtig mit der Peitsche. Ob er die Flammen seiner ausgedachten Kerzen auch wirklich traf?

Wir streichelten das Pony und machten uns auch auf den Weg. Noch einmal würde ich das Futter für die Oklahoma Lady nicht vergessen. Während der Rückfahrt spukte die sanfte Stimme der Seiltänzerin Jutta durch meine Gedanken. Hoffentlich überschätzte der Moses seine Ausstrahlung nicht.

Zu Hause hab ich dann im Tierlexikon nachgeschaut. Ein Schabrackentapir hat nicht die mindeste Ähnlichkeit mit einem Schaf.

Das vierte Kapitel handelt von einer Ventilposaune, von zweiundsiebzig Weihnachtskerzen, vom Erscheinen der Seiltänzerin und von einem Kampfdackel.

Ich hatte meine Hausarbeiten in groben Zügen hinter mich gebracht und saß mit der Ursulamutter und den Pokerspielerinnen beim Kaiserschmarrenessen, da krächzte das Telefon. Die Felix warf blitzschnell ihre Karten auf den Tisch und stürmte los, weil sie dachte, ihr Märchenprinz wär an der Strippe. Es war aber der Moses, der wollte seine Sorgen auf meine Schultern legen.

»Paul«, stöhnte er, »ich habe keine Trompete!«

Ich entgegnete kühl: »Ich kann ja mal bei uns unterm Sofa nachschauen. Vielleicht liegt da zufällig eine rum, Moment, kann gut sein, daß ich eine in der Westentasche habe.«

»Du hast überhaupt keine Weste«, sagte der Moses.

»Richtig! Ich hab auch keine Trompete. Ich will ja auch nicht als Instrumentalclown auftreten. Was also soll das Gejammer? Ruf bei der Telefonseelsorge an, wenn du dich ausweinen willst. Ich muß auflegen. Da fängt nämlich jetzt ein Film mit Humphrey Bogart an.«

»Das wollte ich hören«, sagte der Moses mit Totengräberstimme. »Der Bogart ist dir also wichtiger als dein Freund. Ich muß ständig besoffen gewesen sein, daß ich mich bis heute so hab täuschen lassen von dir. Das war's dann wohl, Paul.«

»Halt!« schrie ich, weil mir diese Worte sehr nahegingen. »Moses, wie kannst du mich derart zum Verräter stempeln?« Diese Formulierung gefiel mir gut. »Ich habe nun mal keine Trompete für dich.«

»Aber vielleicht hast du ne Idee, wo wir eine Trompete auftreiben können. Du bläst dich doch sonst immer so auf, daß du der größte Organisator der Welt wärst. Oder seh ich das falsch? Vergiß Bogie! Wir treffen uns in zehn Minuten bei Paus am Pümpken.« Peng. Er hatte einfach den Hörer auf die Gabel geknallt.

»Ich muß noch mal weg«, sagte ich der Ursulamutter und schaufelte den Rest vom Kaiserschmarren in mich hinein.

»Jetzt noch? Was hast du denn vor?« Geballter Mütterargwohn schwang in diesen Fragen mit. Auch die vier Schwesternaugen signalisierten Neugier.

Aber ich bin ja kein Anfänger! »Der Moses und ich, wir haben unterschiedliche Ergebnisse raus bei der Algebraaufgabe. Und weil die Hausarbeit zensiert wird, wollen wir unsere Ausrechnungen unbedingt vergleichen.«

So knackt man mütterliche Widerstände. Eine Minute später stand ich auf der Straße. Aber wie ich für den Clown Moses eine Trompete aus dem Hut zaubern sollte, das wußte ich immer noch nicht. Blockflöten, Klaviere und Mundharmonikas hätte ich massenhaft auftreiben können, Trompetenbläser besaß ich nur auf Schallplatten. Louis Armstrong und so.

Der Moses trippelte schon wie ein nervöses Rennpferd

am Treffpunkt herum. »Was ist? Weißt du, wer eine Trompete für mich hat?«

Und wie das Schicksal es in seltenen Sternstunden mit seinen Lieblingskindern so fügt: Genau in diesem Augenblick fiel mir plötzlich Tante Hanna ein, die das Erbe ihres musikalischen Mannes Erwin, der vor Jahren verblaßte, wie ihre Augäpfel hütet. »Klar doch!« sagte ich lässig.

Der Moses legte mir schwer die Hand auf die Schulter. »Paul, ich habe keine Sekunde an dir gezweifelt. Du bist ein wahrer Freund in der Not.«

»Aber es handelt sich nicht so direkt um eine Trompete. Sagen wir mal, es ist so eine Art Trompete. Bißchen länger und so.«

»Das ist mir schnuppe«, sagte der Moses, »ich komme mit jedem Instrument zurecht. Worauf warten wir noch?«

Auf der Strecke zum Gustav-Heinemann-Platz galten zum Glück unsere Wochenkarten. Der Busfahrer machte zwar zuerst Schwierigkeiten, weil nach seiner Ansicht so spät am Abend kein Schulunterricht mehr stattfinde, doch wir machten ihm klar, daß wir wie jeden Mittwoch Sternkunde hätten. Zu dem Haus in der Emmastraße, wo Tante Hanna wohnt, hatten wir's dann nicht mehr weit.

Die Tante hatte anscheinend gerade frische Zähne verpaßt bekommen, deswegen fiel ihr das Begrüßungslächeln schwer. Doch sie freute sich so sehr, daß sie dem Moses und mir Kamillentee kochte. Wir mochten ihn nicht, bestätigten der Tante Hanna aber, daß er köstlich schmecke. Da strahlten ihre neuen Zähne noch heller.

Ich rückte dann mit der Sprache raus. »Gut, daß es dich gibt, Tante Hanna! Du bist unsere Rettung. Es geht um das künstlerische Erbe von Onkel Erwin.«

»Wollt ihr Geld schnorren?« fragte die Tante.

»Im Gegenteil!« riefen der Moses und ich.

»Dann weiß ich nicht, was ihr wollt.«

»Wir wollen uns für ein paar Tage Onkel Erwins Trompete ausleihen.« Ich funkelte sie mit meinem schönsten Großneffenlächeln an. »Ich meine jenes Blechblasinstrument, das so ähnlich aussieht wie eine Trompete.«

»Es handelt sich um eine Ventilposaune«, sagte die Tante säuerlich, »mit einer Trompete hat dieses Instrument nicht das mindeste zu tun.«

»Völlig klar«, bestätigte der Moses. »Der Paul versteht nichts von Musik. Genau um diese Ven... Ven... Also, um diese Posaune geht es. Es ist eine zukunftsentscheidende Frage, weil sonst möglicherweise mein Talent für immer auf der Strecke bleibt.« Das hatte der Moses fein gesagt.

Tante Hanna schien tief beeindruckt. »Für immer?« fragte sie.

Ich schmiedete jetzt das Eisen weiter, wie man so sagt, weil es heiß war. »Mein Freund Moses hat die Chance seines Lebens. Er darf morgen mitmachen beim Wettbewerb *Jugend musiziert für Olympia.* Diese Aktion wird nicht nur staatlich, sondern auch kirchlich gefördert. Moses wird das *Ave Regina* auf der Ventilposaune zu Gehör bringen. Gerade eben hat er es mir und meiner Mutter vorgespielt. Es hörte sich furchtbar an! Der Moses bläst hervorragend, das ist es nicht, aber sein Instrument! Tante Hanna, seine Ventilposaune ist eine von der billigsten Sorte. Als Waisenkind hat der Moses natürlich nur wenig Geld . . .«

Tante Hanna strich dem Moses über das Haar. Es kann gut sein, daß sie dabei sogar eine Träne verdrückte. Das Eisen war glühendheiß.

»Warum soll der Moses einen Nachteil haben gegenüber den Kindern aus reichen Familien!« rief ich mit einer Stimme, die vor Empörung bebte. »Bei *dem* Talent! Er braucht ein Instrument, das seinen Fähigkeiten entspricht. Wie du weißt, hat Onkel Erwins Ventilposaune einen wunderbar reinen Klang. Leih dem Moses das Instrument, Tante Hanna! Sein Erfolg ist dann auch dein Erfolg, und wir würden deinen Namenstag nie mehr vergessen!« Mit solch ergreifenden Worten sagte ich's ihr, ungelogen.

»Es ist wirklich eine kirchliche Veranstaltung?« fragte Tante Hanna.

Der Moses nickte eifrig. »Ja, in erster Linie kirchlich.«

Da sprang die Tante über ihren Schatten. Sie lief ins Nebenzimmer und wühlte ungefähr drei Wochen in Kisten und Kästen herum und schleppte endlich die Ventilposaune an. Das heißt: sie schleppte sie nicht an, sondern trug sie vor sich her wie die Krone des Heiligen Römischen Reiches Deutscher Nation. Daß diese angerostete Tröte eine Ventilposaune darstellte, das hätte ich vorher auch nicht gewußt. Das Ding sah einerseits aus wie so eine lange

Zugposaune, andererseits hatte es aber solche Ventile zum Draufdrücken wie eine Trompete.

Wie ein Habicht raffte der Moses der Tante das Instrument aus den Händen und schaute es mit verzücktem Lächeln an. Ich glaube, der wollte erst mal die Stelle suchen, wo man reinpusten muß.

»Ein Prachtstück!« frohlockte er.

»Aber mit größter Vorsicht behandeln!« sagte Tante Hanna. Ihre frischen Zähne klapperten vor Aufregung. Vielleicht bildete ich mir das auch nur ein. »Und bald wiederbringen!«

»Sofort nach dem Konzert«, sagte der Moses, »das versteht sich von selbst.« Und dann stach diesen Wahnsinnskandidaten der Hafer. »Soll ich Ihnen etwas vorspielen?«

Entsetzt winkte die Tante ab. »Doch nicht um diese Tageszeit! Was sollen denn die Nachbarn denken!«

»Schade«, sagte der Moses, »es wär mir eine Ehre gewesen.«

Ich hätte dem Schwätzer am liebsten die Zunge abgeschnitten. Wahrscheinlich haben wir uns bei dem hastigen Abgang nicht einmal bedankt. Aber weil ich ja wußte, daß Tante Hanna am 24. Juni Namenstag hat, beschloß ich, an jenem Tag eine Gedenkminute für sie einzulegen.

In dem Haus, in dem der Moses wohnt, gibt es einen Heizungskeller mit dick isolierten Wänden und doppelten Stahltüren. Dort haben wir an diesem Abend die Ventilposaune ausprobiert. Als der Moses es endlich schaffte, ein paar röchelnde Töne erschallen zu lassen, da hörte es sich

an, als ob jemand ganz schlimm unter Durchfall litt. Dann spielte Moses die erste Melodie, und ich mußte raten.

»Es war *Hänschen klein,* stimmt's?«

»Banause! Es war *Ein Jäger aus Kurpfalz.*«

Wieder ließ der Moses das Instrument aufjaulen, und diesmal glaubte ich mir meiner Sache sicher zu sein. »Keine Frage! *Der Mond ist aufgegangen.*«

Der Moses blickte mich betrübt an. »Von Musik hast du wirklich keine Ahnung, Paul. Es war natürlich *Yesterday* von den Beatles.«

Die Sache war genau so, wie der Moses es prophezeit hatte: Man konnte die Lieder nur sehr schwer erraten, und das Publikum würde sich gehörig die Zähne ausbeißen beim Musikquiz. Klar war aber auch, daß die Leutchen was zu lachen kriegten, denn der Moses sah beim Blasen aus wie ein Ertrinkender in der Endphase. Der Humorteil des Zirkusprogramms war also unter Dach und Fach.

Ich habe dann noch ganz sauber die vier ersten Töne von *Stille Nacht* gespielt, aber der Moses wollte mir das nicht glauben und behauptete steif und fest, solche Schreie stießen Hirsche in der Brunft aus. Und ausgerechnet er will mehr von Musik verstehen als ich. Als ich nach Hause kam, fragte die Ursulamutter besorgt, ob wir das Problem mit der Algebraaufgabe gelöst hätten. Zuerst wußte ich gar nicht, was sie meinte, dann nickte ich eifrig. Sie streichelte mir daraufhin über den Kopf, weil sie sehr stolz darauf war, daß ich mir mit den Hausaufgaben soviel Mühe gab.

Am anderen Morgen wandten wir eine ausgeklügelte

Taktik an. Moses und ich gingen uns aus dem Weg, wie wir das abgesprochen hatten. Dafür suchte der Moses Juttas Nähe. Sie durfte ja jetzt noch nicht wissen, daß der Seiltanz was mit mir zu tun hatte, weil sie sich sonst garantiert verweigert hätte.

Moses, der verrückte Hund, war mal wieder mit allen Wassern gewaschen! Eine männliche Duftnote hatte er sich zugelegt. So nannte er das jedenfalls. Er war extra ein Stück gerannt, damit er schön schwitzte, und dann hatte er sich mit dem Finger Achselschweiß an die Ohrläppchen geschmiert. Er gab vor zu wissen, daß die Männer in der Karibik auf diese Weise die Frauen für sich gewogen machten. Der und Ahnung von der Karibik! Der weiß ja nicht mal, wo die Karibik ungefähr liegt. Dennoch gab es meinem Herzen einen Stich, als ich aus der Ferne zusehen mußte, wie der Moses die Jutta beturtelte. Paul, redete ich mir zu, du mußt jetzt ganz tapfer sein. Große Pläne fordern Opfer.

Weil unser Sportlehrer sich einen Muskelfaserriß zugezogen hatte, als er den Typen eines Leistungskurses eine perfekte Riesenfelge vorführen wollte, bekamen wir nach der vierten Stunde frei. Das war prima, denn so hatte ich Zeit, mein Fahrrad zu einem Kunstrad umzugestalten. Vom Gepäckträger bis zur Klingel montierte ich alles ab, was bei meiner Darbietung hinderlich sein könnte. Ich wußte, daß um ein Uhr auf der Blumenstraße die Marktstände abgebaut werden. Da kriegt man dann Obstreste und Kohlstrünke geschenkt. Den Marktleuten erklärte ich, es gehe um die Rettung notleidender Zirkustiere, da packten sie mir meinen Rucksack voll mit Bananen, Blumenkohl, Salatköpfen, Äpfeln und leicht angematschten Möhren. Die Oklahoma Lady würde aus dem Lächeln gar nicht mehr rauskommen.

Auf dem Weg hinaus zum Zorro betete ich ununterbrochen zum Heiligen Christophorus, daß er mir sämtliche Polizeistreifen aus dem Weg räume, weil mein Kunstrad ja nicht unbedingt allen Regeln der Verkehrstauglichkeit entsprach, um das mal so zu sagen. Der Heilige räumte. Unbehelligt und ziemlich groggy unter dem schweren Rucksack kam ich im Süden an, wo mich so eine Art Maschinengewehrfeuer empfing. Zorro trainierte mit der Peitsche. Er hatte die schwarze Pappmaske vor dem Gesicht.

Ein guter Cowboy versorgt erst einmal sein Pferd. An diese eiserne Faustregel hielt auch ich mich und umrundete Haus und Hof. In der Garage schüttete ich dem kakaobraunen Pony den Inhalt meines Rucksackes vor die Nase und nahm gerührt die Dankbarkeitsbezeugungen des Tieres entgegen, das es vor allem auf meine Schnürriemen abgesehen hatte. Ich dachte: Allmählich muß mal einer die Ponyköttel wegräumen.

Anschließend fielen mir vor Entsetzen fast die Haare aus. Ich hatte mich dem Zorro genähert, der sich in der Ecke bei der Rumpelkammer einen Übungsplatz ausgesucht hatte, wo ihn die Übersetzerin vom Fenster aus nicht sehen konnte. Goofy lag platt auf den Fliesen und träumte schnarchend seine Hundeträume. Was meinen Blick aber erstarren ließ, das war das Schlachtfeld, das sich vor mir ausbreitete.

Zerdepperte, zerhackte, zerfetzte Kerzenleichen, so weit das Auge reichte. Als wenn ein Amokläufer seine blinde Wut an diesen unschuldigen Weihnachtskerzen ausgetobt hätte. Als wenn einer mit Kreissägen, Baumäxten und Macheten gewütet hätte. Als wenn ein Attentäter sich am Christbaumschmuck vergangen hätte.

Da lagen auch sechs leere Zwölferpackungen rum. Eine einzige Kerze brannte noch, und die haute Zorro dann auch mit mächtigem Schlag durch die Gegend. Es war zum Weinen.

»Die Flammen sind jedenfalls aus«, sagte ich.

»Du siehst, es klappt schon prima.« Zorro rollte seine Peitsche auf und schob sich die schwarze Pappe hoch, damit ich ihm in die Augen blicken konnte.

»Das nennst du prima? Ich denke, du willst nur die *Flammen* auslöschen. Du machst ja regelrecht Hackfleisch aus den Kerzen. Damit kannst du beim Publikum allenfalls einen Heiterkeitserfolg erzielen. Mußt du dem Moses halt sagen, daß *du* den Clown spielen willst.« Und unser Unternehmen sollte ausgerechnet *Zorros Zirkus* heißen? Höhepunkt des Programms? War ich einem Scharlatan aufgesessen? Mit den Wurfmessern würde er die Umwelt wahrscheinlich noch schrecklicher bedrohen.

»Paul«, sagte Zorro ernst, »nichts läßt sich so leicht täuschen wie das menschliche Auge. Man glaubt, die

Wirklichkeit zu sehen, doch man sieht nur das Bild, das man sich von ihr macht.«

»Amen«, sagte ich. »Sie hörten das Wort zum Sonntag. Ich sehe also keine kaputten Kerzen, ich sehe nur das Bild, das ich mir von ihnen mache. Dann ist ja alles okay.«

Zorro stieß ein Gelächter aus, das sich vermutlich fröhlich anhören sollte. »Du denkst, ich trainiere gerade Kerzenflammenausschlagen. Das denkst du doch, oder? Und du hast recht: es könnte den Anschein haben. In Wirklichkeit aber übe ich gerade die Schnelligkeit und nicht die Treffsicherheit. Beim Schnelligkeitstraining kommt es auf ein paar Kerzen nicht an, das siehst du doch sicher ein. Wenn ich mir neue Kerzen besorgt haben werde, kannst du mal meine Treffsicherheit bewundern.« Dann fragte er geradezu kumpelhaft: »Paul, kannst du nicht noch ein paar Weihnachtskerzen für mich auftreiben?«

»Versuchen kann ich's ja.«

»Fein. Und am Samstag bin ich in Höchstform.«

»Am Samstag? Was willst du damit sagen?« Die Adern traten mir aus dem Kopf, meine Knie wabbelten wie Pudding, Schweißbäche schossen mir aus sämtlichen Poren.

Dann sagte Zorro das, was ich natürlich geahnt hatte: »Am Samstag ist doch unsere Premiere. Das hatten wir doch gemeinsam abgesprochen.«

Ich wollte losbrüllen: Schwachsinn! Nix haben wir abgesprochen! Du bist der begnadetste Spinner unter der Sonne! Wollen wir eine Katastrophe veranstalten? Wir müssen noch mindestens zwei Jahre üben! Ich erkläre hiermit meinen endgültigen Rücktritt! Doch dann blieb mir das Gebrüll im Halse stecken, denn die Seiltänzerin erschien.

Jutta kam mit dem Moses angeradelt und sah wunderschön aus. Sie hatte ihr Haar mit einem silbernen Band hochgebunden. Als sie aus der Windjacke schlüpfte, stand sie da in einem weißen Ballettänzerinnentrikot. Auch der Zorro machte Stielaugen. Mein Freund Moses grinste überheblich.

»Hallo, da bin ich«, sagte die Jutta und schaute nur den Zorro an. Sie war mir also noch immer böse. »Ich soll bei euch auf dem Schwebebalken turnen?«

»Hallo«, murmelte Zorro verwirrt. Er machte kleine Kringel mit seiner Peitsche. »Äh... Schwebebalken? Also, wir hatten eigentlich mehr an Seiltanzen gedacht. Hat der Moses dir das nicht gesagt?«

Jutta starrte den Moses entgeistert an. »Schwebebalken. Ich schwöre, er hat Schwebebalken gesagt. Seiltanzen kommt nicht in Frage. So was kann ich nicht.« Sie griff entschlossen nach der Windjacke.

Moses rettete sich erst einmal in einen Hustenanfall. Dann nuschelte er: »So ein Schwebebalken ist ja schließlich ne Art Seil, nicht wahr? Ich denke mir, wir bauen einen dünnen Schwebebalken auf, der sieht dann aus wie ein dickes Seil.«

Die Jutta blieb hart. »Das will ich erst mal sehen.«

In unsere allgemeine Verwirrung hinein kam die Annette

mit einer großen Schubkarre gerollt. Sie hatte zu Hause in der Tischlerei die Kiste und den Unterleib zurechtsägen lassen. Außerdem hatte sie zwei Säcke Sägemehl mitgebracht.

»Heh, was soll das denn werden?« wollte Jutta wissen.

»Damit zersägen wir den Moses.« Annette dachte mal wieder praktisch. »Es wird höchste Zeit für eine Ortsbesichtigung.«

In langer Prozession zogen wir zur Burgruine hinauf. Goofy rieb ununterbrochen seinen gewaltigen Schädel an Juttas Schulter. Das schien sie zu besänftigen. Der Moses führte uns beim Gehen ein seitlich geschlitztes Opanachthemd, lila-weiß geringelte Socken, ausgelatschte Kamelhaarpantoffeln und eine rote Strickmütze mit einer Bommel vor. Das sei das Clownskostüm. Die Ventilposaune hatte er auf seinem Fahrradanhänger mitgebracht. Und dann zog er auch noch eine Karnevalsnase aus der Hosentasche. Ich hatte schon mal witzigere Clownskostüme gesehen.

Die Burgruine war eigentlich nur noch eine Ruine von einer Ruine. Ich will damit sagen, daß nur noch ein paar Grundmauern standen. Eine Fliehburg sei das früher gewesen, erklärte Zorro, und die Bauern hätten sich dann die Bruchsteine für ihre eigenen Häuser gestohlen. Es gab aber einen ganz brauchbaren runden Platz im Innern, den konnten wir gut zur Manege herrichten. Annette sagte, Böcke und Bretter als Sitzplätze für die Zuschauer könnten wir von der Tischlerei bekommen. Sie hatte längst die

Organisation in die Hand genommen, was mir sehr lieb war, weil meine Zweifel an Zorros Fähigkeiten nagten, wie ich es mal bezeichnen will. Ich dachte nur: Welche Zuschauer?

»Was wird eigentlich aus der Pudelnummer?« wollte Annette wissen. »Hat sich einer von euch darum gekümmert?«

»Was für eine Pudelnummer?« riefen der Zorro, der Moses und ich.

»Ihr seid doch die hintervorletzten Gurken!« schimpfte Annette. »Hatten wir nicht einen Dressurakt mit einem kleinen Hund beschlossen, weil kleine Hunde beim Publikum immer so gut ankommen?«

Ich kann es nicht oft genug betonen: In Krisensituationen laufe ich immer zu großer Form auf. Das muß irgendwie mit meinen Genen zusammenhängen. Schlagartig fiel mir nämlich Oma Hüschs Dackel ein. Den hatte ich mir schon mal für eine nächtliche Totenschädelsuche auf dem Friedhof als Fährtenhund ausgeliehen, was ihm nicht so gut bekommen war. Doch ich dachte: Oma Hüsch wird den unangenehmen Vorfall längst vergessen haben. Laut sagte ich: »Muß es unbedingt ein Pudel sein? Geht nicht auch ein Dackel?«

»Dackel sind lahmarschig«, entgegnete Annette.

»Nicht alle!« protestierte ich. »Ich kenne einen, der ist ein wilder Kampfdackel.« Das entsprach nicht ganz der Wahrheit, denn Oma Hüschs Dackel, der den Namen Herr Siegfried führt, aber nicht darauf hört, ist reichlich überfettet und träge, aber immerhin kann man ihn als kleinen Hund bezeichnen. »Soll ich den mitbringen?«

»Also gut, Paul, bring ihn mit.« Annette spielte die Gnädige. »Wir lassen ihn durch einen feurigen Reifen springen. Vielleicht können wir ihn auch irgendwie noch mit Goofy zusammenspannen. Riese und Zwerg: das ist lustig.« Dann nahm sie die Jutta bei der Hand und zog mit ihr los, um in der Tischlerei nach einem Gestell und einer Latte für die Mischung aus Seiltanz und Schwebebalkenturnen zu schauen. Die beiden Mädchen verstanden sich offenbar gut.

Weil die Gelegenheit günstig war, hab ich mit meinem Kunstrad in der zukünftigen Manege freihändig einige artistische Kurven gedreht, und nach dem zweiten Sturz klappte es auch ganz ordentlich. Dann raffte ich all meinen Mut zusammen und vollführte auf dem Lenker einen großartigen Handstand. Doch was rief da der Moses, dieser Depp?

Moses rief: »Paul, versuch doch mal einen Handstand!«

Für so einen Fall von Ahnungslosigkeit hatte ich keine Worte. Außerdem konnte ich mich vor Lachen nicht mehr auf dem Rad halten, weil der Moses zu doof war, den Einstieg in das Nachthemd zu finden. Goofy buddelte im Laub nach Mäusen, Zorro knallte mit der Peitsche herum und sagte, wir dürften nicht vergessen, Eintrittskarten drucken zu lassen.

Anschließend stieß der Moses in die Ventilposaune. Da stöhnten alle Bäume schmerzhaft auf und warfen vor Schreck ihre Blätter ab. So ähnlich jedenfalls.

Das fünfte Kapitel handelt von einem starken Gefühl, von einem schwer zersägbaren Jungmann, von der Katastrophe auf der Weide und vom Pokersieg.

Ich glaube wirklich, daß Zirkusleute eine ganz besondere Sorte von Blut in ihren Adern fließen haben. Denn als wir nun damit beschäftigt waren, das Sägemehl im Rund der Burgruine zu verstreuen, da überkam mich plötzlich ein starkes Gefühl, wie es wahrscheinlich nur ein Berufener wie ich empfinden kann. Ein Stromstoß war das, eine Initialzündung gewissermaßen. Die Zweifel, die noch Sekunden vorher hinsichtlich des Gelingens unseres kühnen Vorhabens in meinen Därmen getobt hatten, waren auf einmal wie weggeblasen. Eine magische Stimme oder etwas derartiges flüsterte in meinem Innern: Paul, du und die anderen, ihr schafft das! Ihr gehört zur aussterbenden Zunft der Gaukler und Spieler, der Artisten und Magier, der Dompteure und Todesverächter, der Clowns und Jongleure.

Wie ich da so stand und den Duft des Sägemehls in meine Lungen saugte, da hörte ich wie aus weiter Ferne die weißen Rosse wiehern und die Tiger fauchen, die Trompeten schmettern und das Publikum jubeln, die Trapeze pfeifen und die Peitschen knallen. Nur allmählich fand ich in die Wirklichkeit zurück, und dann wußte ich wieder, daß das Peitschenknallen vom Zorro verursacht wurde, der bei der Ruinenmauer nach unsichtbaren Kerzen schlug.

Der Moses, der vom Posaunenblasen rot angelaufen

war, verkündete einen Spontaneinfall, wie er das nannte: »Wir sollten für das Pony einen Mehrfachauftritt vorsehen. Erstens: Akrobatik auf dem Rücken des wilden Mustangs, dargeboten von der schlangenhaften Inkaprinzessin Jutta. Zweitens: Eine Menschenpyramide hoch zu Roß mit den fünf fliegenden Miracolos. Na, zieht euch das die Schuhe aus?«

»Geht so«, sagte Zorro. »Die Jutta auf dem trabenden Pony, das kann ich mir durchaus als Programmpunkt vorstellen. Rumpfbeugen, Arme ausbreiten, paar Flic-Flacs und so. Vielleicht sogar mit verbundenen Augen. Aber die andere Nummer, die kapier ich nicht.«

»Ich auch nicht«, sagte ich, obwohl ich was ahnte. »Wer sind denn die fünf fliegenden Miracolos? Heißt einer von denen vielleicht Moses?«

»Du siehst das richtig, Paul. Ganz unten trabt das Pony, darauf sitzt der Zorro und hat den Paul auf der Schulter, auf dessen Schulter hinwiederum ich throne und die Annette auf der Schulter habe, auf deren Schulter die Jutta *steht* und den Kampfdackel in die Höhe streckt. Da bleiben den Zuschauern die Herzen stehen, das garantiere ich euch! Laßt es uns sofort mal ausprobieren, wenn die Mädchen zurück sind!«

Ich glaube, der Moses ist als Säugling häufig gegen die Wand geworfen worden, darum redet der manchmal solchen Weichkäse. «Hör mal zu, du fliegende Makkaroni, von der Schwerkraft hat man dir noch nie was erzählt, wie?« Ich schob ihm seine Karnevalsnase auf die Stirn, daß

er aussah wie das letzte Einhorn im Nachthemd. »Willst du, daß das Pony durchbricht? Willst du, daß der Zorro durchbricht? Willst du, daß du durchbrichst?«

»Aber du«, schnaubte der Moses, »du brichst nicht durch?«

»Nein«, sagte ich in aller Bescheidenheit, »aber ich bin ja auch stärker als ihr zwei.«

Das wollten Zorro und Moses nicht auf sich sitzen lassen und forderten mich zu Zweikämpfen heraus. Moses schlug Keulen als Waffen vor, was typisch war für diesen Neandertaler. Zorro ließ mir die Wahl zwischen Nilpferdpeitsche und Degen. Doch weil in diesem Moment die Mädchen sichtbar wurden, verschoben wir die Duelle auf unbestimmte Zeit.

Der Moses hatte mir aber einen hübschen Floh ins Ohr gesetzt. Einen Teil von seinem Irrsinnsplan konnte ich mir gut vorstellen. Ich im Kosaken-Look auf dem Pony, das in seiner Wildheit kaum zu bändigen ist, und in meinem Nacken sitzt die Jutta und schlingt zärtlich ihre Beine um meinen Hals. Zunächst behielt ich die Idee aber noch für mich, weil die Zeit für diesen Vorschlag nicht reif war.

Annette und Jutta karrten allerlei Holz heran. Es machte sich wirklich bezahlt, daß Annette die Tochter der Tischlerei war. Dann klopfte das Schicksal bei mir an. Halt, nein, es klopfte nicht an, es haute erbarmungslos zu, mit seiner vollsten Wucht, geradezu mit einem Vorschlaghammer. In diesem Fall hieß das Schicksal Annette.

Sie teilte uns mit, daß ein weiterer Programmpunkt zwischen Jutta und ihr vereinbart worden sei. »Wenn ich den Moses zersägt haben werde, verkleide ich mich rasch als Indianerin Lauteres Wasser und reite mit dem Pony in die Manege. Jutta wird dann die Indianerin Schlankes Rohr sein, und sie springt auf das galoppierende Pony auf und klettert auf meinen Rücken, und dann führen wir Balance-Kunststücke vor.« Sie faßte in die Schubkarre und hielt eine Handvoll Hühnerfedern hoch. »Hier, für unseren Kopfschmuck! Habt ihr fleißig geübt?«

»Aber klar«, sagte der Clown Moses. Er grinste mich abscheulich an. Vermutlich erfreute er sich an meinem Schicksalsschlag. Charaktermäßig ist der Moses nämlich manchmal hundsgemein.

»Paul, wie steht's mit deiner Kunstradakrobatik?« wollte Annette wissen. Wie sie so dastand, die Fäuste in die Hüften gestemmt, da erinnerte sie mich ziemlich stark an Missis Rattlesnake.

»Wie nicht anders zu erwarten war, mache ich große Fortschritte«, antwortete ich.

»Das wollte ich hören. Dann überfordert es dich gewiß nicht, auch die Hundenummer durchzuführen? Dich kennt der Dackel ja auch am besten.«

Der Moses mischte sich unzuständigerweise ein. »Mit kleinen Hunden ist der Paul nicht überfordert. Ist doch sein täglicher Umgang. Paul, mach mal Männchen!«

»Praktisch, daß du schon dein Nachthemd anhast!« lachte ich den Moses an. »Da sparen sich die Männer vom

Beerdigungsinstitut ein paar Arbeitsgänge. Du bist nämlich jetzt reif.«

»Wo du gerade vom Beerdigungsinstitut redest: wir üben jetzt mal das Zersägen. Und Zorro und Paul helfen der Jutta, das Gestell für den Seiltanz aufzubauen. Hopp, Moses, runter mit den Clownsklamotten! Du kommst jetzt in die Kiste.« Das war Annettes Befehl.

Da setzte mein starkes Gefühl wieder ein, als ich den Moses so hilflos hampeln sah. Annette hatte sich den Zauberermantel umgeworfen, der war zwar noch ohne Sterne und solche Symbole, wirkte aber schon eindrucksvoll. Sie hob ihren Magierstab und hielt lautlos eine Ansprache an das Publikum. Dann zeigte sie auf den Moses und wies ihn an, in die Kiste zu steigen, damit sie allen Leuten beweisen könne, daß er zersägbar sei und trotzdem nicht halbiert werde.

In der Tischlerei hatten sie prima Vorarbeit geleistet. Die Kiste war nun so in der Länge, daß der Moses einschließlich des zusätzlichen Unterleibes nicht viel mehr als seine normale Größe hatte. Der vorgesägte Einschnitt befand sich nicht mehr genau in der Mitte, weil ja auch die halbe Schaufensterpuppe gekürzt worden war, doch das fiel nicht weiter auf. Zunächst war der künstliche Unterleib, über dessen Füße die Annette inzwischen Socken gezogen hatte, nicht zu sehen.

Jetzt also der Moses. Wie ein angetrunkener Matrose torkelte er in die Kiste, als Magier Annette ihm den Deckel aufhielt. Sie hätte aber genauso gut eine Bisonherde hineintreiben können, denn der Moses rumpelte und pumpelte und stöhnte und klabauterte, daß die Kiste sich fast in ihre Moleküle zerlegte, um es mal wissenschaftlich auszudrükken. Außerdem schoß der Unterleib am unteren Ende wie ein Torpedo aus der Kiste. Annette schimpfte wie ein Feldwebel.

»Der Moses ist ein steifer Sack«, sagte ich und breitete bedauernd die Arme aus. »Der ist nicht gelenkig genug für diese Nummer.«

Jutta warf mir einen vernichtenden Blick zu und bot sich an, das Objekt für die Zersägung darzustellen. Bei ihrem durchtrainierten Turnerinnenkörper war es garantiert ein Klacks für sie, sich die Beine unter den Bauch zu ziehen und sich so platt zu machen, daß sie dünn wie eine Schlange war. Annette wollte aber keine Jungfrau zersägen, sondern einen Jungmann. Also übte sie mit dem Moses weiter, bis der keinen heilen Knochen mehr am Leibe hatte. Auch das Hinausschieben des Unterleibes haute allmählich hin.

Endlich fand der erste Zersägeversuch statt. Der Moses steckte in der Kiste und streckte seine schweißtriefende Nase raus, hinten waren die Socken des Unterleibes zu sehen. Würdevoll hob Annette die Handsäge und setzte sie mit zauberischen Gesten dort an, wo sich der Schlitz in der länglichen Kiste befand. Im vorderen Teil lagerte der zusammengepreßte Moses. Dachten wir.

Aber als die Annette mit ihren ausholenden Sägebewegungen begann, die richtig echt aussahen, da stieß der Moses plötzlich einen so gellenden Hilfeschrei aus, daß vermutlich in der ganzen Stadt die Feuerwehrautos ausrückten.

»Verdammt«, sagte Annette, »ich kann dem Moses doch nicht den Hintern absägen! Man hat es wirklich schwer mit ihm. Also, raus aus der Kiste und noch mal von vorn!«

Da tat selbst mir der Moses leid.

Während das Training mit dem schwer zersägbaren Jungmann weiterging, errichteten Zorro, Jutta und ich das Gestell, auf dem Juttas Seiltanz stattfinden sollte. An zwei brusthohen Schreinerböcken klemmten wir mit Schraubzwingen ein langes Brett fest, das aus gegengeleimten Hölzern bestand und also enorm elastisch war. Die Jutta schwang sich auf diesen schwankenden Apparat und fing wie eine Elfe an zu hüpfen, zu tanzen und zu schweben. Wie herrlich sie aussah in ihrem Balletttrikot! Meinem Rachen entrang sich ein Seufzer der Verzückung. Oder sachlich gesagt: An diesem Tag ging die Sonne noch einmal auf.

Ich hätte jahrelang zuschauen mögen, doch das Zirkusleben ist rauh und reich an Entbehrungen. Auch mein Trainingsprogramm rief. Ich hob mein Kunstrad auf und begab mich ein bißchen in den Hintergrund des Geschehens, um zunächst einmal unbemerkt von den anderen meinen Lenkerhandstand zu verfeinern. Irgendwo im Wald knallte Zorro mit der Peitsche herum.

Während ich also mehr oder weniger freihändig meine Achter und Pirouetten drehte, wähnte ich mich unbeobachtet, doch ich hatte nicht mit Annettes Adlerblick gerechnet.

»Schon ganz nett«, bemerkte die Zersägerin geradezu gnädig, »aber deine Nummer ist steigerungsfähig, Paul. Ich stelle mir mehr Eleganz und Nervenkitzel vor. Vielleicht solltest du bei dem, was du da tust, eine Partnerin auf der Schulter haben, die mit Bällen jongliert.«

»Ach ja? Und an wen hast du da so gedacht?«

»An mich natürlich. Wir probieren's gleich mal, wenn ich mit dem Moses fertig bin. Er hat noch Schwierigkeiten, nach dem Zersägtsein den Unterleib zurück in die Kiste zu ziehen. Aber das kriegen wir noch hin.«

Sie kriegten es hin. Als der Moses völlig verkrümmt und fix und fertig gekrochen kam und wie ein etwas irrer Säugling lächelte, da kam er mir kleiner vor als früher. Ohne Zweifel war er siebzehn oder achtzehn Zentimeter geschrumpft.

Die Vorstellung, Annettes Gewicht bei meinen filigranen Darbietungen auf meinem Rücken lasten zu lassen, wie ich das mal bezeichnen will, trieb mir schon jetzt das Wasser in die Augen. Doch ich bekam noch eine Gnadenfrist, denn Zorro meldete sich lauthals zu Wort.

»Alle mal herhören!« rief er und ließ die Peitsche zischen. »Die Musikfrage muß geklärt werden. Zu einem anständigen Zirkus gehört anständige Zirkusmusik. Taaa-da-da-da-da-dapp-dapp-dapp...« Er fing an zu singen und wackelte dazu mit den Hüften.

»Klasse«, sagte ich, »das Problem ist gelöst. Mach nur weiter.«

Zorro fand meine Bemerkung aber nicht komisch. Der

Schrumpfmoses schlug vor, einen Stehgeiger zu engagieren. Annette wußte die Lösung. Bei ihr zu Hause gebe es jede Menge Kassetten mit Operettenmusik, solche Musik sei typisch für Zirkusvorführungen, das liege am Rhythmus. Und nun wolle sie endlich die Nummer mit dem Schabrackentapir probieren.

»Der olle Boße ist einverstanden, daß wir uns eins von den afghanischen Wollschafen ausleihen«, sagte Annette. »Wir müssen's uns nur selber von der Weide holen.«

Zorro nickte nur. »In Tierfängerfragen bin ich Experte. Der Paul kann mir assistieren.«

»Gleich hinter der Brücke ist es«, erklärte Annette. »Und macht das Gatter hinterher ordentlich zu, kapiert? Sucht euch das größte Schaf aus.«

Moses grinste wieder. »Das hört bestimmt auf den Namen Paul.«

Ich strafte ihn mit Verachtung und zog mit Zorro los. Zuerst holten wir das Lasso, das die Übersetzerin zweckentfremdet hatte als Wäscheleine. Wir legten die klammen Socken und Unterhosen einfach auf die Wiese. Bergab am Schrottplatz vorbei, entlang an kleinen Häusern, aus deren Gärten Plastikzwerge winkten, hinter dem Gelände der Ziegelei schimmerte der Bach. Schon auf der Brücke legte Zorro sich die Lassoschlaufe zurecht und ließ das Seil fachmännisch schwingen. Dann flankten wir über den Zaun und näherten uns der Herde.

Jetzt hätte ich gern einen Mustang unterm Hintern und einen Stetson-Hut auf dem Kopf gehabt, denn ich spürte, daß ich der geborene Cowboy bin. Es waren sieben Tiere. Zorro zeigte auf das größte, das etwas abseits graste und uns zunächst nicht beachtete.

»Zorro, ich treibe es dir genau vor dein Lasso!« rief ich.

»Okay, Partner!«

Ich kam aber nicht mehr zum Treiben, und die Sache war auch alles andere als okay. Denn plötzlich hoben die Tiere die Köpfe aus dem Gras, brüllten bösartig auf und starrten uns aus kalten Augen an. Dann setzte sich die Herde in Bewegung. Stampede nennt man das in der Wild-West-Sprache. Staub wirbelte auf. Das heißt, nicht so sehr Staub, weil wir uns ja auf einer Weide befanden. Aber Erdklumpen von den Hufen der Tiere und Dampf aus ihren geblähten Nüstern.

»Paul!« schrie Zorro. »Das sind keine Schafe!«

»Es sind Bullen!« schrie ich zurück.

Wir rannten um unser Leben. Hinter uns dröhnte der Boden. Die Gefahr kam mit grausamer Geschwindigkeit näher, sie gab uns aber auch Flügel. Unsere Füße berührten kaum die Wiese. Ich muß zugeben, der Zorro war sogar noch schneller als ich. Heißer Atem berührte meinen Hinterkopf. Doch nicht einmal den Bruchteil einer Sekunde lang gab ich mich verloren. Paul, du wirst überleben! hämmerte mein Hirn.

Der rettende Zaun schoß heran. Ein heißes Maul schnappte nach meiner Wade, aber ich lag bereits waagerecht in der Luft und überflog im Hechtsprung den Stacheldraht. Gerettet! Mein Schwung war nicht mehr zu bremsen. Ich kullerte den Hang hinunter und platschte ins Wasser. Die Wogen des Baches schlugen über mir zusammen.

Als ich mich dann leicht benommen aus der knöcheltiefen Flut erhob, sah ich, daß sich neben mir im Uferschlamm etwas bewegte. Es war der Zorro. An seinen Ohren hingen Wasserpflanzen. Er spuckte und pumpte nach Luft und sah aus wie ein Frosch. Vermutlich bot ich ein ähnliches Bild.

»Das war Millimeterarbeit!« blubberte Zorro und zog sein Lasso aus dem Wasser. »Die hätten uns glatt aufgespießt.«

In diesem Moment merkten wir, daß wir Zuschauer hatten. Vom Weidezaun herab blickten uns großäugig und wiederkäuend die Jungbullen an, und auf der Brücke standen drei Menschen und hielten sich die Bäuche vor Lachen. Die Namen dieser Menschen waren Annette, Moses und Jutta. Ich glaube, in dieser Minute bekam ich beinahe mehrere Magengeschwüre.

Als Annette ihr schadenfrohes Gelächter endlich beendet hatte, jubelte sie: »Diese doofen Nußknacker! Zuerst verwechseln sie Wollschafe mit jungen Rindviechern, und dann pinkeln sie sich vor Angst in die Hosen! Hat die Welt schon mal solche Bangebuxen gesehen? Heh, ihr Helden! Die sind doch noch ganz klein, die Bullen, die wollten doch bloß mit euch schmusen!«

Was der Moses gerufen hat, das will ich lieber mit dem Mantel des Schweigens zudecken. Annette hat dann das

Schaf geholt. Die afghanischen Wollschafe hatten ihre Weide auf der anderen Straßenseite. Auf dem Rückweg zur Ruine leckte das Schaf ständig an Zorro und mir herum, weil wir so wäßrig waren. Es hatte übrigens einen Wollteppich, der wirklich wie eine Schabracke aussah und fast auf der Erde schleifte. Neben dem Löwen Goofy hatten wir nun ein zweites exotisches Tier. Ich konnte zu diesem Zeitpunkt noch nicht ahnen, daß wir auch noch ein drittes haben würden.

»Ich will das Schaf schon mal an die Manege gewöhnen«, verriet uns die Annette, als das Zotteltier sich daranmachte, das Sägemehl aufzufressen, »es muß den Geruch kennenlernen. Zu Hause werde ich es dann mit der Ente Hildegard ins Holzlager sperren, damit die beiden sich anfreunden. Eine so schwierige Tierkombination wie Ente und Schaf funktioniert nur auf absoluter Vertrauensbasis. Daß ihr das wißt!«

»Willst du dieses Schaf wirklich Schabrackentapir nennen?« fragte der Moses.

»Klar doch. Und weil die Hildegard weiß ist, nenne ich sie Polarente. Das macht die Sache noch spannender.« Annette breitete die Arme aus und rief dem abwesenden Publikum zu: »Und nun, meine Damen und Herren, halten Sie den Atem an! Das ist noch nie dagewesen! Eine Universalsensation in der Tierdressur, die der Indianerin Lauteres Wasser nach jahrelangem und aufopferungsvollem Training gelungen ist: Die Polarente Hildegard reitet auf dem Schabrackentapir Mondocane!«

Wir klatschten Applaus. Nun hatte das sägemehlmampfende Schaf auch einen Namen. Jutta zog sich ihre Windjacke an, weil es kühl wurde. Wir befanden uns in einer merkwürdigen Stimmung. Einerseits hatten wir ein bißchen die Hemden am Flattern, weil uns böse Vorahnungen plagten, andererseits lief uns das Premierenfieber heiß und kalt den Rücken rauf und runter. Ich schätze, das geht selbst erfahrenen Zirkushasen so.

»Hoffentlich gibt's keinen Regen«, sagte Zorro. »Unser Sägemehl wird sonst zu Kleister. Eine Freiluftarena hat ihre Risiken.«

Annette winkte ab. »Quatsch! Wenn das Sägemehl hin ist, holen wir neues. Der Paul soll sich mal was Schniekes als Kostüm ausdenken. In Jeans kann er unmöglich auftreten. Radfahrer haben immer so enge Höschen an. Hab ich im Fernsehen gesehen.«

Jutta sagte: »Wird langsam Zeit für mich. Habt ihr eigentlich ne Ahnung, wer uns zuschauen will? Weiß doch keiner was von unserem Zirkus.«

»Jetzt sind wir am Knackpunkt!« Zorro stellte sich auf einem Mauerrest in Positur. Weil seine Hose aber noch naß war, wirkte es nicht so besonders imposant. »Wir müssen Eintrittskarten drucken lassen.«

»Aber wem wollen wir die geben?« fragte Jutta.

»Hab ich *geben* verstanden?« Zorro knallte mit der Peitsche, daß das Schaf fast in Ohnmacht fiel. »Wir wollen die Karten niemandem geben, wir wollen sie *verkaufen.* Eine Mark das Stück. Wir haben ja schließlich enorme Unkosten.«

»Welche?« wollte der Moses wissen.

»Kerzen zum Beispiel«, sagte ich, um den Zorro zu ärgern.

Der schien das nicht zu hören. »Bekanntschaft, Verwandtschaft, Nachbarschaft, Schülerschaft – denkt mal in diese Richtung. Das sind die Käufer unserer Eintrittskarten. Hundert Stück brauchen wir mindestens. Wer übernimmt die Herstellung?«

Weil mich der Teufel ritt, sagte ich: »Ich.«

»Solche Mitarbeiter lob ich mir.« Zorro spielte sich wieder als Zirkusdirektor auf. Kann gut sein, daß er gemerkt hatte, wie ihm die Annette mehr und mehr das Chefmanagement entrissen hatte, wie man das im modernen Sprachgebrauch ausdrücken könnte.

Und sofort meldete sich die Entenbesitzerin auch zu Wort. »Und ich beschaffe die Sitzgelegenheiten. Unsere Leute fahren am Samstag Bretter und Böcke mit dem Pritschenwagen hierher und bauen alles auf. Meine Eltern finden die Idee mit dem Zirkus nämlich echt pfundig.«

»Die finde ich auch echt pfundig«, sagte da plötzlich eine Stimme hinter uns, »aber erst hab ich mal ein paar Fragen.«

Zorro ging in die Knie. »M-m-m-m-meine Mutter!« stotterte er.

»Hallo, Annette!« sagte die Frau und schaute den Moses, die Jutta und mich anschließend an wie so eine Fahrkartenkontrolleurin. »Hast du neue Freunde, Dieter?«

Zorro nickte eifrig und sagte unsere Namen.

»Guten Tag, Frau Zorro!« rief ich und merkte reichlich spät, daß ich Müll redete. Jähe Röte schoß mir in mein Angesicht, richtig heiß wurde mir vor Scham.

»Was wolltest du fragen?« fragte Zorro.

»Erste Frage: Wieso steht ein Pony in unserer Garage?«

Ich hatte mich wieder in der Gewalt und spielte die mir eigene Geistesgegenwart aus. »Das Pony? Och, das ist nur vorübergehend bei Ihnen untergestellt. Bei uns wird der Stall frisch gestrichen, und wo wir das Pony ja sowieso bei unserer Aufführung brauchen ...«

»Es ist also dein Pony? Merkwürdig, es kam mir irgendwie bekannt vor. Na, hab ich mich wohl geirrt. Zweite Frage: Kann ich vielleicht meine Wäscheleine wiederhaben?«

Während der Zorro das Lasso holte, betrachtete ich die Übersetzerin von unten bis oben und kam zu dem Ergebnis, daß sie mir gefiel. Sie war drahtig wie ein Jockey, hatte rote Streichholzhaare und lustige Augen. Silberne Sandalen hatte sie an den Füßen, und sie steckte in einem Anzug aus schwarzem Samt. Irgendwie paßte sie zu uns Zirkusleuten.

Die Zorromutter hatte noch eine dritte Frage: »Dieter, warum ist deine Hose so naß?«

»Kommt vom Schwitzen«, sagte Zorro und zeigte auf mich. »Der Paul hat auch so toll geschwitzt. Die Probenarbeit schafft einen ganz schön, das kannst du mir glauben.«

Die Zorromutter glaubte es. Sie versprach uns auch, daß

sie und ihr Wochenendmann zu unserer Premiere kommen würden, aber sie ließ keinen Zweifel daran, daß der Zirkusdirektor nun zwecks Erledigung diverser Hausaufgaben mit ihr zu kommen habe. Zorro beugte sich der Gewalt.

Er rief aus der Ferne: »Morgen zur gleichen Zeit! Wir haben eine schwere Generalprobe vor uns! Und Paul soll nur ja die Eintrittskarten nicht vergessen!«

Annette wischte dem afghanischen Wollschaf die Sägemehlreste vom Maul. »Also, morgen zur gleichen Zeit. Wir haben eine schwere Generalprobe vor uns. Paul, vergiß bloß nicht, die Eintrittskarten drucken zu lassen! Noch Fragen?«

Wir verstauten unsere Utensilien in Annettes Schubkarre. Juttas Turngestänge versteckten wir außerhalb der Ruine im Brombeergestrüpp. Nur das Sägemehl erinnerte daran, daß hier bald ein enormer Zirkus stattfinden würde. Das Schaf folgte Annette auf dem Fuße.

Jutta fuhr mit Moses davon. Mich beachtete sie gar nicht. Es schmerzte in meiner Brust, als ich von ihr wie Luft behandelt wurde. Ich ließ die beiden also fortradeln und hockte noch ungefähr drei Wochen auf einem Ruinenmäuerchen und dachte traurig an die Burgfräulein, die hier vor vielen Jahren ihre Ritter auch scheußlich behandelt hatten. Dann mußte ich eine Ewigkeit lang pinkeln, was an der feuchten Hose lag.

»Soll sie doch selig werden mit ihrem Clown Moses!« knurrte ich und guckte hart wie Clint Eastwood ins Abendrot. Für Geschichte mußte ich noch eine Masse über die Ottonen lernen, weil ein Test drohte. Schrecklichen Hunger hatte ich auch. Ich gab meinem Kunstrad die Sporen und stochte los mit schweren Beinen und schwerem Herzen.

Noch funktionierte aber der wichtigste meiner Körperteile: das Gehirn. Wenn es auch fahrlässig gewesen war, daß ich mich freiwillig für die Produktion der Eintrittskarten gemeldet hatte, blind war es nicht gewesen, denn ich hatte natürlich den Stempelkasten der Zwillinge im Auge gehabt. Mit diesem Apparat kann man Schriften setzen und selber drucken. Meine Pokerschwestern können mit dem Kasten prima umgehen, und ich hatte vor, ihre Dienstleistungen in Anspruch zu nehmen.

Klar, die legen nicht freiwillig die Pokerkarten aus den Händen, um Eintrittskarten zu drucken. Sie sind auch nicht bestechlich. Es gibt nur eine einzige Möglichkeit, sie zu überrumpeln: Man muß sie mit ihren eigenen Waffen schlagen. Ihre Waffen sind die Pokerkarten.

Ich hörte Gwen und Felix in der Küche rumoren, als ich nach Hause kam. Auf dem Wohnzimmertisch lag ein Päckchen Spielkarten. Das präparierte ich erst mal, dann ging ich in die Küche und zettelte einen Streit mit ihnen an, wobei ich nicht einmal vor einem schmutzigen Trick zurückschreckte.

»Könnt ihr mir bitte hundert Eintrittskarten drucken?« fragte ich mit der demütigen Miene eines tibetanischen Bettelmönches. »Da muß draufstehen: *Zorros Zirkus – Eintritt eine Mark.*«

Ihre Antwort, die im Duett erscholl, hatte ich vorausgesehen. »Paul, hast du ne Meise?«

»Nein«, antwortete ich mit bröckliger Stimme, »aber ich habe einen entsetzlichen Krampf im rechten Arm vom Turnen, außerdem muß ich noch waaahnsinnig viel Hausarbeiten machen, ja, und ich hab's doch unserer Klassenlehrerin versprochen, daß ich morgen die gedruckten Karten mitbringe. Es handelt sich nämlich um eine schulische Veranstaltung. Was ist? Helft ihr mir?«

»Nein!« tönte es aus den Zwillingsmündern.

Ich jammerte fast. »Was muß ich denn tun, damit ihr mir die hundert Eintrittskarten druckt?«

Gwen schaute Felix an, Felix schaute Gwen an, dann sagten sie es gemeinsam und sehr genüßlich: »Gegen uns pokern.«

Hah, das hatte ich gewußt!

Felix erklärte es. »Wenn du gewinnst, Paul, dann drukken wir die Karten. Wenn eine von uns gewinnt, machst du dreimal für uns Tischdienst. Bist du mit diesem Deal einverstanden?«

Ich spielte den Überrumpelten. Zwei gegen einen, das sei feige und so. Sie folgten mir ins Wohnzimmer. Ich griff nach dem Kartenpäckchen und teilte wildentschlossen die Karten aus wie einer, der vom Leben nichts mehr zu erwarten hat. Meine Schwestern freuten sich wie zwei Katzen, die einer Maus noch eine Gnadenfrist gewähren.

Aber sie hatten ja nicht mit meiner List gerechnet!

Ich will die Szene nicht ausschmücken. Weil ich ja die

Karten schön zurechtgefummelt hatte, landeten alle vier Asse bei mir. Gwen brauchte zwei neue Karten. Also hatte sie einen Drilling. Felix verlangte drei neue Karten. Also hatte sie ein mickriges Pärchen. Was immer die beiden nun noch dazubekommen hatten: mehr als ein Full house war bei beiden kaum drin. Ich nahm mir der Show halber eine neue Karte und tat so, als hätte ich vergeblich auf Flash gespielt. Dann warfen die beiden Profis Millionenbeträge an Streichhölzern in den Pott. Denen fielen die Kinnladen runter, als ich wacker mithielt. Garantiert dachten sie, ich bluffte.

Aber Flötepiepen! Wer was vom Pokern versteht, der weiß, daß vier Asse ein verflucht starkes Blatt darstellen. Da geht nur der Royal Flash drüber, und der ist ungefähr so häufig wie elf Richtige im Fußballtoto.

Als dann die Karten offen auf dem Tisch lagen, verstanden die Pokerspielerinnen die Welt nicht mehr. Auf diese Weise wurden unsere Eintrittskarten gedruckt. Den Druckerinnen schenkte ich übrigens später zwei Freikarten.

Das sechste Kapitel handelt von einem unglücklichen Messerwerfer, von einer lahmen Ente, von der Entstehung eines Zebras und vom Gewicht der Welt.

Das war ein verdammt glücklicher Zufall, daß Oma Hüsch sich gerade mit Waffelnbacken beschäftigte, als ich klingelte, um mir ihren feisten Dackel für die Kleinhundzirkusnummer auszuleihen. Der betörende Duft durchzog das Treppenhaus, und als Oma Hüsch die Wohnungstür aufmachte, schlugen mir sämtliche Wohlgerüche des Orients wohlig auf den Magen. Die Dame versteht was vom Waffelnbacken. Ich könnte es nicht besser machen.

»Ei-der-daus! Der Paul!« Sie blinzelte mich aus ihren freundlichen Brillenaugen an und wischte sich die mehligen Hände am dunkelblauen Rüschenkleid ab. »Kommst gerade recht. Ich backe Waffeln.«

»Sie backen Waffeln?« Ich blähte die Nasenlöcher. »Tatsächlich! Wo Sie's sagen, Frau Hüsch, da rieche ich's sogar.« Ich zierte mich nicht lange und folgte ihr in die Wohnküche, wo das Waffeleisen herrlich zischte und wo sich die Waffelherzen auf dem Tisch türmten.

Der Dackel, der Herr Siegfried heißt, hatte sich in die lange Übergardine eingewickelt und betrachtete mich aus skeptischen Altmänneraugen. Erinnerte er sich etwa an die Totenschädelsuche, wo er auf dem Friedhof fast von einem gemeinen Kater gefressen worden war? Oder hatte er Angst, daß ich ihm sämtliche Waffeln wegfuttern würde?

Frau Hüsch drückte mich auf einen Stuhl, schob mir einen Teller vor die Nase, häufte Waffeln drauf, stäubte Puderzucker darüber und forderte mich auf, zuzulangen.

Als ob ich solche Aufforderungen nötig hätte! Nun kam ich ja gerade vom Mittagessen, aber das hatte nichts zu sagen. Denn beim Anblick von warmen Waffeln entwikkele ich die Fähigkeit, meinen Magen auf dreifaches Fassungsvermögen zu erweitern. Als ich den Teller elfmal leergegessen hatte, war mein gröbster Hunger gestillt, und ich konnte mein Anliegen vortragen.

»Wir müssen für den Kunstunterricht unser Lieblingstier fotografieren, dafür gibt es Zensuren. Wie Sie ja bestimmt wissen, ist der Herr Siegfried mein Lieblingstier.«

»Das weiß ich, Paul. Das weiß ich.« Sie lud mir eine weitere Fuhre Waffeln auf den Teller. »Und nun möchtest du ihn gern fotografieren, ja? Da wird sich der Herr Siegfried aber freuen. Nicht wahr, Herr Siegfried? Da freuen wir uns.« Oma Hüsch klatschte auffordernd in die Hände. »Los, Herr Siegfried, mach Freuen!«

Herr Siegfried machte aber nicht Freuen, sondern verschärfte seinen Blick und zeigte mir die Stummel seiner gelben Zähne. Entweder durchschaute er meine Lüge, oder er machte sich nichts daraus, fotografiert zu werden. Konnte auch sein, daß er einfach nur müde war.

»Kurz und gut, Frau Hüsch«, sagte ich in einer Kaupause, »ich möchte ihn in einer besonders schönen Umgebung porträtieren. An eine blühende Frühlingswiese hatte ich so gedacht oder an das Gemäuer einer Burgruine. Burgruine paßt irgendwie gut zu Siegfried, finden Sie nicht? Ich meine, wegen des Heldischen.«

Das meinte Oma Hüsch dann auch. »Wenn es ein weiter Weg ist, mußt du Herrn Siegfried im Körbchen tragen. Ist ja nicht mehr der Jüngste, unser Hundeschatz.«

Das fehlte noch, daß ich den überfetteten Hundeschatz im Körbchen durch die Gegend schleppte und mir dabei die Arme ausriß. Ich erklärte Oma Hüsch, daß ich mir wegen der Transportfrage schon meine Gedanken gemacht hätte, und zeigte auf den Rucksack. Meine Fotoausrüstung sei da auch drin, sagte ich, dabei handelte es sich in Wirklichkeit um das Päckchen mit Eintrittskarten.

»Aber Herr Siegfried und ich, wir bekommen einen Abzug vom schönsten Foto. Daß du mir das nicht vergißt, Paul!«

»Ehrensache«, sagte ich lässig und machte mir deswegen weiter keine Gedanken. Ich würde mir später schon eine Ausrede einfallen lassen. Ein Tierfotodieb hätte mir alle meine schönen Aufnahmen geklaut oder so. Wichtig war erst mal, daß ich diesen Fettkloß von Dackel in meinen Besitz kriegte, um ihn fachmännisch zu trainieren. Weil ich ihn ja zur Premiere wieder brauchen würde, spann ich das feine Netz meiner Taktik gleich weiter.

»Falls ich die richtigen Motive für den Hintergrund heute nicht finden sollte, könnte ich dann vielleicht den Herrn Siegfried noch einmal ausleihen? Ich will nämlich mindestens eine Eins kriegen für mein Foto.«

»Sicher doch.« Oma Hüsch streifte den Dackel mit

einem liebevollen Blick, wie man so sagt. »Dann machst du morgen noch einmal Fotografieren mit dem lieben Paul, nicht wahr, Herr Siegfried?«

Zu dem Killerblick und dem Zähnefletschen kam jetzt auch noch gefährliches Knurren hinzu, das schien Oma Hüsch aber nicht weiter zu stören. Gemeinsam mit dem lieben Paul stopfte sie den Dackel und ein Verpflegungspaket voll Waffeln in meinen Rucksack, den band ich dann so zu, daß der Dackelkopf sich im Freien befand und der übrige Teil des Hundes am Rausklettern gehindert war. Es hätte mich warnen sollen, daß Herr Siegfried das alles mit sich geschehen ließ und keinen Widerstand leistete. Aber wenn man den Kopf angefüllt hat mit Zirkusproblemen, kann man nun mal nicht auf jede Kleinigkeit achten.

»Es könnte ein bißchen spät werden«, sagte ich zur Vorsicht, »weil das Abendlicht für Tierfotos am geeignetsten ist.«

Oma Hüsch lächelte lieb. »Das macht nichts. Wichtig ist nur, daß du Herrn Siegfried nicht übermüdest und ihm recht viele Ruhepausen gönnst.«

Ich versprach, sehr gönnerhaft zu sein, schulterte den mit Waffeln, Eintrittskarten und einem Dackel prall gefüllten Rucksack und begab mich auf die Reise. Das Tier hechelte kurzatmig an meinem Hinterkopf. Radfahren schien ihm zu gefallen.

Weil mein Bauch bis zum Gehtnichtmehr mit Waffeln angefüllt war, hatte ich natürlich besonders viel Kraft und konnte richtig im Sprintertempo losstochen. Das war ja so, als wär eine Batterie gerade frisch aufgeladen worden, um das mal beispielhaft zu erläutern. Deshalb wunderte ich mich, daß ich so schnell und so heftig ins Schwitzen geriet. Mein Rücken war patschnaß. Doch dann begriff ich, daß es sich nicht um Schweiß handelte. Der heimtückische Hund hatte sich teuflisch für seine Entführung gerächt. Ich dachte an die schönen Eintrittskarten und an die köstlichen Waffeln und war den Tränen nahe. Andererseits verdoppelte die Wut meine Kräfte, und so erreichte ich schon bald die Manege in der Burgruine, wo die anderen Zirkusleute sehnsüchtig auf mich warteten. Das heißt: sie meckerten, weil ich mich angeblich verspätet hätte. Schwellköppe, die!

Ich hab erst mal den Dackel ins Sägemehl gesetzt und die Eintrittskarten zum Trocknen auf der Wiese ausgebreitet, was eine langwierige Angelegenheit war, weil ich sie einzeln mit Steinchen beschweren mußte, damit der Wind sie nicht nach Lappland oder Sibirien oder sonstwohin pustete. Der Moses schaute sich das an und hatte so richtig die Schadenfreude in seinem Gesicht angeknipst. Schöne Freunde hat man! Daß auch die Jutta lachte, das fügte mir einen irreparablen Seelenschaden zu. Die feuchten Karten, die vorher rosa gewesen waren, zeigten nun ein streifiges Lila, was aber nun mal nicht mehr zu ändern war. Die vollgepinkelten Waffeln wurden übrigens später von der männlichen Oklahoma Lady aufgefressen.

Zorro lachte nicht. Der hatte nämlich nichts zu lachen. Etwas abseits im Wäldchen hatte er eine ausgehängte Holztür an eine Ulme gelehnt und die Umrisse eines Menschen draufgezeichnet. Es war nicht zu erkennen, ob es ein Männlein oder ein Weiblein sein sollte, was sicher an Annettes Eingreifen gelegen hatte. Wie ich nämlich den Zorro zu kennen glaubte: der hätte unter Garantie eine vollbrüstige Frau auf die Tür gemalt, wenn's nach ihm gegangen wäre. Zorro bot ein Bild des Jammers. Meine Gedärme verknoteten sich vor Mitleid, als ich den Mann mit der schwarzen Maske so schändlich leiden sah.

»Es liegt an der Luftfeuchtigkeit!« schrie Zorro voll ohnmächtiger Wut.

Da lagen Tausende von Messern zwischen ihm und der Holztür auf dem Waldboden herum: Tafelmesser, Brotmesser, Fahrtenmesser, Kartoffelmesser, Klappmesser, Fischmesser, Obstmesser, Armeemesser, Fleischmesser, Küchenmesser, Tapeziermesser, Buschmesser, Zigarrenmesser, Jagdmesser, Messer mit Wellenschliff, Messer mit Hirschhorngriffen, Messer mit Silbergravuren, Messer mit Edelstahlklingen, Messer mit Plastikheften, Messer mit Elfenbeinintarsien, Messer mit Blutrinnen, Messer mit Doppelschneide, Messer mit Bernsteinringen, Messer mit Schmucknieten. Und so weiter und so weiter.

Die Materialschlacht war fürchterlich. Manche Messer hatten keine Spitze mehr, andere waren zerdeppert, verkrümmt, zersplittert, durchgebrochen oder waren schon gar keine Messer mehr. Wie der Messerwerfer Zorro das jemals mit der Übersetzerin und dem Wochenendvater wieder auf die Reihe bringen würde, das hätte ich ums Verrecken gern gewußt. Der Wahnsinnskandidat machte weiter, schleuderte blindwütend Messer um Messer gegen die Holztür, doch kein einziges blieb stecken.

»Paul, es liegt an der gottverdammten Luftfeuchtigkeit!« heulte Zorro auf. »Da ist selbst ein Meisterwerfer machtlos. Sieh dir das bloß an!« Diesmal schleuderte Zorro zornig ein riesiges Bratenmesser gegen das geschlechtslose Wesen, doch er traf nicht einmal die Tür.

Erschüttert wandte ich mich ab und schaute den Fußpfad hinunter, weil in der Ferne Annette erschien, die in der Zwischenzeit ihre zahme Ente geholt hatte. Clown Moses im Nachthemd erzeugte grauenhafte Töne auf der Ventilposaune und erklärte, es handele sich um Wanderlieder, Jutta im Balletttrikot schwebte wie ein Engel auf der Latte herum und fiel nur zweimal runter. Ich dachte bestürzt daran, daß ich der Frage nach meinem Kostüm immer noch nicht nähergetreten war, wie ich das mal bezeichnen will.

Annette hatte sich in die Indianerin Lauteres Wasser verwandelt und bereitete die Weltsensation mit der Polarente Hildegard und dem Schabrackentapir Mondocane vor.

»Was bedeutet eigentlich Mondocane?« fragte der Moses.

»Das ist ein ausländisches Wort«, sagte Annette, »aber die genaue Übersetzung ist noch niemandem gelungen. Jedenfalls bezeichnet es etwas sehr Geheimnisvolles. Ein Schabrackentapir *ist* etwas sehr Geheimnisvolles.«

Was das Wollschaf dann machte, war aber ganz und gar

nicht geheimnisvoll, sondern ausgesprochen langweilig. Es machte nämlich nichts. Und die Polarente erwies sich auch als absolute Versagerin. Hildegard war nicht nur zahm: sie war vor allem lahm. Die lahme Ente ließ sich gemütlich auf dem Schafspelz nieder, schloß die Augen und döste ein. Und da stand die Weltsensation also in der Gegend herum und war so aufregend wie ein altes Brötchen.

Annette schrie die Ente an, sie solle schnattern, mit den Flügeln schlagen und dem Schabrackentapir auf den Kopf steigen. Hildegard hörte das nicht, sie war eingeschlafen.

Nun packte die Annette ihre Musik aus. »Das wird Mondocane und Hildegard auf die Beine bringen«, versprach sie. »Tiere reagieren auf flotte Musik. Jetzt paßt mal auf!«

Wir paßten auf. Die Kassette hieß *Die Welt der Operette.* Für mich war es aber eher eine Welt des Schwachsinns. Ich steh auf Hard Rock, Heavy Metal, Joe Cocker und so. Mehr brauch ich ja wohl nicht zu sagen. Und für so einen dieses süßliche Gezwitscher, na! Da zerreißt einem nicht nur die Tränendrüse, da schwappt auch die Hirnmasse über. Und erst die Wörter. Erwachsene Männer grölten: *Trink nur zu, trink nur zu aus dem schönen Damenschuh! Hopp-hopp-ho-hopp!* Das muß man sich mal reinziehen. Ich weiß ja nicht, was die Knilche so trinken wollten aus dem Damenschuh. Kaffee oder Bier oder Wein oder Cola. Egal. Aber eins weiß ich: daß nämlich auch Frauen Schweißfüße haben. Manche haben so feuchte

Quanten, daß sie dafür eigentlich ein Freischwimmerzeugnis brauchten. Und aus solchen Schuhen wollten die Idioten trinken. Prost!

Annette blieb aber stur dabei, daß im Zirkus Operettenmusik gespielt werde. Sie drehte den Recorder extra laut. Eine glucksende Frauenstimme: *Machen wir's den Schwalben nach, bau'n wir uns ein Neeeeest!*

Der Moses, der sich vor Lachen im Sägemehl wälzte und endlich mal wie ein lustiger Clown aussah, dichtete den Text aber sofort um: »Machen wir's den Schwalben nach, scheißen wir vom Dach!«

Selbst die sanfte Jutta fragte: »Bist du ganz sicher, Annette, daß dies Zirkusmusik ist? Mir kommt's mehr wie so Tanzmusik aus der Fischbratküche vor.«

Annette war sich aber ganz sicher. Nur machte es sie nervös, daß der Schabrackentapir und die Polarente sich noch immer im Tiefschlaf befanden. Da konnte sogar der Moses die Operettenarien auf der Ventilposaune begleiten: die pennten weiter. Annette weinte ein bißchen, was mir naheging. In solchen Momenten der Verzweiflung werde ich fast immer von der einen oder anderen Muse geküßt. So war es auch jetzt. Mir fiel auf einmal die dramaturgische Idee ein, wie das in der Theatersprache heißt. »Annette«, sagte ich tröstend, »ich hab's. Hypnose!«

»Klar hast du's!« Das war das Gelaber vom Moses. »Nämlich das große Fracksausen. Tiere kann man nicht hypnotisieren.«

Wirklich, ich bin umstellt von Deppen wie Moses. Null

Ahnung, aber dauernd die dicke Lippe. Dabei sollte der doch dankbar sein, daß ich ihm den Weg zu einer Zirkuskarriere geebnet hatte. Ich ging erst gar nicht auf sein Geschwätz ein, sondern wandte mich an die schniefende Annette.

»Paß auf, das ist überhaupt der große Gag! Du trittst als Weltmeisterin der Tierhypnotiseurinnen auf. Das ist viel stärker als son mittelmäßiger Dressurakt. Trotz der lauten Operettenmusik und trotz der schrillen Ventilposaune fallen die Viecher in tiefen Schlaf, weil du sie hypnotisiert hast mit deinen magischen Kräften. Und jetzt darf ich mal um Beifall bitten für meine großartige Idee.«

»Naja«, sagte Annette.

Ich wollte gerade erklären, daß sie bei dieser Nummer natürlich nicht als Indianerin auftreten dürfe, sondern den Zaubererkittel vom Moseszersägen anhaben müsse, da erscholl aus der Ferne ein solch furchtbarer Schrei, daß mir das Mark in den Knochen und das Blut in den Adern gefroren. Zorro! Ich dachte: Jetzt hat er sich entleibt! Jetzt hat er sich den Degen ins Herz gerammt!

Als wir zu ihm rannten, um Erste Hilfe zu leisten oder Mund-zu-Mund-Beatmung, da stellten wir fest, daß es sich um einen Freudenschrei gehandelt hatte.

»Ich bin der Champion!« kreischte Zorro und zeigte auf die Holztür. »Ich hab die Luftfeuchtigkeit überwunden!«

Ich hatte Mühe, meinen Augen zu trauen. Wirklich, da war ein Messer im Holz steckengeblieben, ein Tafelmesser mit Plastikgriff. Es saß der aufgemalten Person ungefähr in

der Gegend, wo ich die Milz vermutete. Aber irgend etwas stimmte immer noch nicht. Ich meine, eigentlich sollen die Wurfmesser doch nicht die Figur treffen, sondern dicht daneben einschlagen, damit man einen schönen Nervenkitzel kriegt. Wenn da jetzt echt jemand auf der Tür festgeschnallt gewesen wäre, die Jutta zum Beispiel, also, da darf ich gar nicht dran denken. Den Zorro wollte ich beim Jubeln aber nicht stören, darum hielt ich den Mund. Zorro schloß dann übrigens sein Training ab, weil er meinte, er habe nun die Peitschennummer und die Messernummer voll im Griff.

Wir haben anschließend mit den Hunden gearbeitet. Goofy fraß sich diesmal zwar nicht die Perücke vom Kopf, aber er weigerte sich hartnäckig, das Maul aufzureißen. So kam der Moses nicht dazu, seinen unbedeutenden Kopf zu gefährden und in den Rachen der Bestie zu legen. Die Dogge kam mir bei dieser Generalprobe auch gar nicht wie ein Berberlöwe vor.

»Wir probieren es später noch mal«, entschied Annette. Sie zeigte auf Herrn Siegfried. »Paul, bist du sicher, daß er ein Kampfdackel ist? Mir kommt er leicht behämmert vor.«

Ich nahm den Dackel auf den Arm und blies ihm heimlich meinen Atem ins Ohr, wie Kara Ben Nemsi das immer bei seinem Pferd Rih gemacht hat, damit das Tier über sich hinaus wuchs. »Vielleicht versuchen wir's erst mal ohne Feuer«, schlug ich vor.

Als Feuerreifen ohne Feuer benutzten wir so einen aufblasbaren Gummiring, mit dem der Zorro das Schwimmen gelernt hatte. Weil ich Herrn Siegfried ja nicht überfordern durfte, hielt ich ihn nur ein paar Zentimeter hoch, damit der Dackel bequem durchspringen konnte, doch dieser Versager hüpfte nicht mal ein bißchen, genaugenommen bewegte er nicht eine einzige Pfote vom Boden hoch.

Annette, die nun mal praktisch denkt, wußte Rat. »Wir müssen ihn mit Wurst locken.« Sie schnappte sich Juttas Fahrrad und brauste nach Hause, um entsprechende Fleischwaren zu beschaffen.

Wir lockten mit Leberwurst. Herr Siegfried sprang nicht durch den Ring. Wir lockten mit Blutwurst. Herr Siegfried sprang nicht durch den Ring. Wir lockten mit Salami. Herr Siegfried sprang nicht durch den Ring. Schlagartig wurde mir klar: Es lag nicht an der Wurst, es lag am Hund.

Zorro sagte betrübt: »Okay, stellen wir die Feuerreifennummer auch bis nachher zurück. Die Hunde sind noch nicht in Form. Versuchen wir's jetzt mit dem Pony und den beiden Indianerinnen!«

Darauf hatten Jutta und Annette die ganze Zeit gewartet, daß sie endlich zum Reiten kämen. Sie fummelten sich den Kopfschmuck zurecht, während Zorro die Oklahoma Lady holte. Das braune Pony trippelte brav und lächelte wie immer.

Dann hatte der Moses seine große Stunde. Als die Annette sich auf den Ponyrücken schwang und die andere

Indianerin sich anschickte, ebenfalls das Tier zu besteigen, da rief er so laut er konnte: »Ich hab's! Ponyreiten ist doch Tüttelkram, das tun alle Mädchen. Gibt's doch ganze Bücherserien drüber. Damit reißen wir die Zuschauer nicht von den Sitzen. Ich frage euch: Welche Tierart ist noch nie gezähmt worden, weil sie unzähmbar ist?«

»Krokodile«, meinte Jutta.

»Tintenfische«, meinte Annette.

»Nashörner«, meinte Zorro.

»Känguruhs«, meinte ich.

Moses lächelte mild. »Unterwasserscheinkämpfe mit Krokodilen und Tintenfischen sind alter Schnee. Gibt's schon in ollen Tarzanfilmen. Nashörner hat man schon zum Männchenmachen dressiert. Und Boxkämpfe mit Känguruhs sind praktisch so alt wie die Menschheit.« Er legte eine Kunstpause ein. »Das einzige Tier, an dem bisher alle Dressurversuche versagten, ist das Zebra. Wir werden das Pony zu einem Zebra umgestalten. Uns wird die erste Zebradressur der Weltgeschichte gelingen. Damit kommen wir ins Fernsehen. Mindestens!«

Wir staunten erst mal ein paar Minuten. Dann machten wir uns zielstrebig an die Arbeit. Weil wir uns nicht einigen konnten in der Frage, ob Zebras weiß sind mit schwarzen Streifen oder schwarz mit weißen Streifen, einigten wir uns auf unentschieden. Die Farbe durfte natürlich nicht giftig sein, darum besorgte Annette jede Menge Fingerfarbe aus dem Kindergarten und schenkte der Kindergärtnerin dafür eine Freikarte. Während die anderen die Oklahoma Lady bemalten, umwickelte ich den Ponyschwanz mit Mullbinden, damit unten nur noch so ein Pinsel rausguckte, wie das bei Zebras üblich ist. Das Tier hielt lächelnd still.

Es wurde ein sehr herrliches Zebra.

Klar, das frisch gestrichene Zebra konnte vorerst noch nicht geritten werden, darum zogen wir die Generalprobe des Kunstradakrobaten vor. Ich legte erst mal ein paar gewagte Drehungen, Vollbremsungen und Freihändigpirouetten hin, ehe ich auf den Sattel kletterte, ein Bein ausstreckte und mit geschlossenen Augen eine Acht fuhr. Ich kann es getrost zugeben: Kunstradfahren liegt mir im Blut. Als ich das Vorderrad hochriß und nur auf dem Hinterrad wie so ein Einradfahrer balancierte, stürzte ich zwar ein wenig hin, doch das lag am Sägemehl. Zorro guckte neidisch, weil ich ihm ganz klar den Höhepunkt des Programms streitig machte.

»Soll das alles gewesen sein?« fragte Zorro.

»Quatsch!« sagte Annette. »Das war bloß die Vorbereitung. Jetzt geht's erst richtig los. Ich springe auf Pauls Schulter und jongliere mit drei Bällen.«

Ich konnte nicht ahnen, daß sie das mit dem Springen wörtlich meinte. Als ich an das Ruinenmäuerchen ranfuhr, um sie aufsteigen zu lassen, da *sprang* sie! Man hätte mir genauso gut den Kölner Dom auf den Rücken schmeißen können oder das Empire State Building. Ich hab zu Hause so ein Sagenbuch mit einem Bild von dem Riesen Atlas, wie er die Weltkugel auf der Schulter trägt. So ein Gefühl war das. Meine Augen traten aus ihren Höhlen, mein Brustbein knirschte, meine Wirbelsäule schlackerte. Dann verknoteten die Annette, das Fahrrad und ich uns zu einem wirren Knäuel auf dem Manegenboden. Die Schreie allerdings stieß Annette aus. Nicht ich. Ich hatte den Mund voll Sägemehl.

Im Grundgesetz steht angeblich der Satz: *Die Würde des Menschen ist unantastbar.* Falls er dort steht: Der Satz ist falsch. Denn während ich da in meinen Wunden lag, tasteten sie alle meine Würde an, am meisten der Moses. Der machte sich vor Lachen naß und sagte, das habe ihn doch sehr überrascht, daß ich solch ein Schlappschwanz sei.

Auf diese Weise nahm der Generalprobennachmittag seinen Lauf. Ich will mal so sagen: Da blieb noch manche Frage offen.

Das siebte Kapitel handelt von einer außergewöhnlichen Zirkuspremiere, von Zorros Irrtum, von einer Gewitterziege und vom schrecklich schönen Ende.

Die Tischlereileute hatten die Zuschauerbänke wirklich prima hergerichtet. Unter Annettes Regie war auch ein Gatter um die Sägemehlfläche unserer Manege gebaut worden. Wir Zirkusleute konnten uns hinter einer hohen Zeltplane für die Auftritte herrichten, und hier hatten wir die Tiere und die Geräte vor den neugierigen Augen des Publikums versteckt. Jede Nummer sollte ja schließlich eine tolle Überraschung werden. Ich hatte die Ahhhs und Ohhhs der staunenden Leute schon im Ohr.

Und sie kamen auch, die Leute!

Zugegeben, wir hatten nicht *alle* Eintrittskarten verkauft, aber ein Haufen Markstücke klimperte durchaus in unserer Kasse, die aus einer Zigarrendose bestand. Aus unserer Klasse waren mindestens sieben Typen mit ihren Fahrrädern gekommen. Moses hatte seine Eltern, seinen kleinen Bruder und so eine angeheiratete Stieftante mitgebracht. Im Combi meines Wochenendvaters kamen außer meinem Elternpaar auch das Zwillingspaar mit zwei pickeligen Jungyuppies im Gefolge ankutschiert. Natürlich hatten Gwen und Felix Spielkarten in den Händen. Die beiden gelackten Knaben waren ihre derzeitigen endgültigen Liebschaften. Von Juttas Sippschaft hatte sich offenbar bloß die Mutter aufgerafft, was ich als Mißachtung empfand. Da ahnten einige Zeitgenossen wohl nicht, was sie verpassen würden.

Zorro und Annette hatten mächtig Reklame gemacht. Die Übersetzerin war sogar in einem langen Kleid erschienen, und ihr Ehemann, der mit seinem Bierbauch einen schönen Kontrast zu ihrem schlanken Körper bildete, hatte sich eine dunkelblaue Fliege unter das Kinn gehängt. Klar, Annettes komplette Schreinertruppe kam anmarschiert, und ungefähr dreizehn erwachsene und unmündige Nachbarn hockten nun auch auf den Brettersitzen in der Burgruine. Die Samstagnachmittagsonne schien warm und freundlich und leuchtete die Szene besser aus als ein Dutzend Spotlights.

Den Moses hatte das Premierenfieber besonders hart angepackt. Alle zwei Minuten mußte er sich hinter eine dicke Buche stellen, um sozusagen eine Stange Wasser loszuwerden, was ja bei seinem langen Clownsnachthemd ziemlich umständlich war. Annettes Kassettenrecorder spielte *Ich bin die Christel von der Post.* Das Pony bewies auch als Zebra seine ausgezeichnete Verdauung, der Schabrackentapir pennte im Stehen, die Polarente pickte nach verfaulten Bucheckern. Den Kampfdackel und den Löwen hatten wir jenseits der Burgmauer angebunden, weil es hinter der Zeltplane reichlich eng war. Jutta vollführte Dehnungsübungen.

Dann war, wie man so sagt, die Stunde der Wahrheit gekommen.

Wir spuckten uns gegenseitig über die Schultern, was ja

alle Zirkusleute wegen des Aberglaubens tun, wobei der Moses allerdings voll die Stirn vom Zorro traf. Annette ließ die Musik aufheulen, und der Clown Moses setzte die Ventilposaune zur Eröffnungsfanfare an, aber wegen seiner Aufregung brachte er so gut wie keinen Ton raus. Annette boxte den Zirkusdirektor, weil der zur Begrüßung vor das Publikum treten mußte, was er dann auch tat. Er war wachsbleich und zittrig. Statt der Maske trug er jetzt den Beerdigungshut irgendeines Vorfahren.

»Verehrtes Publikum!« schrie Zorro und leistete sich erst mal einen Hustenanfall, wobei sein Gesicht nun von der Atemnot rot wurde. »Ich bin froh und glücklich, Sie alle zahlenmäßig so reichhaltig erschienen zu sehen in meinem Zirkuszelt. Zorros Zirkus bietet Ihnen zur heutigen ersten Premiere seine unerreichbaren Weltsensationen. Das geht Schlag auf Schlag. Durch das Programm führt Sie meine wunderhübsche Assistentin Annette. Spenden Sie Applaus!«

Die Leute spendeten reichlich. Einige aus unserer Klasse riefen auch was Doofes, das überhörten wir aber. Nur hätte Zorro das Wort *Assistentin* besser nicht gesagt, denn die Annette zog einen wütenden Flunsch, als sie ins Rampenlicht trat, und dabei sollte sie doch eigentlich ansteckende Fröhlichkeit ausstrahlen. So war das jedenfalls vereinbart. Annette trug so eine Art Schlafanzug mit Goldfäden.

Als der brausende Beifall sich nach einigen Stunden gelegt hatte, vollführte Annette eine Bewegung, die einen

Hofknicks darstellen sollte, und sagte den Musikclown an, der nun Melodien spielen werde, die die Zuschauer zu erraten hätten.

Der Musikclown mußte sich erst mal von der Karnevalsnase befreien, weil die ihm zwischen die Ventile geriet. Dann schaffte er es nach siebzehn Fehlversuchen, dem Instrument vier Töne zu entlocken, die sich wie Tiefflieger bei Luftkampfübungen anhörten. Die Leute dachten, das habe der Clown mit Absicht gemacht, und fanden es darum komisch. Der Moses bekam einen Riesenbeifall, doch den Namen des Liedes, das er gespielt hatte, errieten unsere Zuschauer nicht. Sie schwankten zwischen *Kein schöner Land in dieser Zeit* und *Mr lasse dr Dom in Kölle*, dabei war es *Es freit ein wilder Wassermann* gewesen. Zu weiterem Liederraten kam es aber nicht mehr, weil der Moses von einer rätselhaften Lippenkrankheit überfallen wurde.

Nun mußte die Jutta die etwas vertrackte Situation retten. Ich und Zorro bauten ruckzuck die Böcke mit dem Balken auf, und die Seiltänzerin nahm ihre Balancierstange und sah sehr schön aus. Wahrscheinlich waren es die Anfeuerungsrufe der Fuzzys aus unserer Klasse, von denen die Künstlerin irritiert wurde. Sie stieg wieder aufs Gerät und führte ein paar kühne Sprünge vor, die den Zuschauern den Atem raubten. Da einige aber trotzdem noch Luft kriegten und lauthals den Handstandüberschlag forderten, kam die Jutta gänzlich aus dem Takt und landete zum zweiten Mal im Sägemehl, was ihr eine solche Schmach bereitete, daß sie schluchzend hinter der Zeltplane verschwand.

Wie gern hätte ich meine tröstenden Arme um sie geschlungen, während von den Rängen das Hohngelächter gellte! Aber das Zirkusleben ist nun mal erbarmungslos hart. The show must go on, wie wir Insider das immer nennen.

Annette sagte den Jungmann an, der nun zersägt würde, und weil sie als Magier ja selber die Säge führen mußte, fitschte sie rasch wieder hinter den Vorhang, um sich zu kostümieren. Im Rhythmus der Operettenklänge trugen Zorro und ich die lange Kiste in die Manege. Da zog wieder Ruhe ein unter dem Publikum.

Die Nummer ließ sich auch astrein an. Der Zauberer sagte schaurig seine Zaubersprüche auf, der Moses schlüpfte elastisch in die Kiste. Doch dann gab er dem Unterleib wohl einen zu heftigen Stoß. Der Apparat kam unten aus der Kiste geschossen und kullerte durch die Gegend, womit die Nummer natürlich geschmissen war. Da kam auch die erste Tomate geflogen. Sie war nicht schnittfest und hinterließ auf dem Moses häßliche Flecke.

Ich bin mir noch heute sicher, daß der Zorro von übersteigertem Verantwortungsgefühl getrieben wurde, als er nun die Programmfolge über den Haufen und sich selber sozusagen in die Waagschale warf. Als Zirkusdirektor mußte er uns anderen ja gerade in schwierigen Lebenslagen ein leuchtendes Vorbild sein.

»Annette!« schrie er in den Tumult hinein. »Los, raus in

die Manege! Sag Zorro, den Meister der Peitsche, an! Ich werde es der Menge zeigen!«

Die Programmänderung erwies sich als tragischer Irrtum. In diesem brodelnden Hexenkessel der kochenden Volksseele konnte Zorro sich nicht konzentrieren. Er richtete mit seiner Peitsche unter den aufgestellten Weihnachtskerzen ein Massaker an. Noch in der hintersten Reihe wurden die Zuschauer von Kerzentrümmern getroffen. Unter der schwarzen Maske tropften Tränen der Wut und der Enttäuschung hervor.

Ich schwöre, ich hatte als einziger die Nerven unter Kontrolle. Schon wollte ich losstürmen, um mit meiner Kunstradakrobatik den Lachern die Mäuler zu stopfen, da hielten mich die anderen fest, weil das Programm schon wieder umgeschmissen wurde.

»Nur das Zebra kann uns noch retten!« schrie Annette.

Mit zitternden Händen hoben wir ihren bebenden Körper auf den Ponyrücken. Die Oklahoma Lady lächelte gelassen. Das gab uns Mut. Und als das gestreifte Tier dann in die Manege trabte, da verstummten selbst die übelsten Spötter. Grenzenloses Erstaunen breitete sich aus. Ein gezähmtes Zebra: das hatte die Welt noch nicht gesehen!

Annette drehte eine Ehrenrunde. Freihändig natürlich. Daß sie ihren Indianerinnenkopfschmuck dabei verlor, das gestaltete die Szene höchstens noch dramatischer. Eigentlich war die Jutta jetzt an der Reihe, der Squaw Lauteres Wasser auf dem Zebrarücken Gesellschaft zu leisten, doch die Jutta streikte. Statt dessen kam die Polarente Hildegard, die eigentlich nicht fliegen kann, im Gleitflug angeflogen, hockte sich auf einen Ulmenast und kam nicht wieder runter. Das fanden die Spötter lustig und steigerten ihren Applaus zum Orkan.

Dieses allgemeine Tohuwabohu hatte die Hunde verrückt gemacht. Sie rissen sich los und preschten in mächtigen Sätzen heran, vorneweg der fette Dackel Herr Siegfried, dicht dahinter die gewaltige Dogge Goofy. Ihre Lefzen geiferten, sie bleckten die Gebisse, heiser grollte ihr Gebell durch die Zirkusarena. Dann stürzten sie sich auf das Zebra.

»Hilfe!« schrie Annette. »Rettet mich!«

Der Moses kam gelaufen, um sie vom Zebrarücken zu hieven, doch da sprang sie schon los, landete auf dem Moses und plättete ihn. Das geschah ihm recht, damit er selber mal sehen konnte, wie sich das anfühlt. Inzwischen bahnte sich eine Panik an.

Ich dachte: Jetzt fressen die Hunde das Pony auf! Doch da lag ich falsch mit meiner Befürchtung. Die Hunde waren nämlich nicht an dem Ponyfleisch interessiert, sondern an der Farbe. Die schien ihnen köstlich zu schmecken. Die Dogge leckte am Ponyhals herum, der Dackel an den Ponybeinen. Sie schmatzten regelrecht vor lauter Wohlbehagen. Das Pony sah die Sache aber augenscheinlich anders. Kann sein, daß das Gelecke teuflisch kitzelte. Jedenfalls hörte die männliche Oklahoma Lady auf zu lächeln, trampelte mit allen Vieren um sich und wieherte wie am Spieß. Das störte die Lecker aber nicht.

Immer mehr lutschten sie von der Fingerfarbe ab. Dann wurde kakaobraunes Ponyfell sichtbar, und das Zebra hörte auf, ein Zebra zu sein. Das hatten wir nun davon, daß wir ungiftige Farben benutzt hatten.

Plötzlich gellte ein Schrei aus der ersten Sitzreihe, der allen anderen Lärm locker übertönte. »Rosemarie, schau nur! Es ist mein Pony!«

»Ja, Bille! Es ist dein Pony!« erscholl die Antwort aus einem anderen Mädchenmund.

Und Bille stürmte los. »Zottel! Mein armer Zottel! Was haben diese bösen Diebe mit dir gemacht!« Sie kämpfte die beiden Hunde nieder und warf sich dem Pony an den Hals. Es entwickelte sich eine herzergreifende Wiedersehensfreude, wie kein Ponybuch sie inniger schildern könnte.

Dann wurde die Idylle getrübt, wie ich mal sagen will. Eine Frau löste sich mit schaufelndem Armbewegungen aus dem Pulk des Publikums und drang in die Manege ein. »Ich bin Tina von Kasper!« kreischte sie. Ihre Spinnenfinger hatte sie wie Krallen ausgefahren, in ihren Brillengläsern funkelte Mordlust. »Ich bin die Besitzerin des Reiterhofs Dreitulpen, und das Pony Zottel wurde uns gestohlen. Es ist persönliches Eigentum meiner Tochter Bille. Sofort muß die Polizei her!«

Bis dahin hatte ich nicht gewußt, was eine Gewitterziege ist. Jetzt wußte ich es. Eindeutig war die Frau auf Raufhändel aus, sie keilte nach allem, was ihr vor die Fäuste geriet, und dazwischen forderte sie in spitzen Schreien das sofortige Einschreiten der Polizei.

Außer der Bille machte sich nun auch die Rosemarie an dem Pony Zottel zu schaffen. Wahrscheinlich wollten sie an Ort und Stelle ihr Lieblingstier von dem Makel der Zweckentfremdung und der Bemalung reinigen, aber so leicht wie die Hunde kriegten sie die Farbe nicht ab. Das Pony lächelte wieder. Irgendwie ging mir dieses rührende Bild ans Herz. Mädchen und Ponys sind nun mal was Herzerweichendes.

Zorro kämpfte um sein Leben. »Das Pony ist mir zugelaufen!« schrie er. »Ich hab es nicht gestohlen! Gott ist mein Zeuge!«

Die Zuschauer spürten, daß sie nun die Chance hatten, doch noch auf ihre Kosten zu kommen. Etliche rotteten sich hinter der gewalttätigen Gewitterziege Tina von Kasper zusammen und nahmen auch Drohgebärden gegen das Zirkusvölkchen an. Die Hirnis aus unserer Klasse beschmissen uns mit Obst und mittelstarken Baumstämmen und so. Der Schabrackentapir war das einzige Wesen am Ort, das Würde bewahrte.

»Wo bleibt die Polizei?« geiferte die Besitzerin des Reiterhofs Dreitulpen und verlor im Handgemenge ihre Brille, was mich natürlich freute. »Die Diebe müssen verhaftet werden!«

Jetzt muß ich das Heldenlied der Wochenendväter singen. Denn vor allem mein Oller und der Olle vom Zorro waren es, die mit enormem Einsatz ihrer Körper die Menge stoppten. Wahrscheinlich retteten sie uns so das Leben, denn der aufgegeilten Masse war alles zuzutrauen.

»Nun mal mit der Ruhe«, sagte mein Vater zu der Gewitterziege. »Man kann über alles reden. Benehmen Sie sich doch mal wie ein zivilisierter Mensch, gnädige Frau.«

»Mein Sohn ist kein Dieb«, sagte der Zorrovater. »Wenn er erklärt, daß ihm das Pony zugelaufen sei, dann *ist* es ihm zugelaufen. Warum passen Sie auch nicht besser auf Ihre Tiere auf? Kaputte Zäune, wie?«

»Das ist eine Unterstellung!« fauchte Frau von Kasper. Sie war eindeutig dabei, sich ein bißchen zu beruhigen. »Bei uns ist nichts kaputt. Unser Reiterhof genießt einen ausgezeichneten Ruf.«

Da meldete sich ein leises Stimmchen. Es gehörte dem Mädchen Bille. »Vielleicht ist der Zottel über den Zaun gesprungen. Mein Zottel ist ein guter Springer. Mach keinen Zoff, Mutti! Hauptsache ist doch, daß ich meinen Zottel wiederhab.«

Allmählich ging mir die Tüttelei mit dem beknackten Pony gehörig auf den Keks. Meine Aufmerksamkeit wurde nämlich anderweitig dringend gebraucht, um das mal behutsam auszudrücken, denn unsere Zirkuskasse war gefährdet.

Meine sogenannten Klassenkameraden und Klassenkameradinnen hatten sich zu einem Sprechchor zusammengeschlossen. »Ein-tritts-geld zu-rück! Ein-tritts-geld zurück!« Da konnte man mal wieder sehen, daß diese Materialisten selbst bei einer Naturkatastrophe ausschließlich den schnöden Mammon in ihren Quarkschädeln hatten.

Der Hansjörg hatte unsere Kasse aber schon geklaut. Ich

sah zwar, daß er den anderen ein paar Markstücke zuwarf, doch das meiste behielt er für sich. So einer ist der. Als ich das aus der Ferne mitansehen mußte, konnte ich gar nicht soviel heulen, wie ich traurig war. Nur gut, daß die Gewitterziege sich abreagierte und auf die Polizei verzichtete. Zusammen mit Rosemarie, Bille und dem Ex-Zebra Zottel zog sie sich zurück auf ihren Reiterhof Dreitulpen. Die anderen Leute verkrümelten sich auch.

Ich muß an dieser Stelle mal sagen, daß man über die Familie nicht immer nur negativ urteilen sollte. Familien können unter Umständen auch etwas Tröstliches sein. Wir Zirkusartisten wurden nämlich von unseren Familienangehörigen liebevoll umringt. Sogar die Pokerschwestern legten die Karten weg und machten mit, während ihre Pickeljünglinge abseits standen und verlegen die Däumchen drehten, das heißt, picklig war im Grunde nur der eine, der andere hatte ein paar Härchen im Gesicht, die er vielleicht für einen Vollbart hielt, die aber eher wie Dreckspritzer aussahen. Ehrlich, ich hatte meinen Schwestern einen jeweils besseren Geschmack zugetraut. Die Oma aus Annettes Familie, der die Langhaarperücke des Löwen Goofy gehörte, schimpfte übrigens nur wenig.

Die vereinigten Familienmitglieder halfen uns auch, die Tiere wieder einzusammeln. Für die Ente Hildegard brauchten wir eine Leiter. Der Kampfdackel hatte sich nun doch übernommen und keuchte so heftig, daß ich einen Herzinfarkt befürchtete, der aber nicht eintraf. Herr Siegfried durfte dann im Auto heimfahren. Felix, die ihren

Fotoapparat mitgebracht hatte, um die spannendsten Augenblicke der Zirkusdarbietungen auf den Film zu bannen, knipste den Dackel an meiner Stelle. Das war fein von ihr, denn so kam Oma Hüsch an ihre Dackelporträts.

Zum Schluß bewies der Zorro noch einmal Größe. Als wir fünf Akrobaten zum Abschied beisammenstanden, dankte er jedem von uns mit Handschlag für die engagierte Mitarbeit bei Zorros Zirkus. Wenn auch nicht alles ganz nach Plan gelaufen sei, so sei es doch eine schöne Zeit gewesen. Das fand sogar der Moses.

Mir schnürte die Wehmut ein bißchen die Brust zu.

Die Tischlereileute bauten die Zuschauerränge ab. Die Annette trottete mit dem afghanischen Wollschaf und der lahmen Ente davon. Der Zorro stützte sich beim Abgang auf die große Dogge. Die Jutta verstaute ihr Fahrrad im Auto ihrer Mutter. Der Moses klemmte sich den Unterleib als Andenken auf den Gepäckträger. Ich nahm die Ventilposaune an mich, weil ich ja dafür die Verantwortung trug.

Das Ende war aber nicht nur schrecklich, es war auch schön!

Zu Hause zum Beispiel nahmen sie so viel Rücksicht auf meinen Zustand, daß ich das Sonntagsessen bestimmen durfte, und da entschied ich mich für *richtigen* Nudelauflauf ohne so süßes Geblubber.

Die sanftstimmige Jutta redete wieder mit mir, was mir einen Stein vom Herzen wälzte. Es dauerte auch nicht mehr lange, da bot sie mir wieder Liebesperlen an.

Und erst mal Missis Rattlesnake! Unter den Englischaufsatz ballerte sie mir zwar eine satte Sechs, weil ich, wie sie das ausdrückte, zum geforderten Thema nichts zu schreiben wußte. Doch jetzt kommt's! Weil ich aber eine derart großartige Darstellung der Segelschiffahrt abgeliefert hätte unter besonderer Berücksichtigung des Einzelschicksals eines Matrosen namens James Whaland, schrieb sie mir zusätzlich noch eine sehr schöne Eins an, was ja die Sache sozusagen neutralisierte. Missis Rattlesnake sagte aus, sie habe vor der Lektüre meines Aufsatzes gar nicht gewußt, daß das Wort *shellback* nicht nur Muschelrücken heißt, sondern daß man damit auch erfahrene Seeleute bezeichnet. So was erfüllt einen natürlich mit Stolz. Wann hat man schon mal die Gelegenheit, den Lehrern etwas beizubringen!

Den Zorro hab ich selbstverständlich nicht aus den Augen verloren. Im Gegenteil: ich besuche ihn oft da draußen am Stadtrand. Inzwischen verbindet mich eine Freundschaft mit ihm, die ist fast so stark wie die, die zwischen dem Moses und mir herrscht. Meistens jedenfalls. Zorro kommt inzwischen mit seiner Peitsche ganz gut zurecht. Dann und wann schlägt er jetzt auch Kerzenflammen aus, ohne daß dabei die Kerzen verstümmelt werden. Die Übersetzerin heißt Mirjam und hat mir ein Buch geschenkt, das sie selber übersetzt hat: *Wie eine Katze in dunkler Nacht.* Ganz schön spannend.

Ich und Zorro haben nach langen Beratungen und heißen Diskussionen den Knackpunkt gefunden, an dem Zorros Zirkus gescheitert war: Wir hatten den zweiten Schritt vor dem ersten getan! In unserer Begeisterung hatten wir es versäumt, die Probephase lang genug auszudehnen. Ich will damit sagen, daß wir nicht genug geübt hatten. Jetzt, wo wir genügend Abstand hatten zu unserer Premiere, sahen wir das mit anderen Augen. Nüchterner sozusagen. Doch es gibt ja Leute, die aus ihren Fehlern lernen. Zorro und ich, wir sind solche Leute.

Selbstverständlich haben wir längst wieder einen Plan geschmiedet. Die Idee kam mir, als Zorro eines Tages feststellte, daß Goofy Flöhe hat. Da dachte ich mir: Diesmal fangen wir klein an. Wir haben uns inzwischen Vergrößerungsgläser besorgt, und lange wird es bestimmt nicht dauern, bis wir ein paar Flöhe gefangen haben werden. Unser Unternehmen hat auch schon einen Namen: *Pauls Flohzirkus.*

Deutsche Bibliothek – CIP-Einheitsaufnahme

Pestum, Jo:
Tante Theas Tiger und andere Geschichten vom Paul / Jo Pestum. –
Stuttgart; Wien; Bern: Thienemann, 1996
ISBN 3 522 16979 4

Umschlagillustration: Erhard Dietl
Umschlagtypographie: Michael Kimmerle
Druck und Bindung: Friedrich Pustet in Regensburg

Was ist Heinrichs Geheimnis?

Jo Pestum

Heinrichs Geheimnis

136 Seiten, ab 10 Jahren, ISBN 3 522 16812 7

Ein Neuer - das ist in Hennes' Klasse eigentlich nichts Besonderes. Aber dieser benimmt sich so ganz anders und sieht auch fremdartig aus: wie ein Indianer. Dabei heißt er ausgerechnet Heinrich. Als sich die Klasse gegen die Erpresser aus der Zehnten wehren müssen, erleben sie, daß Heinrich mutiger ist als sie alle zusammen. Aber dennoch gibt es da etwas, das Heinrich ihnen verschweigt ...

THIENEMANN